Simone van der Vlugt

FINSTERNIS

Simone van der Vlugt

FINSTERNIS

Roman

Aus dem Niederländischen
von Eva Schweikart

Diana Verlag

Die Originalausgabe erschien 2007 unter dem Titel
Het laatste offer bei Anthos, Amsterdam.

FSC
Mix
Produktgruppe aus vorbildlich bewirtschafteten Wäldern und anderen kontrollierten Herkünften
Zert.-Nr. SGS-COC-1940
www.fsc.org
© 1996 Forest Stewardship Council

Verlagsgruppe Random House FSC-DEU-0100
Das für dieses Buch verwendete
FSC-zertifizierte Papier *Munken Premium Cream*
liefert Arctic Paper Munkedals AB, Schweden

Redaktion: Christiane Burkhardt
Herstellung: Gabriele Kutscha
Satz: Christine Roithner Verlagsservice, Breitenaich
Druck und Bindung: GGP Media GmbH, Pößneck

978-3-453-29056-3

Für Dineke, wie versprochen

Prolog

Die Entdeckung ist reiner Zufall. Schon seit vielen Wochen forscht er in Karnak und ist unzählige Male an dieser Wand vorbeigegangen. Hätte sein Handy nicht geklingelt, als er durch das verfallene Heiligtum im Tempelkomplex ging, wäre er nicht hier stehen geblieben.

Jetzt aber steht er vor mehreren Malereien an der östlichen Wand eines Raums im Tempel des Chons und nimmt das Handy aus der Tasche seiner kurzen Hose.

Das Telefonat dauert nicht lange, zumal dem Archäologen allmählich klar wird, was er da vor Augen hat. Schnell verliert er das Interesse, murmelt einen Abschiedsgruß und drückt das Gespräch weg.

Langsam geht er auf die Wand zu und betrachtet die jahrtausendealten Abbildungen. Die Darstellung einer Sphinx fesselt seine Aufmerksamkeit. An sich ist sie nichts Besonderes, in Ägypten wimmelt es geradezu von Sphinx-Darstellungen, doch meist handelt es sich um Skulpturen. Er wundert sich, dass ihm das bisher noch nie aufgefallen ist.

An Wänden und Säulen findet man die Sphinx nicht oft, und wenn doch, kann man sicher sein, dass es damit eine besondere Bewandtnis hat. Eine ganz besondere Bewandtnis.

Der Archäologe steckt das Handy wieder ein und betrachtet aufmerksam die Wandmalereien.

Die erste zeigt Pharao Ramses IV., wie er der Göttin Amaunet eine kleine Statue überreicht. Die Göttin hält eine Art Schlüssel in der rechten Hand, ein Kreuz mit einem Kreis daran. Sie hält ihn dem Pharao entgegen. Vor den beiden kniet ein Kind: Osiris' Sohn Horus. Er hat die rechte Hand erhoben und den Zeigefinger an die geschlossenen Lippen gelegt – eine unmissverständliche Aufforderung zu schweigen. Hinter Horus liegt die Sphinx.

Mit steigender Erregung betrachtet der Archäologe die Szene. Würde er sie einem Ägyptologen zeigen, bekäme er zweifellos eine fundierte Erklärung dafür, gegen die sich nichts einwenden ließe. Er bekäme zu hören, dass der Pharao Amaunet eine Opfergabe überreicht und ihm dafür eine besondere Gunst zuteil wird – nichts Aufregendes. Aber dank seiner langjährigen Erfahrung weiß er, dass Abbildungen mit einer Sphinx im alten Ägypten eine sehr viel tiefere, geheime Bedeutung hatten, insbesondere in den heiligsten Tempeln des Landes.

Das Kreuz mit dem Kreis, das die Göttin vor Ramses' Augen hält, ist das Ankh-Zeichen, das Symbol des Lebens. Ein Ägyptologe würde sagen, dass Amaunet den Pharao für seine Treue mit dem ewigen Leben belohnt. Oberflächlich betrachtet, stimmt das auch, er weiß jedoch, dass der Schlüssel darüber hinaus auf alte, sorgfältig bewahrte Geheimnisse verweist. Geheimnisse, die von Hohepriestern gehütet und nur ausnahmsweise enthüllt wurden, allenfalls einem Pharao.

Auf der Wandmalerei wird Ramses IV. für würdig befunden, an dem geheimen Wissen teilzuhaben. Das Kind Horus mit dem Finger an den Lippen bestätigt diese Vermutung.

Die Haut des Archäologen beginnt zu prickeln, die Härchen an seinen Armen stellen sich auf. Er ist einem Geheimnis auf der Spur, das fühlt, ja weiß er.

Sein Blick gleitet über das Bild und bleibt an der Sphinx hinter Horus hängen.

Die Sphinx, das bekannteste Symbol Ägyptens. Jeder kennt sie – die Steinskulptur mit den blicklosen Augen vor den Pyramiden von Giseh, und bei jedem löst ihr Anblick Fragen aus: Wer hat sie aus dem Stein gehauen, diese riesige Löwengestalt mit Menschenkopf, die über dreiundsiebzig Meter lang und zwanzig Meter hoch ist und deren Vorderbeine allein fünfzehn Meter einnehmen?

Die Archäologen haben viele Theorien dazu entwickelt und wieder verworfen. Seit Jahrhunderten versucht man, das Geheimnis der Sphinx zu entschlüsseln. Sie musste Bohrungen und eine Vielzahl anderer Untersuchungen über sich ergehen lassen, mit modernster Technik hat man Scans erstellt, aber nicht einmal Untersuchungen mit Infrarotstrahlung haben Hinweise auf unterirdische Räume oder versteckte Gänge ergeben.

Reglos und unerschütterlich liegt die Sphinx wie ein

Wachtposten vor den Pyramiden, die aus der endlosen Sandebene aufragen.

Wahrscheinlich ist genau das ihr Sinn und Zweck, überlegt der Archäologe: Sie bewacht die Cheops-Pyramide. Mit gestreckten Beinen liegt sie davor, die steinernen Augen auf die sich immer weiter ausdehnende Stadt Kairo gerichtet, so als könne nichts ihrer Aufmerksamkeit entgehen.

Überall in Ägypten hat man Sphinx-Statuen gefunden, die als Wachtposten vor Tempeleingängen liegen, und manche Tempelschlüssel haben die Form von Löwen.

Die Sphinx ist die Hüterin uralten Wissens. Wer auch immer es ergründen will, muss zuerst an ihr vorbei.

Und nun begegnet der Archäologe ihr hier, auf dieser ungewöhnlichen Darstellung im Tempel von Karnak, nicht weit vom Allerheiligsten.

Er hat genug geheime Türen, Durchgänge und Luken gesehen, die zu Gräber und Gruften führen, um zu wissen, dass es auch hier einen verborgenen Zugang geben muss. Die alten Ägypter verstanden sich hervorragend auf solche Dinge.

Er blickt in die gleiche Richtung wie die Göttin Amaunet und sucht nach einem Hinweis, er kriecht auf allen vieren umher, fegt Sand beiseite, klopft Boden und Wand ab in der Hoffnung, einen Hohlraum zu finden.

Schließlich steht er entmutigt auf und wischt sich den Staub von seiner Kleidung.

Er betrachtet die Abbildung noch einmal genau, dann streckt er die Hand aus, genau wie Amaunet, und drückt auf die Stelle zwischen den Augen des Pharaos. Nichts geschieht.

Er drückt fester. Noch immer tut sich nichts. Er weiß nicht, worauf er wartet und warum, denn dem Bildnis ist nichts anzumerken, nicht die kleinste Unebenheit oder Erhebung weist auf einen versteckten Knopf hin.

Er weiß, wie lange man nach dem Zugang zur Cheops-Pyramide gesucht hat. Nachdem man endlich ins Innere der Steinmasse vorgedrungen war, versperrte eine gut getarnte Tür den Weg. Die Tür bestand aus einem beweglichen Steinquader, der sich äußerlich nicht von den anderen unterschied. Wenn man fest dagegendrückte, drehte sich der Quader langsam um seine Längsachse und gab den Weg frei. Man musste schnell hindurchschlüpfen, während er sich weiterdrehte und dann den Zugang wieder verschloss. Zurück ging es auf die gleiche Weise.

Nachdenklich blickt der Archäologe auf das Bild. Er holt tief Luft und wirft sich dann gegen die Wand – dass er sich dabei Prellungen zuziehen kann, ist ihm egal.

Obwohl er insgeheim damit gerechnet hat, überrascht es ihn doch, dass der Stein nachgibt. Zunächst schwerfällig, setzt sich der Quader in Bewegung und gibt unter Knarren und Ächzen einen schmalen Durchgang frei.

Der Archäologe wischt sich den Schweiß von der Stirn und starrt völlig perplex in die dunkle Öffnung. Sein Herz klopft wie wild, er schwitzt am ganzen Körper.

Er muss rasch seine Sachen holen: eine Taschenlampe, eine Rolle Seil, sein Notizbuch! Und eigentlich müsste er seinen Kollegen Bescheid geben. Regel Nummer eins lautet, dass niemand ohne Begleitung einen Fundort betritt, denn das kann gefährlich sein, zumal niemand weiß, was man dort vorfindet. Aber dieses Risiko geht er gern ein, er will seine Entdeckung vorerst für sich behalten.

Langsam schließt sich die steinerne Zugangstür wieder. Der Archäologe betrachtet noch einmal die Wandmalerei, die sich in keiner Weise von den anderen unterscheidet. Fassungslos schüttelt er den Kopf, dann hat er es auf einmal eilig. Er dreht sich um und rennt aus dem Tempel des Chons. Das Heiligtum ist klein im Vergleich zu der weitläufigen Anlage von Karnak, innerhalb deren Mauern es liegt.

Er hastet ins Freie und blinzelt ins grelle Licht der Mittagssonne. Ein paarmal stolpert er über herumliegende Steine und Trümmer von ehemaligen Statuen, dann wird er langsamer. Ganz ruhig … Wenn er so abgehetzt ins Lager kommt, schöpfen die anderen gleich Verdacht.

Er zwingt sich stehen zu bleiben, bis er wieder zu Atem gekommen ist und sein Gesicht nicht mehr so glüht. Langsam geht er am Tempel des Amun-Re entlang, der den größten Teil des Komplexes einnimmt: Tempel innerhalb von Tempeln, Höfe, Säulenhallen … man kann Karnak durchaus als Labyrinth bezeichnen. Er findet sich jedoch blind zurecht und geht ohne Zögern zum Freilichtmuseum, wie das brach liegende Stück Land hinter dem Tempel genannt wird. Auf dem Gelände verteilt liegen noch einzelne Tempelteile, und hier und da ragen riesige Statuen und Obelisken auf. Dazwischen befindet sich ein Niemandsland aus Felsblöcken, Sandhügeln, Dornensträuchern und Bäumen, in dem es noch viel zu entdecken gibt.

In diesem Niemandsland haben sie ihr Camp eingerichtet: drei funkelnde Alu-Wohnmobile mit Duschen, Toiletten und einer Küche, dahinter ein Kreis aus Zelten, in denen die offiziellen Expeditionsmitglieder und

Archäologiestudenten schlafen, und in der Mitte das große Zelt, das als Hauptquartier dient.

Es ist Mittagszeit, und das Lager flirrt in der Sonne. Der Archäologe betritt sein Zelt, die drückende Hitze kümmert ihn nicht. Er nimmt den Rucksack, der seit Jahren für den großen Moment gepackt ist, holt eine Flasche Wasser aus der Kühlbox und geht wieder ins Freie. Mit der Wasserflasche am Mund, die Tasche lässig über die Schulter gehängt, eilt er zurück in den Schatten, ganz so, als hätte er sich nur etwas zu trinken geholt.

Es ist Juni und so heiß, dass nur wenige Touristen auf dem Gelände umherstreifen. Das Dutzend Besucher, das die Anlage allen Ratschlägen zum Trotz um die Mittagszeit besichtigt, hält sich hauptsächlich im Tempel des Amun-Re auf. Der etwas abseits liegende Chons-Tempel liegt bei den Touristen nicht so sehr im Trend. Trotzdem kommt gerade ein Mann heraus, als der Archäologe den Eingang erreicht. Er wartet, bis der Tourist weg ist, dann geht er hinein. Kurz darauf steht er wieder vor der Wandmalerei. Ein wenig außer Atem betrachtet er die Abbildung von Amaunet und Pharao Ramses.

Leise Zweifel steigen in ihm auf. Soll er doch lieber jemanden mitnehmen? Wenn sich der Zugangsstein nachher hinter ihm schließt, weiß kein Mensch, wo er ist. So bedauerlich das auch ist, aber wenn diese Entdeckung hält, was sie verspricht, kann er niemandem trauen. Nur eine einzige Person käme infrage, und die kann er immer noch holen. Aber erst will er sich allein umsehen, schließlich ist es seine ureigenste Entdeckung.

Als der Archäologe die Taschenlampe aus dem Rucksack nimmt, merkt er, dass seine Hände zittern.

Ob Howard Carter sich auch so fühlte, als er den Zugang zum Grab von Tutanchamun fand? Der britische Archäologe ahnte nicht, worauf er gestoßen war, wusste aber, dass es sich um etwas Großes handelte. Viele Jahre hatte er im Tal der Könige geforscht und lediglich vage Hinweise gehabt, dass das Grab dort zu finden sei. Jeder andere hätte längst aufgegeben oder sich vom Spott und der Skepsis der Kollegen entmutigen lassen. Carter jedoch glaubte an sich selbst und suchte unverdrossen weiter. Das Ergebnis ist bekannt: Im Jahr 1922 stieß er schließlich auf das versiegelte Grab des jungen Pharaos Tutanchamun und machte damit die spektakulärste archäologische Entdeckung des zwanzigsten Jahrhunderts.

Howard Carter ist sein großes Vorbild. Seit jeher fühlt er sich dem unerschütterlichen Briten tief verbunden, der so felsenfest seiner Intuition vertraute. Vielleicht ist das eine Eigenschaft, über die jeder Archäologe verfügen muss – nicht aufgeben, wenn andere abspringen, sich entgegen der etablierten Meinung ein eigenes Urteil bilden und dann unbeirrt seinen Weg gehen. Das macht die Archäologie zu einem einsamen, aber unheimlich spannenden Beruf. Er hat stets daran geglaubt, dass seine Mühe eines Tages belohnt würde, dass er die besten Jahre seines Lebens nicht umsonst in heißen, staubigen Wüsten verbracht hätte. Für diesen einen großen Moment hat er sein Familienleben geopfert und sich dem Hohn der Fachkollegen ausgesetzt.

Und jetzt ist er da, *sein* großer Moment. Beim Aufstehen heute Morgen hat er nicht ahnen können, dass heute der Tag gekommen ist, auf den er all die Jahre hingelebt hat. Er ist sich sicher, dass ihn in der verborgenen Kammer etwas Großartiges erwartet. Eine archäologische Kostbarkeit, die Sensation des einundzwanzigsten Jahrhunderts. Sie wird seinen Ruf wiederherstellen, ihm bei den Kollegen Achtung und Respekt einbringen und ihm zu ewigem Ruhm verhelfen. Endlich wird er *das* Buch über seine Theorien schreiben, und allein die Tantiemen werden ihn steinreich machen. Ganz zu schweigen von den Vorlesungen, die er weltweit halten wird, und der Belohnung, die ihm nach dem Fundrecht zusteht.

Aber um Geld geht es ihm nicht, ist es ihm nie gegangen. Schon immer war es sein großer Wunsch, dass seine Theorie anerkannt wird. Sie muss nur noch bewiesen werden.

Der Archäologe schultert den Rucksack und wirft sich mit seinem ganzen Gewicht gegen die Wand. Er spürt, wie sein Herz hämmert, als der Zugangsstein sich knarrend bewegt. Eine schmale dunkle Öffnung wird sichtbar.

Ein schneller Blick zurück: Niemand ist zu sehen. Er verdrängt die aufkommenden Bedenken und schlüpft hinein. In dem schmalen Lichtstreifen, der von außen einfällt, erkennt er Treppenstufen, die nach unten führen.

Der Zugangsstein dreht sich weiter und schließt sich Sekunden später hinter ihm. Der Archäologe hält den Atem an. Wie eine Mauer kommt die Finsternis auf ihn zu, presst die Luft aus seinen Lungen, droht ihn zu zermalmen.

Er holt tief Luft, knipst die Taschenlampe an und richtet den Lichtkegel auf die Treppe. Unsicher und mit vor Aufregung immer wieder stockendem Atem steigt er die uralten Stufen hinab in die Finsternis.

Aus den Aufzeichnungen von Nicolaas Bogaards

Diesen Bericht abzufassen, erfordert Mut und Beharrlichkeit, ja sogar Todesverachtung. Weil ich nach Geheimnissen aus der Vergangenheit forsche, habe ich mich in eine heikle Lage gebracht, und die sichere Verwahrung der Fundstücke sowie das Aufzeichnen meiner Erkenntnisse können mich das Leben kosten. Trotzdem muss ich es tun. Als Archäologe ist mein Wunsch, die Vergangenheit zu erkunden, stärker als das Bedürfnis, meine Haut zu retten. Im Lauf der Jahrhunderte hat es immer wieder kühne Forscher gegeben, Menschen, die Fragen stellten, sich nicht mit den ausgetretenen Pfaden begnügten, sondern nach Antworten suchten, auch wenn diese nicht gängigen Denkmustern entsprachen.

Meine Erkenntnisse werden auf große Skepsis stoßen, aber das kann und darf mich nicht davon abhalten, sie aufzuschreiben. Zu lange ist die Wahrheit verborgen geblieben, weil niemand es wagte, sich dem eigentlich Offensichtlichen zu stellen.

Im Grunde genommen habe ich keine Zeit, ausführlich zu berichten, aber ich darf nicht riskieren, dass diese Dinge wieder in Vergessenheit geraten. Die Welt wird nicht ohne Weiteres anerkennen, was ich zu sagen habe, doch vielleicht ist man Generationen später irgendwann bereit für eine andere Wahrheit.

Ich bete darum, dass ich wohlbehalten und bei guter Gesundheit von meinem Abenteuer berichten kann, aber sollte das nicht der Fall sein, hinterlasse ich der Welt hiermit meine Erkenntnisse.

1

Sie sieht ihn sofort. Trotz des Gedränges erregt er gleich beim Hereinkommen ihre Aufmerksamkeit. Es ist brechend voll im Atlantis, einer Kneipe mit drei Räumen, in denen es Livemusik und andere Veranstaltungen gibt. Auch unter der Woche wie an diesem Dienstagabend.

Birgit kommt gern hierher, auch wenn das Durchschnittsalter der Besucher etwas niedriger ist als ihre sechsundzwanzig Jahre. Vielleicht fällt er ihr deshalb auf – er muss bereits über dreißig sein.

Er ist groß, athletisch gebaut und sieht blendend aus mit seinen vollen dunkelblonden Haaren. Am auffallendsten jedoch sind seine hellblauen Augen in dem schmalen, gebräunten Gesicht.

Plötzlich merkt Birgit, dass er sie ansieht. In einem ersten Impuls will sie wegschauen, überlegt es sich aber anders. Gelassen und ein wenig provozierend – zumindest ist das ihre Absicht – erwidert sie den Blick. Ein paar unruhige Herzschläge lang sehen sie sich an, dann lächelt er leicht. Birgit lächelt ebenfalls und dreht sich zur Bühne, wo die Band *Behave* gerade begonnen hat zu spielen.

Heimlich beobachtet sie den Mann weiterhin und stellt zu ihrer Freude fest, dass auch er immer wieder hersieht. Allerdings macht er keine Anstalten, auf sie zuzugehen.

Birgit überlegt, ob sie sich als moderne selbstbewusste Frau geben soll, die weiß, was sie will, und die Dinge selbst in die Hand nimmt. Wenn sie nur wüsste, wie sie ihn ansprechen soll … Kein Mensch sagt heutzutage mehr »Kannst du mir bitte Feuer geben?« oder »Kennen wir uns nicht irgendwoher?« Es ist eine Art Sport geworden, möglichst originell zu sein. Ein Mann hat sie mal gefragt, ob es denn nicht wehgetan habe, als sie vom Himmel gefallen sei. Das hatte sie zwar ganz witzig, aber doch etwas übertrieben gefunden.

Birgit kann nicht anders, sie muss noch einmal hinsehen. Er applaudiert wie die anderen. Die Musiker von *Behave* lassen sich ausgiebig beklatschen und verlassen dann die Bühne.

Birgit denkt, dass es mit seinem Interesse doch nicht so weit her ist, und gibt auf. So emanzipiert die Frauen heute auch sind und ganz selbstverständlich auf einen Mann zugehen können – im Grunde ihres Herzens möchten sie doch nach wie vor erobert werden. Jedenfalls gilt das für Birgit.

Sie zuckt zusammen, als sie eine Hand auf der Schulter spürt. Überrascht dreht sie sich um, denn *er* hat sich nicht vom Fleck gerührt. Ein nicht unattraktiver Junge von Anfang zwanzig steht hinter ihr. Zu jung, aber sie will nicht abweisend sein und nickt freundlich, als er sagt, er nehme schon den ganzen Abend seinen Mut zusammen, sie etwas zu fragen.

»Frag ruhig.«

Er beugt sich vor, formuliert seine Frage aber nicht leise und diskret, sondern ruft lauthals: »Willst du mir einen blasen, schöne Frau?«

Hinter ihnen wird brüllend gelacht. Birgit starrt den Jungen völlig entgeistert an, und anstatt ihm eine passende Antwort zu geben, fragt sie: »Was hast du da gerade gesagt?«

»OB DU NE WURST MAGST?«, schreit er ihr ins Ohr, und wieder wird Gelächter laut.

Birgit spürt, wie sie rot anläuft. Am liebsten würde sie ihm ihr Bier in die grinsende Visage schütten, aber dazu kommt es nicht, denn er dreht sich lachend zu seinen Freunden um.

Birgit beschließt, das alberne Spiel zu ignorieren, obwohl ihre Wangen glühen. Aus den Augenwinkeln sieht sie jemanden auf die Scherzbolde zugehen – es ist ER!

Er baut sich vor dem Jungen auf. Sie sind gleich groß, der eine wirkt jedoch wie ein unbedarfter Student, der andere cool und erwachsen, ein richtiger Mann. Er packt den Jungen am Kragen und zwingt ihn, einen Schritt rückwärts, zu Birgit, zu gehen. Dann dreht er ihn mit einem Ruck um und schubst ihn nach vorn, sodass er sie ansehen muss.

»Entschuldige dich auf der Stelle, du Blödmann!«, befiehlt er.

»Ich … ich …«, protestiert der Junge. Er wirft seinen Freunden einen hilfesuchenden Blick zu, doch die halten sich raus.

»Ich hör nichts.« Der Mann packt den Jungen so grob im Genick, dass er aufschreit. Alle im Raum schauen nun her.

Der Mann schiebt ihn noch weiter vor, sodass sein Gesicht dicht vor dem von Birgit ist. Er starrt sie ängstlich an. Sie riecht seinen Bieratem, lehnt sich ein wenig zurück und wendet den Kopf ab.

»Tut mir leid«, stammelt der Junge.

»Wie bitte? Das versteht doch keiner! Nicht nur die Dame soll dich hören, sondern alle hier. Noch mal!« Er verstärkt den Druck. Mit wutverzerrtem Gesicht ruft der Junge: »Tut mir leid!«

Der Mann stößt ihn weg, sodass er zwischen ein paar Stühlen auf dem Boden landet, und blickt verächtlich auf ihn herab. Dann tritt er zu Birgit und sagt: »Kennen wir uns nicht irgendwoher?«

Birgit muss lachen und lädt ihn zu einem Drink ein.

Ritterlichkeit ist noch immer die beste Anmache, der erfolgreichste Annäherungsversuch, den es gibt, und so alt wie die Welt. Wenn der Ritter auch noch gut aussieht, ist das ein weiteres Plus.

Auf dem Weg zur Bar stellt er sich als »Jef« vor, und Birgit nennt ebenfalls ihren Vornamen.

Jetzt, wo sie so nah beisammenstehen, sie seinen Geruch wahrnimmt und die Bartstoppeln von Nahem sieht, spürt sie ein Kribbeln im Bauch.

Sie trinken ein Bier und schauen dann, was sonst noch so los ist in Alkmaar.

Sie gehen in mehrere Kneipen an der Platte Stenenbrug und am Waagplein, dann sind sie auch schon auf dem Weg zu Birgit. Es kann ihr gar nicht schnell genug gehen, und sie verlieren auch keine Zeit, als sie ihr kleines, aber gemütliches Haus in der Innenstadt erreicht haben.

Kein Glas Wein vorab, keine Plauderei auf Birgits rotem Ledersofa, kein langsames Vortasten … Birgit hat die Haustür kaum zugemacht, als Jef sie auch schon in die Arme nimmt und küsst.

Erst fühlt sie sich ein wenig überrumpelt, aber sie hütet sich zu protestieren. Komm schon, Birgit, genau das willst du doch, sagt sie sich. Stell dich nicht so an.

Es ist schon eine ganze Weile her, dass sie zum letzten Mal Sex hatte, und ehrlich gesagt hat sie große Lust darauf. Sie schlingt die Arme um seinen Nacken, küsst ihn leidenschaftlich und zieht ihn, langsam rückwärts gehend, durch den Flur ins Wohnzimmer. Mit einer Hand drückt sie die Tür auf, und weil ihre Münder sich nicht voneinander lösen können, taumeln sie ungeschickt ins Zimmer. Birgit streift die Schuhe ab und fummelt am Knopf seiner Jeans herum. Er zieht den Reißverschluss ihres Rocks auf, der hellblaue Stoff rutscht an ihren Beinen entlang zu Boden. Sie zieht ihm das reichlich enge schwarze T-Shirt aus, muss sich aber dabei auf die Zehenspitzen stellen und tüchtig zerren, weil es an den Ohren hängen bleibt.

Birgit wirft das Shirt auf den Boden, kichert beim Anblick seiner in alle Richtungen abstehenden Haare, und Jef lacht mit.

Es dauert eine ganze Weile, bis sie sich ihrer Strumpfhose entledigt hat. Jef müht sich indessen mit seinen Schnürsenkeln ab. Er zerrt daran, während Birgit, auf einem Bein stehend, an der Strumpfhose zieht, schließlich lassen sie sich lachend aufs Sofa fallen.

Und dann macht Jef auf einmal nichts mehr. Birgit hatte damit gerechnet, dass er gleich zur Sache kommen würde, stattdessen stützt er sich auf den Ellbogen und betrachtet sie aufmerksam, beinahe forschend. Unsicher erwidert sie den Blick.

»Birgit …« Er fährt mit dem Zeigefinger die Konturen ihres Gesichts nach und sagt dann ganz ernst: »Du hast blaue Augen.«

»Stimmt.« Birgit muss schon wieder kichern.

»Weißt du, dass das zu dunklen Haaren wunderschön aussieht?«

»Ja, ich weiß.«

Er lacht. »Sieh an, endlich mal eine Frau, die zugibt, dass sie in den Spiegel guckt.« Er beugt sich über sie und küsst sanft ihre Lippen und ihr Kinn. Dann den Hals, und allmählich wandert sein Mund tiefer.

Birgit holt tief Luft und atmet langsam aus. Es kommt ihr vor, als würde sich ihre Haut unter seinen Berührungen auflösen, als würde alles zwischen ihnen verschwinden.

2

Am nächsten Morgen werden sie schon früh wach. Sie lächeln sich an und beginnen sich, ohne dass auch nur ein Wort fällt, erneut zu lieben.

Eine Stunde später sitzen sie nach einer lauwarmen Dusche beim Frühstück. Der Toaster steht auf dem Tisch. Birgit hat Tee aufgebrüht und Eier gekocht. Sie reden über Belangloses.

Auf einmal fühlt Birgit sich nicht mehr recht wohl in ihrer Haut. Vielleicht, weil Jef ziemlich abwesend wirkt, so als würde ihm alles Mögliche durch den Kopf gehen. Als er sein Ei zum dritten Mal salzt, nimmt sie ihm den Salzstreuer weg und sagt: »Das ist nicht gut für den Blutdruck.«

Irritiert sieht er sie an.

»Dreimal Salz aufs Ei, das ist nicht gut für den Blutdruck.«

Lächelnd schüttelt er den Kopf wie ein zerstreuter Professor, der sich plötzlich in der Wirklichkeit wiederfindet. »Ich glaube, ich bin satt.« Er schiebt den Teller weg und legt das Besteck darauf.

»Jetzt schon?« Birgit hat gerade ihre dritte Toastscheibe mit Butter und reichlich Erdbeermarmelade bestrichen.

»Ich bin kein großer Esser. Aber ich hätte gern einen Kaffee. Hast du welchen da?«

»Nein, aber du kannst dir Kaffee machen.« Birgit nickt zur Küche hin und beißt in ihren Toast. Eine große, künstlich aussehende Erdbeere fällt auf ihren Bademantel und hinterlässt einen Fleck, der wie ein Blutspritzer aussieht.

Jef geht in die Küche, und Birgit hört ihn eine Weile hantieren. Schließlich verrät ihr das Gurgeln der Kaffeemaschine, dass die Aktion erfolgreich war. Kurz darauf steht Jef mit einem dampfenden Becher wieder im Wohnzimmer.

Er nimmt einen Schluck Kaffee, geht zum Fenster und schaut hinaus auf die Straße. Birgit gießt sich noch eine Tasse Tee ein und buttert in aller Ruhe den nächsten Toast. Währenddessen beobachtet sie Jef, der ihr den Rücken zudreht. Er wirkt sexy mit seinen schmalen Hüften und den breiten Schultern. Wieder spürt sie dieses Kribbeln im Bauch. Da dreht Jef sich um, und ihre Blicke treffen sich. Er trinkt von seinem Kaffee und lächelt verschmitzt.

Alles in Ordnung. Die Nacht war kein Versehen. Birgit spürt, dass es eine Fortsetzung geben wird, und Jefs Worte bestätigen ihre Vermutung. »Und jetzt?«, fragt er. »Was machen wir heute?«

Birgit beißt genüsslich in ihren Toast und zuckt mit den Schultern. »Es ist Mittwoch, ich muss zur Arbeit.«

Jef macht eine bedauernde Miene. »Das hatte ich befürchtet.«

Birgits Herz schlägt schneller. »Was hattest du dir denn vorgestellt?«

»Nichts Besonderes, ich dachte nur, es wäre schön, den Tag zusammen zu verbringen.«

Ihre letzten Vorbehalte schmelzen dahin.

»Morgen habe ich einen freien Tag. Ich könnte mir auch heute freinehmen …«, meint sie.

Jef zieht eine Augenbraue hoch und schaut zum Telefon auf der Kommode. Birgit legt ihren Toast auf den Teller, nimmt den Hörer und ruft bei der Arbeit an. Wie sich herausstellt, ist es absolut kein Problem, einen weiteren Tag freizunehmen.

»Prima.« Jef nickt zufrieden. »Wohnst du schon immer in Alkmaar?«

Birgit steckt sich das letzte Stück Toast in den Mund, kaut und schüttelt den Kopf. »Nein, ich bin mit meinem Exfreund Michiel hergezogen. Ich hatte ihn während des Studiums kennengelernt, und nach dem Examen sind wir zusammengezogen. Michiel kam aus Alkmaar und wollte gern wieder zurück.«

»Und du? Woher kommst du?«

»Aus Zoetermeer. Ich wollte nicht unbedingt zurück, deshalb …«

»Aber ihr habt euch getrennt«, stellt Jef fest.

Birgit nickt. »Nach zwei Jahren. Wir haben in Alkmaar-Noord gewohnt, im Viertel Daalmeer, aber für mich allein war die Wohnung zu groß. Für Michiel auch. Er wohnt jetzt mit seiner neuen Freundin in Heerhugowaard. Ich habe damals etwas geerbt und mir von dem Geld das Haus hier gekauft.«

Jef löst sich von der Fensterbank und geht durchs Wohnzimmer. Vor dem alten Holzschrank, der von Birgits Großmutter stammt, bleibt er stehen und betrachtet durch die Glasscheibe die silbergerahmten Fotos. Ein Bild fällt besonders auf; es ist größer als die anderen, hat einen zierlichen Rahmen, und das abgebildete Mädchen lächelt strahlend. Jef öffnet die Schranktür und betrachtet das Foto, ohne es anzufassen. »Bist du das?«

»Nein.«

»Nein?« Verwundert guckt sich Jef um. »Aber ihr seid verwandt, bei dieser Ähnlichkeit.«

»Das ist meine Schwester.«

»Du hast also eine Schwester. Nur diese?«

Birgit nickt.

»Ich habe mir immer Geschwister gewünscht.« Jef nimmt das Foto aus dem Schrank und betrachtet es eingehend. »Ihr seht euch wirklich ausgesprochen ähnlich. Ein hübsches Mädchen ...« Er zwinkert Birgit zu und stellt das Foto wieder an seinen Platz. »Wie heißt sie?«

»Selma.«

Jef dreht sich um und mustert sie forschend.

»Seid ihr zerstritten?«

»Nein, wir haben nur nicht viel Kontakt. Aber erzähl mir doch was von dir. Was machst du beruflich?«

»Ich schreibe Reisereportagen für Zeitschriften. Außerdem habe ich ein paar Reisebücher verfasst.«

Birgit setzt sich ruckartig auf. »Wirklich? Ist ja toll! Wo warst du denn so?«

»Überall.«

Birgit sieht Jefs gebräunte Haut, die feinen Fältchen um die Augen vom In-die-Sonne-Blinzeln, und mit einem Mal packt sie der Neid. Vor ihr steht jemand, der genau das Leben führt, das sie gern hätte. Jemand, der sein Hobby zum Beruf gemacht hat, der mit Leidenschaft dabei ist und sich nicht mit einem Bürojob von neun bis fünf zufriedengibt.

»Das finde ich fantastisch«, sagt sie mit einem Seufzer. »Viel besser als das, was ich mache.«

»Und das wäre?«

Sie zögert kurz, aber nicht, weil sie es ihm nicht verraten will, sondern weil es eine völlig andere Arbeit ist als das, was ihr vorschwebte.

»Ich arbeite in einem Maklerbüro hier in Alkmaar.«

»Du bist Maklerin?« Jef guckt verwundert, und Birgit weiß sofort, warum. Sie ist sechsundzwanzig, wird aber meist jünger geschätzt. Einmal musste sie sogar ihren Ausweis vorzeigen, als sie mit Freundinnen in eine Amsterdamer Diskothek wollte.

»Nein, das nicht«, sagt Birgit. »Ich arbeite nur dort. Ich habe Anglistik studiert, aber nach dem Examen wusste ich nicht so recht, was ich damit anfangen sollte. Von irgendwas muss ich ja leben, und da habe ich die Stelle im Maklerbüro angenommen.«

Sie merkt, dass sie zu viel redet. Schon wieder geht es um sie, und von ihm weiß sie so gut wie nichts. Andererseits schmeichelt ihr sein Interesse. Er hätte auch längst wieder weg sein können.

Birgits Liebesleben war bisher nicht gerade stabil. Die One-Night-Stands und nur ein paar Wochen dauernden

Verhältnisse nicht mitgerechnet, kommt sie auf drei Beziehungen, die diesen Namen tatsächlich verdienen. Mit achtzehn lernte sie Rogier kennen, der gerade sein Jurastudium abgeschlossen und eine glänzende Zukunft als Anwalt vor sich hatte. Sie traf ihn in einer Kneipe, und der Funke sprang sofort über. Nachdem sie ein Jahr zusammengelebt hatten, kam Rogier zu dem Schluss, dass sie doch nicht zusammenpassten, weil er Birgits traumatische Kindheit als zu belastend empfand. Als hätte sie ihn als Betreuer missbraucht … dabei sprach sie nur selten darüber.

Die nächste ernsthafte Beziehung hatte sie mit Max, einem Computerfachmann. Mit ihm war sie ein Jahr zusammen, als eines Tages ihre Freundin Jacqueline zum Essen kam. Jacqueline und Max verstanden sich auf Anhieb. Sie interessierten sich beide für Tiefseetauchen und redeten den ganzen Abend darüber, ohne auch nur den Versuch zu machen, Birgit in das Gespräch mit einzubeziehen. Ein paar Wochen später buchten sie eine Reise auf die Antillen und tauchten gemeinsam ab.

Inzwischen war Birgit zweiundzwanzig und fest entschlossen, sich nicht mehr abservieren zu lassen. Deshalb war sie zunächst vorsichtig, als sie Michiel kennenlernte. Aber allem Anschein nach hatte sie mit ihm das große Los gezogen. Er war liebevoll und fürsorglich und außerdem ein enorm geschickter Handwerker. Michiel arbeitete bei einem Bauunternehmen und hatte fest vor, eine eigene Firma zu gründen. Diesen Traum machte er wahr und dann noch einen weiteren, der wenig mit Birgit zu tun hatte, aber dafür umso mehr mit einer Kundin, bei der er Umbauarbeiten durchführte. Birgit verzieh ihm »diesen einen Ausrutscher«, wie er es nannte, bis sie merkte, dass es beileibe nicht der einzige war. Seitdem hatte sie von Männern gründlich die Nase voll. Bis gestern Abend. Keine Freundin hatte Zeit gehabt, mit ihr auszugehen, aber davon ließ Birgit sich nicht abhalten. Dann ging sie eben allein.

Schon immer hat sie gewusst, dass irgendwo auf der Welt ihr Traummann herumläuft, und nun sie hat das Gefühl, diesen Mann getroffen zu haben.

3

Jef möchte am liebsten den ganzen Tag zu Hause bleiben, im Bett oder eng umschlungen auf dem Sofa.

»Es gibt noch so vieles, was ich nicht weiß«, sagt er. »Ich will dich kennenlernen, Birgit. Ich will wissen, wie du lebst, wer deine Freunde sind und was du am liebsten isst.«

Birgit freut sich über sein Interesse, aber es macht sie auch ein wenig nervös. Sie kann sich nicht erinnern, dass sich ein Mann je so aufrichtig für sie interessiert hat. Und als Jef vor ihrem Bücherregal steht, spürt sie auf einmal noch etwas anderes, nämlich Bedauern, dass sie keine eindrucksvolle Bibliothek besitzt. Mit Sicherheit ist Jef sehr belesen, zumal er selbst schreibt. Plötzlich wird ihr klar, warum manche Leute Literatur zu Dekorationszwecken aufstellen. Auf ihrem einzigen Regalbrett sind mehr Fotos als

Bücher zu finden. Ihre Lektüre aus der Studienzeit liegt in einem Karton unter dem Bett, sodass jetzt nur Frauenromane im Regal stehen. Das dürfte Jef wenig beeindrucken.

Sie folgt ihm mit dem Blick, als er vom Regal zum Schrank schlendert und noch einmal die Fotos hinter dem Glas betrachtet.

»Zeigst du mir deine Fotoalben?«, fragt er. »Ich wüsste gern, wie du als Kind und Teenager ausgesehen hast.«

Birgit sagt, sie habe keine Fotoalben, was Jef nicht glaubt; seiner Meinung nach hat das jeder.

»Ich nicht.«

»Dann erzähl mir von dir.«

Sie erzählt von ihrer besten Freundin Eline, obwohl sie weiß, dass es ihm nicht darum geht. Aber mit Eline verbringt sie die meiste Zeit. Samstags gehen sie zusammen shoppen, und oft sind sie bei ihr oder Birgit zu Hause und reden bei einer großen Kanne Tee bis zum Umfallen. Oder sie setzen sich in ein Straßencafé und beobachten die Touristen, die jedes einzelne Haus der historischen Altstadt fotografieren. Das macht Birgit eigentlich am liebsten, denn sie ist ungern den ganzen Tag in der Wohnung. Sie braucht Leben um sich herum, und wenn sie aus dem Haus geht, steht sie mitten in der Stadt.

Birgit schlägt einen Stadtbummel vor, aber Jef zögert.

»Wir wollen doch nicht den ganzen Tag drinnen hocken?«, sagt Birgit.

»Na gut«, meint Jef. »Eigentlich wär's ja ganz nett, sich Alkmaar mal anzusehen. Ich bin das erste Mal hier.«

»Wo wohnst du überhaupt?«, fragt sie, während sie ihren Hausschlüssel sucht.

»In Amsterdam.«

Birgit kramt in einer ihren vielen Taschen. »Jeder fliegt heutzutage überallhin – nach Spanien, auf die Antillen, nach Thailand ... –, aber unser eigenes Land kennen wir kaum. Wetten, du warst noch nie im Anne-Frank-Haus, obwohl du in Amsterdam wohnst? Dafür war ich noch nie auf dem Alkmaarer Käsemarkt oder habe eine Grachtenrundfahrt gemacht. Komisch, was?«

»Wie wär's, wenn wir das heute machen? Wir gehen zum Fremdenverkehrsamt und lassen uns was empfehlen: Bootsrundfahrt, Stadtführung, Käsemarkt ...« Er sieht sie fragend an.

»Der Käsemarkt ist freitagvormittags.«

»Dann fahren wir eben Boot.«

Birgit muss lachen. »Ist das dein Ernst?«

»Klar, warum nicht? Du hast vollkommen recht: Warum sollten wir bei dem herrlichen Wetter im Haus bleiben? He, was ist denn das?« Er ist in den Flur gegangen, um seine Jacke zu holen, und nimmt eine Anglermütze von der Garderobe.

»Die gehört meinem Vater, er hat sie mal hier vergessen«, sagt Birgit.

Jef hat die Mütze bereits aufgesetzt und stellt sich vor den Spiegel. »Ein waschechter Tourist«, stellt er zufrieden fest. »Kann ich die Mütze leihen?«

Birgit lacht. »Dann musst du dir aber auch noch eine Kamera umhängen und eine Sonnenbrille aufsetzen.«

»Und einen Stadtführer unter den Arm klemmen. Hast du einen?«

»Den kaufen wir beim Fremdenverkehrsamt.« Birgit schlüpft in eine weiße Jeansjacke, hält mit der Sonnenbrille ihr dunkles Haar zurück und schließt die Haustür auf.

Kurz darauf sind sie in der Stadt unterwegs. Jef hat die Mütze so weit ins Gesicht gezogen, dass es fast albern aussieht, aber das scheint ihn nicht zu kümmern. Birgit auch nicht, aber insgeheim hofft sie, nicht zufällig Eline zu begegnen.

Sie verbringen einen herrlichen Tag. Über Alkmaar spannt sich ein strahlend blauer Himmel. Vom Turm der Stadtwaage erklingt das Glockenspiel, eine Drehorgel dudelt lautstark dagegen an, und in der Altstadt wimmelt es von Menschen. Birgit mag diese Lebendigkeit. Wenn es nach ihr ginge, wäre der verkaufsoffene Sonntag längst eingeführt, sodass die ganze Woche über Trubel herrscht.

Sie machen eine Grachtenrundfahrt, bücken sich unter den niedrigen Brücken und verpassen die Hälfte der Sehenswürdigkeiten, weil sie sich immer wieder küssen.

Nach der Bootstour kommen sie am Maklerbüro Vlieger vorbei, in dem Birgit arbeitet. Sie bleiben vor dem Schaufenster stehen und betrachten Fotos von Häusern, die zum Verkauf stehen. Birgit erzählt, manche stünden schon so lange leer, dass sie ihr fast so vertraut seien wie ihr eigenes Zuhause.

Auf dem Waagplein essen sie zu Mittag, wie es nur frisch Verliebte tun: Sie füttern sich gegenseitig mit leckeren Häppchen, prosten sich immer wieder zu, küssen sich und reden zwischendurch ein paar Takte. Jef erzählt von seiner Familie; er sei Einzelkind, sein Vater sei so gut wie nie zu Hause gewesen, und die frustrierte Mutter habe in ihm einen Verbündeten gesehen.

Birgit hört zu und betrachtet Jef eingehend. Nach kurzem Schweigen schaut er ihr unvermittelt in die Augen und lächelt. Ein kleines, geheimnisvolles Lächeln, das etwas Großes verheißt, ganz so, als sprächen sie eine Geheimsprache, in der sie sich mitteilen, dass es ihnen beiden ernst ist, aber zunächst bleibt es bei diesen verschlüsselten Andeutungen.

Nach dem Essen spazieren sie durch den alten Stadtkern, die Fnidsen entlang und am »Haus mit der Kugel« vorbei. Über ein Brückengeländer gebeugt, bewundern sie die Stadtwaage und gönnen sich in einem Eiscafé an der Mient ein riesiges Pfirsichsorbet. Am Spätnachmittag kann Birgit sich kaum noch vorstellen, dass sie Jef gestern um diese Zeit noch gar nicht kannte.

Bevor sie wieder nach Hause gehen, holen sie beim Indonesier in der Hoogstraat etwas zum Abendessen. Jef war schon in Indonesien und erzählt auf dem Nachhauseweg so begeistert von dem Land und seiner vorzüglichen Küche, dass Birgit die Reiselust packt.

»Wann fährst du wieder hin? Ich komme mit«, sagt sie scherzend, als sie in ihre Straße einbiegen.

Er grinst. »Das wäre toll! Eigentlich hatte ich eine Reise nach Ägypten geplant, aber es ist was dazwischengekommen.«

»Nach Ägypten komme ich auch mit!«, lacht Birgit.

Als sie die Haustür aufschließt, fragt sie unvermittelt: »Was hast du überhaupt hier in Alkmaar gemacht, wenn du in Amsterdam wohnst?«

Jef sagt, er sei im Atlantis mit einem Freund verabredet gewesen, der jedoch nicht aufgetaucht sei. Weil er schon einmal da war, sei er geblieben, um sich die Band anzuhören. Und natürlich auch, weil er sie gesehen habe, fügt er hinzu.

Birgit betritt das Haus und sieht Jef geschmeichelt an. Er nutzt die Gelegenheit, zieht sie an sich und küsst sie leidenschaftlich. Die Plastiktüte mit dem indonesischen Essen schneidet ihr in die Finger, sie lässt sie fallen. Gleich darauf fallen sämtliche Hüllen, und sie landen auf dem Sofa.

»Birgit …«, sagt Jef sanft, als sie später zusammen unter der Dusche stehen. »Meine Schönste, Liebste … das war ein herrlich verrückter Tag mit dir.«

Birgit spült das Duschgel ab und sieht ihn vielsagend an: »Vergiss die Nacht nicht. Und weißt du, was das Schönste ist? Es wird noch eine geben.«

Jef küsst ihr nasses Haar, das dunkel glänzt. »Ist das eine Einladung?«

»Nein, ein Befehl. Oder musst du fort?« Beunruhigt sieht sie zu ihm auf. Sie hat keine Sekunde darüber nachgedacht, dass er andere Pläne haben könnte.

Jef sagt, er müsse überhaupt nichts, er sei sein eigener Chef und habe alle Zeit der Welt. Erleichtert legt sie die Arme um seinen Nacken.

»Das passt ja hervorragend«, sagt sie verschmitzt.

4

Als Birgit sich auf die Seite dreht, merkt sie, dass das Bett neben ihr leer ist. Es ist schon hell, deshalb kann sie die Ziffern des Digitalweckers nicht gut erkennen. Sie nimmt ihr Handy vom Nachttisch: Es ist 9:13 Uhr.

Wahrscheinlich wollte Jef sie ausschlafen lassen und sitzt jetzt mit der Zeitung im Wohnzimmer. Jedenfalls hört sie ihn nicht in der Küche hantieren, und auch im Badezimmer ist es still.

Sie richtet sich halb auf und sagt fragend: »Jef?«

Keine Antwort.

Birgit schwingt die Beine über die Bettkante und geht im Nachthemd in den Flur. Im Vorbeilaufen schaut sie in die Küche: Nichts weist darauf hin, dass Jef Frühstück gemacht hat. Gähnend betritt sie das Wohnzimmer und sieht sich um.

Niemand.

Das ist merkwürdig.

Sicherheitshalber wirft sie einen Blick ins Bad, aber nein, er sitzt auch nicht mit einem Buch auf der Toilette. An der Flurgarderobe hängen nur noch ihre Sachen.

Bestimmt ist er Zigaretten holen gegangen, denkt sie, obwohl sie ihn nicht hat rauchen sehen. Vielleicht auch seine gewohnte Zeitung oder was Besonderes zum Frühstück, in dem netten kleinen Geschäft in der Koorstraat zum Beispiel, wo man Bagels und eine große Auswahl Brötchen bekommt. Sie hat es Jef gestern gezeigt, also ist es gut möglich, dass er gleich mit einer Tüte frischer Bagels auftaucht.

Bis dahin nimmt Birgit ein Vollbad, allerdings nicht so ausgiebig wie sonst, und wählt dann sorgfältig ihre Kleidung aus. Sie nimmt eine limettengrüne Leinenhose und ein passendes Oberteil aus dem Schrank und zieht sich an. Noch rasch mit der Bürste durchs Haar, Ohrringe anlegen, schminken ... und Jef ist immer noch nicht da.

In der Küche kocht sie ihr Frühstücksei, röstet ein paar Scheiben Toast, brüht Tee auf und trägt dann alles zum Esstisch im Wohnzimmer. Als sie die Teekanne auf den Tisch stellt, klappert der Briefschlitz an der Haustür.

Birgit dreht sich so abrupt um, dass sie mit der Hüfte an die Tischkante stößt. Sie unterdrückt den Schmerz – bestimmt gibt das einen hässlichen blauen Fleck – und eilt in den Flur. Ein Wochenblatt liegt auf der Fußmatte.

Birgit hebt es auf und geht langsam zum Esstisch zurück. Beim Frühstücken blättert sie die Zeitung durch. Familienanzeigen, Nachrichten aus Stadt und Region, Leserbriefe und im Immobilienteil Fotos von Häusern, die zum Verkauf stehen. Diese Fotos betrachtet sie interessierter, denn es sind größtenteils Objekte von Vlieger. Anzeigen schalten für Häuser, die neu im Angebot, schwer verkäuflich oder vor Kurzem im Preis gesunken sind – das ist ihre Aufgabe.

Kritisch betrachtet sie das Foto des Hauses am Daalmeerpad, das diesmal eine großformatige Anzeige hat. Ein frei stehendes Haus in bester Lage, allerdings so heruntergekommen, dass niemand anbeißt. Der Eigentümer wohnt in Limburg und hat es geerbt, sodass es nun schon geraume Zeit leer steht. Mit dem schadhaften Putz, dem hohen Gras und dem wuchernden Unkraut im Garten wirkt es wenig einladend, aber der Besitzer will auf keinen Fall billiger verkaufen. Also muss der Makler zusehen, wie er das Objekt loswird.

»Bei diesem Preis will kein Mensch noch selbst Hand anlegen«, hat sie Jef gestern erklärt. »Wir haben noch mehr solche Häuser. An sich schöne Objekte, aber je länger sie zum Verkauf stehen, desto misstrauischer werden die Kunden. Irgendwann ist es dann ein echtes Problem, diese Häuser an den Mann zu bringen.«

»Wundert dich das?«, sagte Jef nach einem langen Blick auf das Foto. »Ich würde nicht mal geschenkt darin wohnen wollen.«

Jef … wo steckt er nur? Er hätte doch wenigstens einen Zettel dalassen können.

Birgit räumt den Frühstückstisch ab und sieht sich noch einmal gründlich um, womöglich hat sie seine Nachricht übersehen. Aber nein, da ist nichts.

Sie stellt die Butter in den Kühlschrank, und plötzlich fällt ihr auf, dass der Käse alle ist. Gestern Abend war noch ein Stück da, genug für heute und morgen zum Frühstück, aber jetzt ist er weg.

Sie macht den Treteimer auf. Da liegt die Käserinde, außerdem eine leere Milchtüte. Als sie sich genauer umsieht, fallen ihr die Krümel auf der Arbeitsplatte auf. Jef hat bereits gefrühstückt, ist also nicht Brötchen holen gegangen. Während sie schlief, hat er in der Küche rasch ein Brot gegessen, die Milch ausgetrunken und ist gegangen.

Niedergeschlagen lehnt sich Birgit gegen den Türrahmen.

»Blöde Kuh«, sagt sie leise. »Wieder mal ein Reinfall.«

Jetzt gibt es nur eines: Sie muss sich etwas vornehmen, muss fort aus der Wohnung. Auf keinen Fall will sie den ganzen Tag zu Hause herumsitzen und Trübsal blasen.

In so einer Situation ist es ein Segen, eine gute Freundin zu haben. Zu Eline kann sie jederzeit gehen. Sie hat, genau wie Birgit, nicht viel Kontakt zu ihrer Familie. Nicht weil es da Probleme gäbe, sondern weil sie so weit auseinanderwohnen.

Eline und sie waren immer für einander da, und Birgit würde noch eher glauben, dass die Welt eine Scheibe ist, als dass ihre Freundschaft je zerbrechen könnte. Sie kennt Eline noch vom Gymnasium, und dass sie beide nach dem Studium in Alkmaar gelandet sind, ist Zufall. Mehr oder weniger jedenfalls. Elines Eltern sind aus steuerlichen Gründen nach Belgien gezogen, und Geschwister hat sie nicht, daher zog sie in Birgits Nähe. Anders als die Freunde aus der Zeit nach der Schule und aus dem Studium, kennt Eline Birgits Familie gut. Auch Selma.

Sie reden zwar nicht oft darüber, aber was geschehen ist, zeigt sich an den Dingen, über die sie schweigen.

Erst jetzt sieht Birgit, dass der Anrufbeantworter blinkt. Vorsichtig drückt sie die Abhörtaste, und obwohl sie damit gerechnet hat, erschrickt sie doch, als die Stimme ihrer Mutter durchs Wohnzimmer hallt.

»Hallo, mein Schatz, ich wollte nur wissen, wie es dir geht. Wir haben lange nichts mehr von dir gehört …« Stille. »Hast du unsere Geburtstagspost bekommen? Ich weiß ja, dass du nicht feierst, aber ich habe den ganzen Tag an dich gedacht. Hoffentlich hast du dir von dem beigelegten Geld was Hübsches gekauft.« Wieder Stille … sie sucht anscheinend nach Worten. »Jedenfalls hoffe ich, dass es dir gutgeht. Wir denken an dich. Tschüs, mein Schatz.«

Das Auflegegeräusch kommt unerwartet, so angespannt hat Birgit gelauscht. Keine Vorwürfe, keine verkappte Aufforderung, sie solle sich doch mal melden – einfach nur ein Lebenszeichen.

Ihren Geburtstag vor zwei Wochen hat Birgit nicht gefeiert. Das heißt, sie ist mit Eline essen gegangen, aber von ihrem eigenen Geld. Die fünfzig Euro, die ihre Eltern der Glückwunschkarte beigelegt hatten, hat sie der Krebshilfe gespendet.

Ihre Eltern rufen jede Woche an. Birgit selbst telefoniert meist mit dem Handy, und wenn ihr Festanschluss klingelt, wartet sie erst, bis der Anrufbeantworter anspringt und geht dann eventuell dran.

Sie kann ihren Eltern nicht verbieten, anzurufen oder immer wieder zu schreiben, aber sie reagiert nicht darauf.

Um die Stille zu vertreiben, schaltet Birgit den Fernseher an. Während sie mit halbem Ohr einer Satiresendung lauscht, räumt sie ein wenig auf. Ihr Blick fällt auf das Foto ihrer Schwester.

Sie denkt an Jefs Verwunderung, als sie sagte, sie habe keine Fotoalben. Selbstverständlich besitzt sie welche, nur hatte sie keine Lust, sie ihm zu zeigen, zumal sie selbst nur selten darin blättert. Außerdem sind es nicht sehr viele Fotos. Selma hat viele Alben voll, vor allem aus ihrer Kleinkinderzeit, während Birgits gesamte Kindheit auf ein paar Seiten passt. Selmas erste Lebensjahre wurden in unzähligen Filmen festgehalten, aus der Zeit nach ihrem vierten Geburtstag gibt es aber auch von ihr nicht mehr viele Bilder. Birgit vermutet, dass ihre Eltern keine Fotos brauchten, weil sie Selma ohnehin ständig vor Augen hatten, wie sie blass und mager im Krankenhausbett lag, die Haut wie eine Landkarte mit blauen Adern und Ekzemen verunstaltet. Damals gab es kaum Situationen, in denen man begeistert zur Kamera griff. Der Kummer aus jener Zeit hat ihren Eltern das Herz gebrochen, und Selmas Foto im Schrank erinnert Birgit immer wieder daran, dass nichts so schlimm ist wie eine lebensbedrohliche Krankheit. Deshalb hat sie nicht vor, Jef lange nachzutrauern.

5

»Unglaublich, so ein mieser Typ!«, entrüstet sich Eline. Sie sitzt an einem Tisch voller Werkzeuge, Gold- und Silberklümpchen und kaputten Schmuckstücken, die sie repariert. In ihrem Arbeitszimmer riecht es nach Lot und geschmolzenem Metall.

Vor einem Jahr hat sie sich als Schmuckdesignerin selbstständig gemacht; sie fertigt im Auftrag Entwürfe, verkauft eigene Kreationen und repariert beschädigten Schmuck. Wenn eine von Birgits Halsketten kaputtgeht, bringt Eline das sofort wieder in Ordnung. Birgit wünscht sich, die Freundin könnte den Knacks in ihrer Seele ebenso leicht reparieren.

Deprimiert sitzt sie auf einem Stuhl und erzählt von Jef, während Eline einen neuen Verschluss an einem Goldarmband anbringt.

»Du solltest keinen Gedanken mehr an den Kerl verschwenden.« Eline beugt sich wieder über ihre Arbeit. »Das ist er nicht wert.«

Es ist ein Klischee, aber die größten Klischees sind oft die größten Wahrheiten. Nur hilft einem das auch nicht weiter.

»Das Problem ist, dass ich dachte, er wäre es wert«, sagt Birgit bedrückt. »Ich hatte geglaubt, endlich den Richtigen gefunden zu haben.«

Eline sieht sie schräg von der Seite an. »Warum hast du den Kerl überhaupt mit nach Hause genommen? Ich habe dir schon oft gesagt, du sollst vorsichtiger sein. Es laufen jede Menge Verrückte rum – im Grunde genommen bist du noch glimpflich weggekommen. Der hätte dich auch umbringen können.«

»Auf mich hat er ehrlich und vertrauenswürdig gewirkt. Außerdem hat er mir so manches von sich erzählt, zum Beispiel, dass er Reisebücher schreibt.«

»Tatsächlich?« Eline dreht ihren Stuhl ein Stück, sodass sie ihren PC vor sich hat. »Und mit Vornamen heißt er Jef, ja?« Sie klickt das Internet-Icon an und ruft Google auf. Flink tippt sie »Reisebuch« und »Jef« ein und lehnt sich dann zurück, um in Ruhe die Ergebnisse zu betrachten. Birgit zieht ihren Stuhl heran und schaut ebenfalls gespannt auf den Bildschirm.

»Ergebnisse 1–10 von 593«, liest Eline vor. »Mal sehen, was da kommt.«

Es kommt alles Mögliche, aber Gewissheit hinsichtlich Jefs Identität ergibt sich nicht. Offenbar existieren mehrere reisende, fotografierende und schreibende Männer namens Jef, aber da Birgit seinen Nachnamen nicht kennt und nirgends ein Autorenfoto dabei ist, bringt sie das nicht weiter.

»Trotzdem muss man ihn ausfindig machen können. Du könntest dich mit den Verlagen dieser Reisebücher in Verbindung setzen.«

»Vorausgesetzt, er hat mir seinen richtigen Namen genannt«, wendet Birgit ein. »Aber ich glaube schon. Ach, warum habe ich bloß immer Pech mit den Männern? Irgendwo muss es doch auch für mich den richtigen geben.«

»Aber sicher«, sagt Eline. »Du musst eben weitersuchen. Aber vielleicht solltest du genau das nicht machen. Was hältst du übrigens von einer Kneipentour heute Abend?« Sie konzentriert sich wieder auf ihre Arbeit.

Birgit schaut zu, wie sie mit äußerster Präzision das Armband repariert. So etwas könnte sie nicht, sie hätte längst die Geduld verloren und das Ding in eine Ecke geworfen.

Eline sieht sie fragend an, und Birgit zuckt mit den Schultern. »Kneipe? Hmmm, ich weiß nicht … ich hätte eher Lust auf Kino. Mit einer großen Tüte Popcorn.«

»Auch gut.«

Der Film handelt von einer Familie, deren Mitglieder sehr aneinander hängen, die aber trotzdem auseinanderbricht. Die Heldin hat eine so enge Bindung zu ihren Eltern und Geschwistern, dass es irgendwann unerträglich wird und sie den Entschluss fasst, mit der Familie zu brechen. Ihr Hin- und Hergerissensein zwischen Gefühl und Verstand ist das Hauptthema des Films. Schließlich geht sie nach Afrika, um als Entwicklungshelferin zu arbeiten, und dort zieht sie sich immer weiter von der Zivilisation zurück. Am Ende findet sie ihren Platz im Dschungel, wo sie unter Schimpansen lebt, die sie nach ihren Eltern und Geschwistern benennt.

Als Eline und Birgit das Kino verlassen, sagen sie kein Wort. Sie gehen durch die Stadt zu Birgits Haus, und erst im Wohnzimmer fragt Eline vorsichtig: »Fehlen sie dir?«

Birgit antwortet nicht gleich. Eigentlich gibt sie gar keine Antwort, sondern zuckt nur leicht die Schultern, und Eline hakt nicht nach.

Natürlich fehlt Birgit ihre Familie. Oder besser gesagt, ihr fehlt, was hätte sein können, sofern einem etwas »fehlen« kann, das man nie hatte. Sie hat zwar leibliche Eltern, doch alles, was man mit diesem Wort verbindet, hat es für sie nicht gegeben. Birgit weiß auch, dass ihre Eltern sie lieben – das haben sie ihr zumindest immer wieder versichert, und in gewisser Weise stimmt das wohl auch –, aber sie fragt sich bis heute, wie stark und bedingungslos diese Liebe ist. Und ob ihre Eltern sie genauso lieben wie Selma. Eine Antwort darauf wird sie nie bekommen, denn für Liebe gibt es nun mal keinen Gradmesser, und vielleicht ist das auch besser so. Sie kann und will nicht mit Selma konkurrieren. Nach allem, was ihre Schwester durchgemacht hat, hat sie eine Extraportion Liebe mehr als verdient. Aber nach allem, was sie selbst durchgemacht hat, steht ihr mindestens die Hälfte zu. Nur bekommt man leider nicht immer, was man verdient. Als Jugendliche hatte Birgit sich damit abgefunden; schließlich war sie gesund, sie konnte sich nicht beschweren, wenigstens nicht, wenn man ihr Leben mit dem Selmas verglich.

Nein, man konkurriert nicht mit einer Schwester, die Leukämie hat.

Krebs ist ein emotionaler Ground Zero, der völlige Verzweiflung, Erschütterung und Todesangst auslöst. Früher stellte Birgit sich manchmal vor, wie es wäre, wenn Selma nicht mehr lebte. Wenn sie abends ihre Nachttischlampe ausknipste und Dunkelheit sie einhüllte, kamen Gedanken hoch, die sie in ihrer Angst manchmal für Visionen hielt. Vorstellungen von einer Zukunft, die unausweichlich war.

Leukämie bedeutet, dass im Körper zu viele weiße Blutzellen produziert werden, die das Gleichgewicht der Blutplättchen und roten Blutzellen stören. So entsteht ein Mangel an blutungshemmenden Plättchen sowie ein Mangel an roten Blutzellen, der wiederum zu Anämie führt.

Selma war vier Jahre alt, als bei ihr chronische myeloische Leukämie diagnostiziert wurde. Sie bekam eine intensive Chemotherapie, doch nach einer anfänglichen Besserung kam der Krebs wieder. Damals entschlossen sich die Ärzte zu einer Knochenmarktransplantation. Diese war zunächst erfolgreich: Selmas Blutzellen wurden durch gesunde ersetzt, die den noch vorhandenen Krebszellen den Garaus machten. Der Nachteil einer Knochenmarktransplantation besteht darin, dass der Körper das Spenderknochenmark als fremd erkennt und eventuell bekämpft. Bei Selma war dies der Fall, und sie musste wegen der Abstoßungsreaktionen immer wieder stationär behandelt werden.

Das gesamte Familienleben wurde von Selmas Krankheit bestimmt. Sie bekam einen tiefroten Hautausschlag auf Wangen, Handflächen, Fußsohlen und Brust, litt an starken Blutungen und lag mehr im Krankenhausbett als in ihrem eigenen zu Hause.

Unzählige Male konnten Feste nicht gefeiert werden, weil Selma oft ausgerechnet an diesen Tagen einen Rückfall erlitt. Zu Weihnachten stellten sie nur selten einen Baum auf, weil die Wahrscheinlichkeit groß war, dass sie die Feiertage in der Klinik verbrachten. Aus dem gleichen Grund wurde auch Birgits Geburtstag des Öfteren nicht gefeiert. Sie bekam zwar jedes Mal Geschenke, aber Girlanden im Haus, eine von der Mutter gebackene Geburtstagstorte und eine Party mit Freundinnen wären ihr viel lieber gewesen.

Zwei Tage nach ihrem elften Geburtstag, der wieder einmal sang- und klanglos vorübergegangen war, kam sie mit ihrem Zeugnis nach Hause. Es war hervorragend ausgefallen, denn Birgit lernte gut, und sie konnte es kaum erwarten, ihre Noten vorzuzeigen.

Als sie durch die Hintertür in die Küche kam, hörte sie ihre Mutter im Wohnzimmer weinen. Birgit wusste, dass sie am Vormittag zu Selma gegangen war, die mit Lungenentzündung im Krankenhaus lag. Minutenlang lauschte sie reglos dem Schluchzen, dann legte sie das Zeugnis auf die Arbeitsplatte und ging in ihr Zimmer.

Nach dem Abendessen lag ihr Zeugnis, an der dafür vorgesehenen Stelle unterschrieben, im Wohnzimmer, aber niemand verlor auch nur ein Wort darüber.

Später, im Bett, sagte Birgit sich mit fest geschlossenen Augen lobende Worte vor, mit einer solchen Einbildungskraft, dass sie die helle Stimme ihrer Mutter und das stolze Lachen ihres Vaters zu hören glaubte: »Drei Einsen und sonst lauter Zweien! Birgit, das ist fabelhaft! Komm her, lass dich drücken!«

Nachts träumte sie, die Eltern würden mit ihr zur Belohnung in einen Vergnügungspark gehen, und sie dürfte so viel Zuckerwatte essen, wie sie wollte. Die Traumbilder waren so lebendig, dass ihr das Ganze am nächsten Morgen real erschien und sie in der Schule ausführlich davon erzählte.

Ein halbes Jahr später, an einem düsteren Tag Mitte Dezember, teilte ihnen der behandelnde Onkologe mit, die Chemotherapien, die Selma jahrelang über sich hatte ergehen lassen müssen, hätten zu einer Niereninsuffizienz geführt. Wieder war Selma dem Tode geweiht.

6

Erst als sie am nächsten Morgen mit dem Rad zur Arbeit fährt, begreift sie. Es ist herrliches Sommerwetter, und sie macht einen kleinen Umweg über den Ringgraben um die Altstadt. In der Innenstadt findet der Käsemarkt statt, daher ist sie schneller beim Maklerbüro, wenn sie den Umweg nimmt.

Birgit blickt auf das dunkelgrüne Wasser der Gracht, in dem sich der dicht belaubte Goldregen spiegelt, und sieht vor ihrem inneren Auge das Rundfahrtboot, mit dem sie gestern gefahren sind. Im nächsten Augenblick stehen sie und Jef vor dem Schaufenster des Maklerbüros. Sie zeigt auf die Häuser, die schon länger leer stehen, und hört wieder seine Fragen: Wie lange diese Häuser schon zum Verkauf stünden und welche derzeit nicht bewohnt seien …

Und sie hat ihm in ihrer Naivität die Häuser gezeigt, die zurzeit leer stehen, weil die Eigentümer entweder umgezogen oder in Urlaub sind.

Sekundenlang erstarrt Birgit auf dem Rad und lässt es ausrollen, dann beginnt ihre Haut zu kribbeln, und ihr wird siedend heiß. Sie hat Jef genau gesagt, in welchen Häusern er ungestört zu Werke gehen kann! Womöglich ist er gerade dabei, sie nacheinander aufzubrechen. Wenn sie das ihrem Chef sagt, wirft der sie auf der Stelle raus, aber die Polizei anrufen und den Makler außen vor lassen kann sie auch nicht. Ein anonymer Hinweis wäre eine Möglichkeit, aber was, wenn die Polizei den Anruf rückverfolgt? Oder macht sie sich diese Mühe nicht?

Sie kann unmöglich in aller Ruhe den ganzen Vormittag Anrufe entgegennehmen und Unterlagen für Kaufinteressenten zusammenstellen. Sie muss unbedingt herausfinden, ob ihre Vermutung stimmt.

Mühsam tritt sie wieder in die Pedale, und kurz darauf steigt sie vor dem Maklerbüro vom Rad. Ihre Hände zittern, als sie es abschließt.

Sie hat gerade erst ihr Zimmer betreten, da kommt auch schon Rob Lindemans, ihr Chef, herein und legt einen Stapel Papiere auf ihren Schreibtisch.

»Guten Morgen, Birgit. Könnten Sie davon bitte zehn Kopien machen?«

»Äh … ja klar. Brauchen Sie sie sofort?«

»Nein, es reicht, wenn ich sie nach der Mittagspause habe.«

Birgit schlüpft aus der Jacke. Als sie diese an den Haken hängt, tut sie, als würde ihr schwindlig. Sie legt die Hand an die Stirn und stützt sich an der Wand ab, aber Lindemans merkt nichts. Summend macht er sich auf den Weg in sein Büro.

Sie stöhnt leise, doch Lindemans macht bereits die Tür hinter sich zu. Birgit nimmt die Papiere und geht zum Kopierer. Normalerweise führt ihr erster Weg zur Kaffeemaschine, aber dafür ist jetzt keine Zeit.

In Windeseile macht sie sich ans Kopieren, und als sie Lindemans aus seinem Büro kommen hört, lässt sie die Papiere fallen und krümmt sich zusammen.

»Ach du Schreck, was ist denn mit Ihnen los?« Lindemans eilt auf sie zu. »Nein, lassen Sie nur liegen. Sie müssen sich hinsetzen. Haben Sie Bauchschmerzen?«

Birgit nickt, verzieht schmerzlich das Gesicht und lässt sich von ihrem Chef zu einem Stuhl führen.

»Mir ist auf einmal schwindlig geworden«, murmelt sie.

Er mustert sie besorgt. »Sind Sie krank?«

Birgit legt die Hand an die Stirn. »Fieber habe ich nicht.«

»Man muss kein Fieber haben, um krank zu sein. Wie ist es, fühlen Sie sich schon ein wenig besser?«

Birgit gibt sich tapfer. Sie steht auf, bückt sich nach den Blättern – und lässt ein unterdrücktes Stöhnen hören. Das überzeugt Lindemans endgültig. Er hilft ihr auf und sagt, sie solle nach Hause gehen.

»Ist gut«, murmelt Birgit. »Ich gehe noch rasch zur Toilette, einen Schluck Wasser trinken.«

Bei Lindemans klingelt das Telefon, und nach einem mitfühlenden Blick auf Birgit betritt er rasch sein Büro. Sie riskiert, dass er ihre wundersame Genesung mitbekommt, und spurtet in den Nebenraum mit dem Tresor. Dort hängen die Schlüssel der Häuser, die zum Verkauf stehen, damit Lindemans nicht jedes Mal die Eigentümer stören muss, wenn eine Besichtigung ansteht. Auf den Schlüsselanhängern steht jeweils ein Code, der einer Adresse im Computer entspricht. Manche Objekte sind schon so lange im Angebot, dass Birgit die Codes mitsamt den zugehörigen Adressen auswendig kennt. Es sind die Häuser, von denen sie Jef erzählt hat.

Hastig öffnet sie den Tresor, nimmt drei Schlüssel heraus und steckt sie ein.

Lindemans telefoniert bei geschlossener Tür. Birgit zögert und verlässt dann grußlos das Haus.

So schnell sie kann, fährt sie in Richtung Daalmeer.

Nach einer guten halben Stunde hält sie keuchend vor dem ersten Haus, das sie Jef gezeigt hat. Die weiße Villa steht am Rand einer kleinen Grünanlage zwischen ähnlichen Gebäuden. Birgit stellt das Rad zwei Häuser weiter ab und schlendert mehrmals auf und ab. Dabei versucht sie, durch die Fenster zu spähen, kann aber wegen der Büsche im Vorgarten und der Pflanzen auf der Fensterbank nichts sehen. Also muss sie wohl oder übel ins Haus.

Abgestandene Luft schlägt ihr entgegen. Gut eine Minute lang steht sie auf der Schwelle und lauscht angespannt. Nicht das geringste Geräusch ist zu hören. Sie steigt über den Stapel Post und die Reklameblätter auf der Fußmatte und öffnet die Tür zum Wohnzimmer.

Nichts deutet darauf hin, dass hier ein Einbrecher gewütet hat.

Birgit geht die Treppe hinauf und überlegt, was sie machen soll, wenn Jef ihr oben auflauert. Sie bleibt stehen, stellt sich auf die Zehenspitzen und späht durch die Stäbe des oberen Treppengeländers in die zwei offenen

Schlafzimmer. Anscheinend ist alles in Ordnung, trotzdem schleicht sie sicherheitshalber über den Flur ins Bad und ins Gästezimmer. Nichts. Erleichtert atmet sie auf und geht rasch wieder nach unten.

Okay, das wäre geschafft. Nun weiter zum nächsten Haus.

Zehn Minuten später steigt sie vom Rad und holt den Schlüssel des kleinen Reihenhauses aus ihrer Tasche. Im Vorgarten stehen mehrere Gartenzwerge aus Ton. Spontan nimmt sie einen davon mit ins Haus. Mit dem Zwerg als Waffe macht sie ihre Runde, doch auch hier ist alles in Ordnung. Beruhigt stellt sie den Zwerg wieder zu seinen Gefährten.

Vielleicht macht sie sich völlig umsonst Sorgen, und Jef hat sich ganz ohne Hintergedanken nach den Häusern erkundigt. Aber das letzte Haus ist ganz in der Nähe, deshalb will sie zu ihrer eigenen Beruhigung rasch vorbeigehen.

Es ist ein frei stehendes Haus am Daalmeerpad. Wegen der hohen Sträucher und der dicht belaubten Bäume im Vorgarten kann sie nicht durch die Fenster spähen, dafür bietet ihr das üppige Grün Deckung. Sie schiebt das Rad zwischen die Sträucher und geht den überwucherten Plattenweg entlang. Zwerge stehen hier keine, dafür liegen Teile kaputter Gartenmöbel herum. Birgit geht durch das Gras, das ihr fast bis zu den Knien reicht, und bückt sich nach einem Tischbein. Als sie sich aufrichtet, sieht sie es: Vor der Längsseite des Hauses liegen Glasscherben. Erschrocken stellt sie fest, dass das Küchenfenster eingeschlagen wurde.

»Mist!«

Natürlich können auch Nachbarskinder einen Ball ins Fenster gekickt haben, aber andererseits steht das Haus ein ganzes Stück abseits, sodass das eher unwahrscheinlich ist. Zudem war Lindemans erst vor wenigen Tagen mit einem Kaufinteressenten hier, und er hat sie nicht beauftragt, den Glaser zu bestellen.

Unschlüssig sieht Birgit sich um. Sie nimmt ihr Handy aus der Tasche und überlegt, ob sie die Polizei anrufen soll. Wie aber soll sie erklären, weshalb sie hier ist? In diesem Fall würde sie wohl doch zugeben müssen, dass sie einem Unbekannten vertrauliche Kundeninformationen gegeben hat, einem Unbekannten, der offensichtlich bereits zugeschlagen hat und längst über alle Berge ist.

Mit dem Telefon in der Hand geht sie eine Runde ums Haus. Nichts rührt sich. Als sie auf der Terrasse an der Rückseite steht, drückt sie – ohne zu wissen, warum – die Klinke.

Die Terrassentür geht auf. Und mitten im Zimmer steht Jef.

7

Er steht zwischen dem Essbereich und der offenen Wohnküche. Auf dem langen Teakholztisch sieht Birgit eine Kaffeetasse. Die Szene vermittelt ihr nicht den Eindruck, als wolle Jef das Haus ausrauben, es wirkt vielmehr so, als wäre er der Besitzer. Er scheint sich auch in keiner Weise ertappt oder schuldbewusst zu fühlen.

»Birgit«, sagt er ganz ruhig und freundlich, als hätte er sie bereits erwartet. Diese Begrüßung verwirrt sie nur noch mehr. Unsicherheit beschleicht sie. Sie ruft sich ins Gedächtnis, dass er nicht in diesem Haus wohnt und absolut kein Recht hat, sich hier aufzuhalten.

Sie verschränkt die Arme und fragt streng: »Was tust du hier?«

Jef deutet auf die Tasse. »Möchtest du auch Kaffee?«

»Nein. Ich hab dich was gefragt.«

»Ich weiß, aber die Frage lässt sich nicht so leicht beantworten.« Jef geht in die Küche und macht sich an der Espressomaschine zu schaffen, mit einer Selbstverständlichkeit, als würde er hier seit Jahren ein- und ausgehen.

Birgit folgt ihm. »Damit wir uns nicht missverstehen: Es ist nicht meine Gewohnheit, Männern nachzulaufen, die mich sitzenlassen, aber bei dir mache ich eine Ausnahme.«

Jef wendet sich lächelnd zu ihr um, aber Birgit schnauzt ihn an: »Weil ich dir nämlich nicht traue! Also: Was hast du hier verloren?«

Mit einem Schritt ist Jef bei ihr und legt die Hände auf ihre Schultern. Schlagartig wird ihr klar, dass sie sich in einem Haus ohne unmittelbare Nachbarschaft befindet und einem Mann gegenübersteht, den sie kaum kennt und dem sie wohl besser nie begegnet wäre. Jef ist zwar freundlich, aber das kann durchaus gespielt sein.

Am liebsten würde Birgit davonlaufen, aber sie nimmt sich zusammen und fixiert Jef kühl, als hätte sie nicht im Mindesten Angst vor ihm. Aus den Augenwinkeln sieht sie ein Küchenmesser auf der Spüle liegen.

»Birgit, ich hatte nicht vor, ohne ein Wort zu gehen.« Jefs Stimme klingt so kleinlaut, dass sie fast geneigt ist, ihm zu glauben. »Ich mag dich, wirklich. Nur habe ich momentan Probleme, in die ich dich nicht hineinziehen möchte. Ich hätte mich später bei dir gemeldet und dir alles erklärt. Aber dass du hier auftauchst, ist eine echte Überraschung.«

Er grinst wider Willen, doch Birgit bleibt ungerührt.

»Du wirkst aber nicht sonderlich überrascht«, bemerkt sie.

Jef lässt sie los, greift nach der Zuckerdose und sagt, er habe sie kommen sehen. Er habe beobachtet, wie sie ihr Rad zwischen die Sträucher schob und ums Haus herumging, und dann die Terrassentür für sie aufgemacht.

»Ich kann dir das Ganze erklären.« Jef geht zum Esstisch.

»Ja, am besten fängst du gleich damit an!«

Jef reagiert nicht. Er starrt durchs Erkerfenster und wirkt auf einmal angespannt. Birgit folgt seinem Blick und sieht einen Mann den Gartenweg entlanggehen. Er ist groß und schlank, ein dunkler Typ. Seine heimlichtuerische Art lässt vermuten, dass er nicht vorhat, für einen guten Zweck zu sammeln oder sich nach dem Weg zu erkundigen.

Der Mann bleibt stehen und nimmt das Haus in Augenschein. Er hat etwas in der Hand. Birgit traut ihren Augen kaum: Es ist eine Pistole!

Sie zieht scharf die Luft ein und sieht Jef alarmiert an. Der macht eine finstere Miene und flucht leise.

»Er ist dir gefolgt! Wir müssen weg, Birgit! Schnell!«

Sie hält sich nicht mit Fragen auf, dreht sich um und rennt ins Freie, auf die Terrasse. Jef greift nach seinem Rucksack in einer Zimmerecke und eilt ihr nach.

Birgit zwängt sich durch eine Lücke in der Hecke und läuft auf das angrenzende Waldstück zu. Jef überholt sie, packt sie im Vorbeirennen am Arm und zieht sie mit.

Am Haus splittert Glas.

Sie erreichen die Bäume und verschwinden im dichten Grün. Birgit will sich verstecken, aber Jef sagt: »Los, weiter! Er darf uns nicht sehen.«

Das dürfte schwierig werden, denn hinter den Bäumen beginnt ein Wohngebiet mit Reihenhäusern und kleinen Innenhöfen. Birgit kennt die Gegend, ein Stück weiter wohnt Eline.

»Mir nach, ich weiß, wohin wir können«, sagt sie.

Jef nickt, und sie kämpfen sich durchs Gebüsch bis zu einem Radweg. Sie überqueren ihn, springen über einen schmalen Wassergraben und rennen zur Gartenseite der Häuser. Die Gärten sind alle von Bretterzäunen umgeben, und Birgit überlegt noch, wie sie diese überwinden sollen, als Jef sie auch schon hochhebt. Ihre Hände krallen sich um die splittrige Oberkante, er stemmt sie in die Höhe, und sie hievt sich mit einiger Mühe über den Zaun. Auf der anderen Seite lässt sie sich fallen und landet in einem Sandkasten.

Im Haus sitzt jemand am Esstisch und steht nun auf, doch da ist auch Jef schon über den Zaun geklettert.

Er zieht Birgit hoch und rennt, ohne sie loszulassen, mitten durch die Beete. Unter einer Hecke hindurch kriechen sie in den Nachbargarten.

Dort steht eine Frau an der Wäschespinne. Als sie Birgit und Jef sieht, lässt sie den Klammerbeutel fallen und stößt einen spitzen Schrei aus. Noch bevor sie sich wieder gefasst hat, rennen die beiden ins Haus und verlassen es gleich darauf an der Straßenseite.

»Wohin jetzt?«, fragt Jef an der nächsten Ecke.

»Zu meiner Freundin. Sie wohnt ganz in der Nähe.«

»Ist es weit?« Jef wirft einen Blick über die Schulter.

»Mit dem Rad nicht«, sagt Birgit. »Gerannt bin ich bisher noch nicht zu ihr.«

Es ist nicht weit bis zu Eline, schon gar nicht, wenn man ein paar Abkürzungen durch Gärten nimmt, trotzdem ist Birgit außer Atem, als sie vor der Haustür stehen.

Eline ist fast immer zu Hause, aber wenn sie in der Arbeit versunken ist, kann es dauern, bis sie aufmacht.

Birgit läutet Sturm, bis sie Schritte hört.

»Was soll das? Immer mit der Ruhe!« Elines Stimme.

Jef und Birgit rennen ins Haus, an der völlig verdatterten Eline vorbei, die sich an die Flurwand drückt.

»Herzlich willkommen«, sagt sie dann. »Immer hereinspaziert!«

»Jef, das ist Eline. Eline, das ist Jef.« Birgit macht eine nervöse Handbewegung, eilt dann ins Wohnzimmer und zieht den Vorhang zu.

»*Der* Jef?« Eline hebt missbilligend die Augenbrauen.

»Genau der«, sagt Birgit. »Wir werden nämlich von einem bewaffneten Mann verfolgt. Er hat es auf Jef abgesehen. Keine Ahnung, warum, aber deshalb sind wir hier reingeplatzt.«

Eline mustert Jef kühl. »Es gibt Männer, die einem nichts als Probleme machen. Du gehörst offenbar auch dazu. Weißt du was, Jef? Birgit ist meine beste Freundin, und ihr Wohl liegt mir sehr am Herzen. Ich habe nicht den Eindruck, dass du ihr guttust. Deshalb schlage ich vor, du verschwindest durch die Hintertür und lässt uns in Frieden.«

Perplex starrt Birgit ihre sonst so freundliche und gelassene Freundin an. So entschlossen und feindselig hat sie Eline noch nie erlebt.

»Hör mal ...«, beginnt sie vorsichtig.

»Ich würde euch ja gern in Frieden lassen«, fällt ihr Jef ins Wort. »Deswegen bin ich auch so plötzlich aus Birgits Wohnung verschwunden. Der Typ, der uns verfolgt, ist seit Tagen hinter mir her, und ich wollte Birgit nicht in

Gefahr bringen. Ich hatte ihn abgeschüttelt, aber leider hat er Birgit beobachtet. Es tut mir aufrichtig leid, dass ich sie und jetzt auch noch dich mit meinen Problemen belästigen muss.«

Eline schaut etwas milder drein, ihre Stimme klingt aber nach wie vor misstrauisch, als sie fragt: »Was für Probleme sind das denn?«

»Das wüsste ich auch gern«, sagt Birgit.

Jef fährt sich durchs Haar. »Das ist eine lange Geschichte, eine sehr lange. Habt ihr den Namen Nicolaas Bogaards schon mal gehört?«

Birgit schüttelt den Kopf, aber Eline sagt spontan: »Du meinst den Archäologen?«

»Genau. Letzten Monat hat er eine Entdeckung gemacht, und seitdem ist er verschwunden. Ich fürchte, dass ihm etwas zugestoßen ist. Und dass jemand hinter mir her ist, hat vermutlich etwas damit zu tun.«

»Was will der Kerl von dir, und was hast du mit Nicolaas Bogaards zu schaffen?«, fragt Eline verständnislos.

»Sehr viel«, sagt Jef schlicht. »Nicolaas Bogaards ist mein Vater.«

8

Als Birgit genauer überlegt, sagt ihr der Name Bogaards doch etwas, auch wenn ihr zunächst nicht einfällt, in welchem Zusammenhang sie ihn gehört oder gelesen hat. Mit wenigen Sätzen klärt Jef sie auf. Sein Vater, ein ziemlich bekannter Archäologe, sei an Ausgrabungen in Ägypten beteiligt. Vor etwa einem Monat habe sein Vater angerufen und höchst aufgeregt von einer wichtigen Entdeckung berichtet. Er wollte am Telefon nichts Genaueres dazu sagen, weil er fürchtete, abgehört zu werden. Er habe jedenfalls sehr nervös und gehetzt geklungen. Die Entdeckung wollte er vorerst noch nicht publik machen, um sich in Ruhe damit befassen zu können. Er hatte aber das Gefühl, beobachtet zu werden.

»Einmal hat er sich noch kurz gemeldet, und seitdem habe ich nichts mehr von ihm gehört.« Jef fährt sich nervös durchs Haar. »Auf meine SMS reagiert er nicht, und wenn ich telefoniere, erreiche ich immer nur den Anrufbeantworter.«

»Wo in Ägypten ist dein Vater?«, fragt Eline.

»In Karnak. Dort hat er bei der großen Tempelanlage geforscht.« Jef geht ans Fenster und späht durch einen Vorhangspalt. »Normalerweise würde mich das nicht sonderlich beunruhigen, denn mein Vater und ich haben öfter über längere Zeiträume wenig Kontakt. Aber in den letzten Tagen sind ein paar Dinge passiert, die sehr wahrscheinlich damit zusammenhängen. Erst hat jemand versucht, mich mit dem Auto anzufahren, und kurz darauf wurde bei mir eingebrochen. Eine Nachbarin hat mir gesagt, sie habe einen Mann, einen dunklen Typen, in meine Wohnung gehen sehen, als ich weg war. Sie hat die Polizei benachrichtigt, die auch gleich kam, aber der Mann war schon wieder fort, vermutlich geflohen. Ich glaube, dass er mir auflauern wollte, denn es fehlte nichts, und es waren auch keine Schubladen durchwühlt. Nur eine leere Bierflasche stand auf dem Tisch. Ohne Fingerabdrücke.«

Jef schweigt einen Moment und fährt dann fort: »Daraufhin habe ich ein paar Sachen gepackt und bin abgehauen.«

Birgit hört mit steigender Verwunderung zu, trotzdem hat sie keinen Grund, an Jefs Worten zu zweifeln. Ihr wird klar, dass sie sich in einer sehr heiklen Lage befinden, sie spürt aber auch etwas wie Erleichterung: Jef ist also kein durchtriebener Gauner!

»Und jetzt?«, fragt sie.

Jef zuckt mit den Schultern. »Eigentlich wollte ich

nach Ägypten und meinen Vater suchen«, sagt er. »Aber der Kerl, der mich verfolgt, hat meine Pläne durchkreuzt. Sobald ich ihn abgeschüttelt habe, fliege ich.«

»Sieht ganz so aus, als hättest du ihn jetzt abgeschüttelt.« Eline späht ins Freie. »Da ist niemand zu sehen.«

Jef traut der Sache nicht. »Warst du seit gestern bei Eline?«, fragt er Birgit.

Die Freundinnen tauschen einen Blick. »Gestern um die Mittagszeit«, sagen sie gleichzeitig.

»Dann müssen wir so schnell wie möglich weg. Wenn der Mann Birgit zu dem leer stehenden Haus gefolgt ist, hat er gestern mit Sicherheit mitbekommen, dass sie hier war.« Wieder guckt Jef durch den Vorhangspalt. Er flucht.

»Da ist er! Mist noch mal, er kommt direkt auf das Haus zu! Wir hätten die Vorhänge auflassen sollen. Los, Birgit, wir müssen weg!«

»Er kann ja schlecht die Tür aufbrechen«, bemerkt Eline sachlich.

»Das kann er sehr wohl. Und das tut er auch«, knurrt Jef. »Mach jetzt ganz unbefangen die Vorhänge wieder auf, Eline.« Er zieht Birgit mit sich in die Küche.

Eline greift zum Telefonhörer, macht dann gelassen den Vorhang auf und gibt vor zu telefonieren. Sie geht hin und her, lacht und schaut zwischendurch zum Fenster, während sie das Alphabet aufsagt.

Auf dem Bürgersteig steht ein Mann in einer schwarzen Lederjacke und starrt auf das Fenster. Eline wendet sich ab, setzt sich in einen Sessel und erzählt währenddessen Witze.

»Eine geborene Schauspielerin«, murmelt Jef anerkennend. Er und Birgit drücken sich an die Küchenzeile.

»Kommt er näher?« Birgit spricht so leise, als könnte der Mann sie hören.

»Er geht weiter!«, klingt Elines Stimme aus dem Wohnzimmer. »Jetzt ist er auf der anderen Straßenseite. Dort sind eben die Jalousien runtergegangen. Hoffentlich tritt er bei Frau Ruijs nicht die Tür ein.«

Jef und Birgit riskieren einen Blick, dann sagt Jef: »Nichts wie weg!«

Während Eline im Wohnzimmer weiter lebhaft in den Hörer spricht und lacht, schleichen sie in den sonnigen Garten und von dort zu einem dahinter verlaufenden Fußweg. Sie zwingen sich, ruhig zu gehen, aber Birgit zittern die Knie, und sie sieht sich immer wieder nervös um. Hinter ihnen bleibt alles ruhig.

Durch ein Labyrinth aus Fußwegen und Anliegersträßchen kommen sie ungesehen weg. An der Durchgangsstraße fährt gerade ein Bus zur Haltestelle. Sie rennen los und erwischen ihn gerade noch.

Er fährt in die Innenstadt, und bald darauf sind sie auf dem Weg zu Birgits Haus. Ihr ist zwar bewusst, dass es nicht ratsam ist, an einen so naheliegenden Ort zurückzukehren, trotzdem will sie zu Hause nach dem Rechten sehen. Nach allem, was bisher geschehen ist, beruhigt es sie bereits, dass sie keinen Rauch aus ihrer Straße aufsteigen sieht, denn sie hat mit dem Schlimmsten gerechnet. Aber alles ist ruhig, und ihre Haustür ist nicht eingetreten.

Erst beim Aufschließen bemerkt sie die Kratzspuren am Schloss. Sie tritt einen Schritt zurück und deutet wortlos darauf.

»Geknackt«, sagt Jef.

Die Haustür ist zu, aber das Schloss ist kaputt, und die Tür lässt sich einfach aufdrücken.

»Du hast fünf Minuten, such deine wichtigsten Sachen zusammen.« Jef bedeutet ihr, sich zu beeilen, und Birgit hastet an ihm vorbei ins Wohnzimmer. Jef bleibt vorsichtshalber an der Haustür stehen.

»Glaubst du, er taucht noch mal hier auf?«, ruft sie.

Jef kommt ins Wohnzimmer und bezieht am Fenster Posten. Nach einem prüfenden Blick auf die Straße sagt er: »Mit Sicherheit. Er wird nachsehen, ob wir so blöd waren, zu dir zu gehen. Beeil dich!«

Seine Unruhe überträgt sich auf sie, und sie rennt nach oben, um im Bad ihre Tiegel mit Tages- und Nachtcreme zu holen. Jef kommt nach und hindert sie daran.

»Nichts mitnehmen, was man später kaufen kann! Mit wichtigen Sachen meine ich Pass, Führerschein, sonstige Papiere und Medikamente, falls du welche nimmst«, erklärt er.

Birgit muss die Treppe zum Dachboden ausklappen, denn dort bewahrt sie ihre Papiere in einer Feuerschutzkassette auf. Sie stopft alles in eine Tasche und klettert wieder nach unten.

Jef steht wieder am Wohnzimmerfenster. »Achtung!«, schreit er plötzlich. Er rennt die Treppe hinauf, packt Birgit am Arm und zerrt sie ins Schlafzimmer. Dort reißt er das Fenster auf und steigt hinaus aufs Dach.

Unten geht die Haustür, und im Flur sind Schritte zu hören.

Birgit klettert ebenfalls aus dem Fenster. Die Dachrinne ist in schlechtem Zustand und leckt an manchen Stellen. Mit vorsichtigen Schritten geht Birgit hinter Jef her und versucht krampfhaft, das Knacken unter ihren Füßen zu ignorieren. Sie folgen dem Verlauf der Dachrinne bis ans Ende der Straße und rutschen dann am Regenrohr nach unten. Als sie zum offenen Fenster von Birgits Schlafzimmer hinaufschauen, steigt gerade der Mann in der schwarzen Jacke heraus. Er scheint keine Höhenangst zu haben und bewegt sich gewandt und sicher in ihre Richtung.

Jef und Birgit rennen in die Kanaalkade, biegen an der nächsten Kreuzung links ab und erreichen die belebte Innenstadt. Birgit blickt sich um: Der Mann ist ihnen auf den Fersen.

»Dorthin!«, keucht sie und deutet auf die große weiße Klappbrücke.

Sie rennen über die Holzplanken auf eine Menschenansammlung zu. Der Mann folgt ihnen langsam.

Jef und Birgit sehen sich ein letztes Mal um, dann tauchen sie in der Menge auf dem Waagplein unter.

9

Es ist kurz nach zehn, und der Käsemarkt hat bereits begonnen. Menschentrauben, darunter auch viele Deutsche, stehen hinter den Absperrungen und schauen zu, wie die Käseträger Holztragen voller Käselaibe herbeischleppen.

Der Platz ist von Souvenirständen gesäumt, die weißblaue Windmühlen und dergleichen feilbieten. In einem Stall innerhalb der Absperrung liegen zwei Kühe im Stroh, und junge Mädchen mit Spitzenhäubchen und Holzpantinen gehen die Reihen ab und bieten den Zuschauern Käsewürfel an.

Jef und Birgit drängeln sich trotz der ärgerlichen Protestrufe der Umstehenden vor.

Als ihr Verfolger sich auf gleiche Weise vordrängen will, stößt er auf eine Mauer des Widerstands.

»Hau ab, Mann!« Ein stämmiger Alkmaarer versetzt ihm einen groben Stoß.

»Wenn Sie vorn stehen wollen, hätten Sie eben früher aufstehen müssen!«, keift eine ältere Frau.

»Das gilt auch für euch! Für wen haltet ihr euch eigentlich?!«, schreit jemand Jef und Birgit hinterher.

Die beiden nutzen das Chaos und fliehen zur Gebäuderückseite der Stadtwaage. Sie werden erst langsamer, als sie die Marktstände erreicht haben. Jef schaut flüchtig zur Stadtwaage und tritt dann schnell hinter eine Familie, die Holzspielzeug betrachtet.

»Nicht hinsehen! Da ist er wieder!«, sagt er.

Aus den Augenwinkeln sieht Birgit den Mann. Er läuft am Gebäude entlang und blickt suchend in alle Richtungen. Sein Blick bleibt an dem Stand hängen, wo Jef und Birgit versuchen, sich hinter den Kauflustigen zu verstecken.

»Wir laufen langsam weiter«, sagt Jef. »Vielleicht hat er uns nicht bemerkt.«

Wie zwei Touristen schlendern sie an den Ständen entlang. Jef hat sogar den Nerv, vor einem davon stehen zu bleiben und den Nippes zu betrachten.

Birgit stellt sich neben ihn und riskiert einen schnellen Blick.

»Er kommt her«, flüstert sie.

Der Mann nähert sich; er schleicht sich an wie ein Raubtier, das weiß, dass ihm die Beute nicht mehr entkommen kann.

»Jef …«, sagt Birgit beklommen.

»Ganz ruhig. Er wird uns hier im Gewühl schon nicht über den Haufen schießen.«

Jef scheint recht zu behalten: Der Mann kommt ohne jede Eile näher, jetzt, wo er seine Beute im Visier hat. Doch dann – er ist kaum noch zehn Meter von ihnen entfernt – greift er plötzlich in seine Jacke.

Birgit sieht, dass sich die Brusttasche beult wie vom Gewicht eines schweren Gegenstands.

Sie lässt sich von Jef weiterziehen, sieht sich aber immer wieder verstohlen zu dem Mann um, der mit langen Schritten die Verfolgung aufnimmt.

Im Zickzack laufen Jef und Birgit zwischen den Leuten hindurch. Eine Gruppe Deutscher kommt vorbei, sie schließen sich an und drängen in die Mitte vor, was ihnen verärgerte Blicke und Kommentare einträgt. Ihr Verfolger geht hinter der Gruppe und versucht, Jef und Birgit zu erreichen. Die Touristen gehen gemächlich über den Platz, bleiben hin und wieder stehen und stellen sich auf die Zehenspitzen, um einen Blick auf den Käsemarkt zu erhaschen.

Nach einem Engpass zerstreut sich die Gruppe, und Birgit und Jef sehen sich ratlos um. Rechts von ihnen stehen die Stände entlang der Gracht, links drängen sich die Schaulustigen an der Absperrung, und vor ihnen ist der Mann.

Ein Stück hinter ihm nähern sich zwei Streifenpolizisten, aber sie sind zu weit weg, und außerdem müssten sie erst an ihrem Verfolger vorbei, um sie zu erreichen.

Langsam kommt der Mann auf sie zu, er hat nach wie vor die Hand in der Jacke, wo vermutlich die Pistole steckt.

»Nicht erschrecken, ich falle gleich in Ohnmacht«, flüstert Birgit.

Schwankend geht sie ein paar Schritte auf die Stände zu, fasst sich an die Stirn, verliert das Gleichgewicht und will sich an einem Stand festhalten. Sie greift daneben, prallt gegen den Stand, und ein Teil des weiß-blauen Porzellannippes zerschellt am Boden. Der Besitzer setzt zu einer Schimpfkanonade an, doch als er Birgit mit geschlossenen Augen am Boden liegen sieht, macht er den Mund wieder zu.

Jef kniet sich neben sie und stammelt: »Birgit! Was ist passiert? Wach auf!«

Sie regt sich nicht.

»Was hat sie denn? Mein Gott, hab ich mich erschrocken! Sie ist ganz plötzlich umgekippt!« Der Standbesitzer geht neben Birgit in die Hocke und sieht Jef bestürzt an.

Der riskiert einen Seitenblick. Ihr Verfolger ist stehen geblieben und betrachtet misstrauisch die Szene am Stand.

Als er sich in Bewegung setzt, überholen ihn die zwei Streifenpolizisten, die nach dem Rechten sehen wollen. Einer davon entpuppt sich als Frau, und sie nimmt die Sache resolut in die Hand.

»Blieben Sie ruhig liegen«, sagt sie freundlich zu Birgit, die mittlerweile die Augen aufgeschlagen hat. »Sie sind böse gestürzt. Haben Sie sich den Kopf angeschlagen?«

Birgit antwortet nicht, sie sieht die Polizistin nur an.

Um sie herum haben sich etliche Neugierige eingefunden.

Jef nimmt den Polizisten beiseite und sagt ihm, der Mann in der schwarzen Lederjacke sei höchstwahrscheinlich bewaffnet. Der Polizist folgt Jefs Blick.

»Welcher?«

»Da drüben steht er, so ein dunkler Typ.« Jef deutet hinter die Gruppe Schaulustiger.

Der Polizist runzelt die Stirn. »Ich weiß nicht, wen Sie meinen.«

Jef geht ein wenig zur Seite. Der Mann ist weg. Ein ganzes Stück weiter blitzt in der Menge eine schwarze Lederjacke auf.

Der Polizist mustert Jef von Kopf bis Fuß und fragt dann, worauf sich sein Verdacht gründe. »Haben Sie denn gesehen, dass er bewaffnet ist? Ich meine, haben Sie die Waffe deutlich gesehen?«

Jef muss das verneinen. Er überlegt kurz, dem Polizisten die ganze Geschichte zu erzählen, lässt es dann aber bleiben. Viel kann die Polizei ohnehin nicht damit anfangen.

Birgit spricht inzwischen mit der Polizistin. »Es geht schon wieder«, sagt sie mit matter Stimme.

»Können Sie aufstehen? Einen Moment, ich helfe Ihnen.«

Jef eilt zu Birgit und hilft ihr auf. Sie klammert sich an ihn, als würde ihr erneut schwindlig.

Die Polizistin hält es für das Beste, einen Krankenwagen zu rufen.

Ihr Kollege telefoniert, und während Birgit auf dem Boden sitzt und sich an den Stand lehnt, wartet die Polizistin neben ihr. Jef gibt dem Standbesitzer inzwischen seine Telefonnummer und sagt, er werde ihm selbstverständlich den Schaden ersetzen.

Das Klinikum Alkmaar liegt unweit der Innenstadt, schon nach zehn Minuten rollt ein Krankenwagen auf den

Waagplein. Birgit wird auf eine Trage gelegt, obwohl sie versichert, selbst gehen zu können.

Jef bedankt sich bei den Polizisten und steigt ein. Die Türen werden geschlossen, und der Krankenwagen verlässt langsam den Platz.

10

Es bedarf einiger Überredungskünste, bis die Ärzte bereit sind, Birgit gehen zu lassen. Erst nach einer eingehenden Untersuchung, die nichts ergibt, glauben sie, dass ihr nur deshalb schwindlig geworden sei, weil sie nicht gefrühstückt habe.

»Das hast du schlau eingefädelt«, sagt Jef, als sie gehen. »Ein bisschen umständlich vielleicht, aber sehr wirkungsvoll. Oder war dir etwa wirklich nicht gut?«

Sie lächelt. »Ich muss gestehen, dass ich schon heute Morgen bei der Arbeit Probleme hatte. Allerdings waren die im Nu wieder verschwunden, komisch, was?«

Jef legt lachend den Arm um sie.

Sie gehen durch die Flure. Birgit empfindet den Krankenhausgeruch als äußerst beklemmend, genauso wie den Anblick der Ärzte und Schwestern in weißen Kitteln sowie der Patienten, die in Bademänteln auf und ab gehen oder im Rollstuhl sitzen. Selbst nach so vielen Jahren braucht sie ein Krankenhaus nur zu betreten, und schon schnürt es ihr die Kehle zu.

Sie reißt sich zusammen, doch in der Eingangshalle bleibt sie abrupt stehen.

»Wir sollten lieber nicht den Haupteingang nehmen. Der Kerl lauert uns bestimmt auf. Er hatte genug Zeit hierherzukommen.«

»Stimmt. Gibt es noch einen anderen Ausgang?«, fragt Jef.

»Ja, zur Metiusgracht hin, aber dort könnte er genauso gut warten. Wir nehmen besser einen Personalausgang.«

In der Nähe der Dialysestation finden sie eine Seitentür, die zum Parkplatz an der Wilhelminalaan führt. Nach einem prüfenden Blick treten sie hinaus in die Sonne.

Ein Mann um die dreißig geht mit einem Schlüssel in der Hand an ihnen vorbei und auf einen Lieferwagen zu.

Birgit läuft ihm nach und tippt ihm auf die Schulter. Als er sich umdreht, fragt sie ihn mit ihrem unwiderstehlichsten Lächeln, ob er sie und Jef mitnehmen könne.

»Wo müssen Sie denn hin?«, fragt er.

»Zum Bahnhof, wenn das geht«, sagt Jef, bevor Birgit antworten kann.

»Das passt gut, da fahre ich sowieso vorbei. Steigen Sie ein.«

Sie fahren die Singelgracht in Richtung Bahnhof entlang. Jef und Birgit schauen aus dem Rückfenster und stellen schon bald fest, dass ihnen ein Taxi folgt. Sie tauschen einen Blick, sagen aber nichts.

Kaum hält der Lieferwagen vor dem Bahnhof, bedanken sie sich für die Mitfahrgelegenheit und steigen rasch aus. Sekunden später hält das Taxi.

Birgit greift nach Jefs Hand und zieht ihn zur Treppe, die zu den Bahnsteigen führt. Sie rennen zu Gleis fünf, wo in wenigen Minuten der Zug nach Nijmegen abfahren soll. Am Gleis gegenüber steht ein Zug nach Haarlem bereit. Soeben steigen die letzten Fahrgäste ein, und der Schaffner hat schon die Trillerpfeife in der Hand.

In diesem Augenblick eilt der Mann in der schwarzen Jacke auf den Bahnsteig. Birgit und Jef steigen, von mehreren jungen Mädchen verdeckt, in den Haarlemer Zug. Birgit späht kurz aus der Tür, bevor diese zugleitet, und sieht den Verfolger im allerletzten Moment in einen der hinteren Waggons einsteigen.

Der Zug rollt an.

Nervös wendet sich Birgit an Jef: »Mist, er ist im Zug! Was jetzt?«

»Wir steigen bei der nächsten Station aus. Los, nach vorn!«

Sie laufen durch die Abteile, und als es nicht mehr weitergeht, warten sie an der Tür, bis der Zug in Heiloo einfährt. Die Fahrt dauert nicht mal fünf Minuten, aber lange genug, dass der Mann sie finden kann.

Draußen ziehen Wiesen und Felder vorbei.

Sie befinden sich in einem Doppelstockzug. Jef behält das untere Abteil im Auge, tritt plötzlich zur Seite und sagt: »Da kommt er! Er geht gerade in die erste Klasse.«

Ungeduldig drückt er auf den grünen Knopf neben der Tür, als würde der Zug dann schneller halten, und Birgit stellt sich darauf ein hinauszuspringen.

Die Tür der Lokführerkabine geht auf, und der Schaffner stellt sich neben sie. Sie fahren jetzt nicht mehr an Wiesen, sondern schon an Wohnsiedlungen vorbei.

Die Abteiltür schwingt auf, und der Mann in der schwarzen Jacke betritt den Vorraum. Er sieht Jef und Birgit unverwandt an. Jef erwidert seinen Blick, und Birgit stellt sich etwas näher zum Schaffner.

Der Mann greift in seine Innentasche, holt eine Pistole hervor und richtet sie langsam, wie in Zeitlupe, auf sie. Der Schaffner merkt nichts, er hat ihnen den Rücken zugekehrt.

In Sekundenbruchteilen sieht Birgit vor sich, was sich gleich hier abspielen wird: Schüsse, Schreie, Blutspritzer an den Wänden und ihre in sich zusammengesackten Körper.

Plötzlich ruckelt der Zug.

Alle suchen intuitiv Halt. Birgit greift nach der Metallstange neben der Tür, als ihr Blick auf die Notbremse fällt. Mit der freien Hand zieht sie fest an dem roten Griff.

Mit kreischenden Bremsen und einem gewaltigen Ruck kommt der Zug, der ohnehin schon verlangsamt hatte, zum Stehen. Birgit klammert sich an die Stange, wird aber dennoch gegen Jef und den Schaffner geschleudert, die beide hinfallen. Ihren Widersacher trifft es härter: Er stürzt die Treppe zum Abteil rückwärts hinunter und prallt mit dem Kopf an die Glastür.

Birgit rappelt sich auf und zieht dann Jef hoch, der auf den Schaffner gefallen ist. Dieser wirkt reichlich verstört, aber noch bevor er ein Wort sagen kann, drückt Birgit den Knopf, und die Tür geht auf.

Sie springen hinaus, lassen das Chaos im Zug hinter sich.

Zum Bahnhof ist es nicht weit. Hand in Hand rennen sie über das Gleis zum Bahnsteig, klettern hinauf und laufen zum Ausgang.

Heiloo hat nur einen kleinen Bahnhof ohne Taxistand. Allerdings fährt gerade ein Bus ab, und der Fahrer bremst, als er Jef und Birgit aufgeregt winken sieht.

Er lässt sie einsteigen und fragt Jef, der die Geldbörse zückt, was denn mit dem Zug los gewesen sei, er habe ganz plötzlich gehalten.

Jef grinst. »Wir haben die Notbremse gezogen.«

Der Busfahrer lacht schallend und gibt Gas.

»Was steckt denn nun eigentlich dahinter?«, fragt Birgit, als sie sich von der Aufregung wieder einigermaßen erholt haben.

Seufzend fährt Jef sich durchs Haar. »Wenn ich das wüsste! Angefangen hat es, wie gesagt, mit dem Anruf meines Vaters. Er war mit einer Expedition im Tempel von Karnak und schon längere Zeit dort, als er mir am Telefon erzählte, er habe eine höchst interessante geheime Kammer entdeckt. Später hat er sich noch einmal gemeldet. Er war sehr aufgebracht, weil die ägyptische Regierung den Fundort hatte absperren lassen und er nicht einmal mehr in die Nähe durfte. Das wollte er sich nicht gefallen lassen. Und seitdem habe ich nichts mehr von ihm gehört.«

»Wann hast du ihn zum letzten Mal gesprochen?«, fragt Birgit.

»Vor über drei Wochen. Es hat mich zwar gewundert, dass er auf meine späteren SMS nicht reagiert hat, aber Sorgen habe ich mir erst gemacht, als dieser Kerl da auftauchte. Da muss es doch irgendeinen Zusammenhang geben.«

»Dem Aussehen nach könnte er Ägypter sein«, meint Birgit.

»Genau. Deshalb glaube ich, dass meinem Vater etwas zugestoßen ist. Dass er festgehalten wird oder womöglich gar nicht mehr lebt.«

Sie schweigen kurz.

»Hast du eine Vermisstenanzeige aufgegeben?«

Jef schüttelt den Kopf. »Ich glaube nicht, dass die Polizei groß was unternimmt, wenn sich ein erwachsener Mann einen knappen Monat lang nicht bei seinem Sohn meldet. Normalerweise hätte mich das auch nicht weiter beunruhigt, aber seit dieser Ägypter hinter mir her ist, mache ich mir doch Sorgen. Bevor ich nach Alkmaar fuhr, war er mir dicht auf den Fersen. Aber als ich ins Atlantis ging, glaubte ich, ihn abgeschüttelt zu haben, und dort habe ich dann dich gesehen.«

»Und da hast du dir gedacht: Prima, die schnapp ich mir, so hab ich gleich ein Versteck«, sagt Birgit spitz.

Jef nimmt ihre Hände. »So war das nicht«, sagt er leise. »Du hast mir gefallen, wirklich! Ich hatte ein ganz schlechtes Gewissen, weil ich mich heimlich davongemacht habe. Aber als ich den Mann morgens vor deinem Haus stehen sah, blieb mir nichts anders übrig. Ich wollte dich nicht mit in diese Geschichte hineinziehen, und für lange Erklärungen war keine Zeit – was hätte ich auch sagen sollen?«

»Die Wahrheit. Alles ist besser, als sang- und klanglos zu verschwinden.« Wieder steigt Ärger in ihr auf, doch beim Anblick von Jefs schuldbewusster Miene verfliegt er rasch wieder.

»Stimmt. Aber ich hatte ernsthaft vor, mich später bei dir zu melden, Birgit. Das musst du mir glauben.«

Birgit schaut aus dem Busfenster. Das würde sie nur zu gern glauben, und im Grunde ihres Herzens ist sie auch schon fast überzeugt, wäre da nicht diese leise innere Stimme, die sie warnt, Jef könne auch nur schön daherreden und wolle sie letztlich nur benutzen.

Nun, man wird sehen, noch sind wir jedenfalls aufeinander angewiesen, denkt sie. Sie nimmt die Hände weg, lehnt sich zurück und richtet den Blick auf die vorbeiziehenden Wiesen.

»Was soll jetzt werden?«, sagt sie nach einer Weile, ohne Jef anzusehen.

»Ich halte es für das Beste, wenn du dich eine Zeit lang von Alkmaar fernhältst. Vielleicht kannst du bei Verwandten oder Freunden unterkommen?«

Birgit zuckt mit den Schultern. Was für ein Gedanke – sie kann sich doch nicht bei irgendwelchen Bekannten für unbestimmte Zeit einnisten! Hallo, ich muss mich eine Weile hier verstecken. Wie lange? Keine Ahnung, vielleicht für immer …

Sie sieht Jef an. »Und was sind deine Pläne? Du kannst doch nicht ständig davonlaufen?«

»Für mich gibt's nur eins: Ich muss meinen Vater finden«, antwortet Jef. »Dann weiß ich wenigstens, was Sache ist, und kann mir überlegen, wie es weitergehen soll. Dieser Ägypter will eindeutig was von mir, oder er sucht etwas. Ich habe nicht die geringste Ahnung, was, aber das wird sich in Ägypten schon herausstellen.«

»Du willst wirklich nach Ägypten?«

Jef nickt. »Ich steige nachher in den Zug nach Schiphol.«

»Und dann?«

»Mein Vater hat ein Haus in Luxor. Dort sehe ich mich als Erstes um.«

Birgit sagt nichts, merkt aber, dass Jef sie nachdenklich ansieht. Schließlich sagt er: »Ein Glück, dass du deinen Pass dabeihast.« Er nimmt ihre Hand: »Birgit, kommst du mit nach Ägypten?«

11

Heute Morgen beim Aufstehen fühlte Birgit sich noch einsam und deprimiert. Sie hätte sich nicht träumen lassen, dass sie Jef noch am Vormittag wiederfinden und Stunden später mit ihm ein Flugzeug besteigen würde. Nachdem sie Eline auf den Anrufbeantworter gesprochen und bei ihrem Chef Erholungsurlaub genommen hat, sind sie mit dem Bus nach Zaandam gefahren und von dort aus per Zug nach Schiphol. Jetzt stehen sie im Flughafen vor einem Ticketschalter, und Birgit kommen auf einmal Zweifel, ob sie gut daran tut, mit jemandem, den sie kaum kennt, nach Ägypten zu fliegen. Unschlüssig schaut sie zu den großen automatischen Ausgangstüren der Halle, als Jef sich umdreht, lacht und den Daumen hebt zum Zeichen, dass er zwei Tickets ergattert hat. Birgit kehrt den Türen den Rücken zu.

»Wir fliegen um acht«, sagt Jef zufrieden auf dem Weg zum Abfertigungsschalter.

»Wie kommt es, dass du so kurzfristig Tickets bekommen hast?«, wundert sich Birgit. »Es ist Juli und Urlaubszeit!«

»Wegen der Anschläge in Ägypten haben viele ihre Buchungen storniert.«

»Wir fliegen also nach Sharm el-Sheikh«, sagt Birgit mit gemischten Gefühlen.

»Nein, direkt nach Luxor. Bei dem Flug gab es auch ein paar Stornierungen«, erklärt Jef.

Am Abfertigungsschalter achten beide darauf, wer sich hinter ihnen anstellt, ohne das abgesprochen zu haben. Der Ägypter ist nirgendwo zu sehen, und kurz darauf gehen sie durch die Sicherheitskontrolle. Jef wird von Kopf bis Fuß gefilzt, Birgit muss nur den Gürtel abnehmen und ihren Schmuck in einen Behälter legen. Dann sind sie durch und können weiter.

Bevor sie den Bereich mit den Duty-free-Läden betreten, legt Birgit Gürtel und Schmuck wieder an.

Sie haben jede Menge Zeit, trotzdem beeilen sie sich mit dem Einkaufen, denn sie wollen sich nicht allzu lange in den Geschäften aufhalten.

Birgit ersteht diverse Toilettenartikel und in einem Lederwarengeschäft einen kleinen robusten Rucksack. Die meiste Zeit nimmt die Auswahl von Kleidung und Wäsche in Anspruch. Auch Jef kleidet sich neu ein, und in einem Laden voller Fußball-Fanartikel kaufen sie Schirmmützen, die sie gleich aufsetzen und tief ins Gesicht ziehen.

Auf der Toilette ziehen sie sich um.

»Auf nach Ägypten«, sagt Jef unternehmungslustig. »Hast du eigentlich eine Sonnenbrille dabei?«

»Gut, dass du das sagst. Eine Sonnenbrille muss sein, sonst bekomme ich höllische Kopfschmerzen.«

Sie kaufen also Sonnenbrillen und, da sie schon einmal dabei sind, auch gleich eine Taschenlampe. Für alle Fälle noch Pflaster, Verbandszeug und desinfizierende Salbe. Birgit malt sich alle möglichen Situationen aus, in die sie geraten könnten. Sie denkt an Abenteuerfilme, in denen die Hauptfigur ausgerechnet den einen lebensrettenden Gegenstand nie dabeihat.

Sie verstaut eine umfassende Reiseapotheke in ihrem Rucksack, als ihr einfällt, dass sie ja überhaupt keine Impfungen hat.

»Ist das schlimm? Für Ägypten braucht man doch Impfungen, oder?«, fragt sie beklommen.

»Es empfiehlt sich zumindest«, gibt Jef zu. »Bei mir sind die Impfungen von der letzten Reise noch wirksam, aber du solltest wirklich aufpassen. Man kann sich leicht einen Darmvirus einfangen, aber es gibt dort gute Medikamente. Du musst vor allem beim Essen und Trinken vorsichtig sein. Trink grundsätzlich nur Mineralwasser und putz dir damit auch die Zähne. Iss kein geschältes Obst von Straßenständen und am besten auch nicht in Hotels, denn dort wird das Obst ebenfalls oft unter Leitungswasser gehalten. Ich habe vorhin in der Drogerie Desinfektionsspray für die Hände gekauft. Das benutzt du, bevor du etwas isst, und am besten auch zwischendurch mal. So lassen sich viele Probleme vermeiden.«

Etwas skeptisch nimmt Birgit das Handspray, das er ihr reicht.

»Nun guck nicht so! Wenn alles gutgeht, sind wir bald wieder zurück«, sagt Jef.

So schlimm ist eine leichte Darmgrippe auch wieder nicht, denkt Birgit. Wenn das der Preis für ihre erste Auslandsreise ist, nimmt sie es gern in Kauf. Sie hat schon Schlimmeres überstanden.

Jef legt den Arm um sie und führt sie zu einem Restaurant mit Verkaufstheke. Sie suchen ein paar Sandwiches aus und machen sich auf den Weg zum Gate. Dort setzen sie sich in einer Nische mit Getränkeautomaten auf den Boden und beobachten die Passanten.

Ihr Flug hat Verspätung. Um 19 Uhr 40 sollten sie eigentlich einsteigen, doch ein Blick durch das Fenster verrät, dass das Flugzeug noch gar nicht bereitsteht. Als sie weit nach acht Uhr endlich die Fluggastbrücke betreten, sind sie vom vielen Warten reichlich nervös.

Zum Glück befinden sich ihre Sitze nebeneinander. Jef macht eine einladende Geste zum Fensterplatz. Birgit lässt sich kein zweites Mal auffordern, schließlich ist es ihr erster Flug. Erwartungsvoll sieht sie sich in der großen Boeing um, und plötzlich steigt Angst in ihr auf. Kann dieser stählerne Riesenvogel sich wirklich in der Luft halten? Wie groß ist die Chance, in sechs Stunden wohlbehalten auf ägyptischem Boden zu landen? Rasch verdrängt sie die bedrückenden Gedanken. Jetzt sitzt sie hier und ist bereits angeschnallt, also bleibt ihr nichts anderes übrig, als der KLM zu vertrauen.

Stewardessen gehen an den Sitzreihen entlang, schließen die Gepäckklappen über den Köpfen der Fluggäste und vergewissern sich, dass alle angeschnallt sind.

Birgit holt tief Luft. »Es geht los!«

»Hast du Angst?«, fragt Jef.

»Ach was.« Sie gibt sich cool.

Jef nimmt ihre Hand und sagt, der Pilot wolle schließlich auch heil ankommen und das Flugzeug werde auf keinen Fall starten, bevor nicht alles dreimal gründlich kontrolliert sei. Außerdem habe es ein Ersatztriebwerk für den Notfall, und statistisch gesehen sei die Gefahr, auf der Autobahn zu verunglücken, weitaus größer, als mit dem Flugzeug abzustürzen. Birgit meint lachend, es sei noch wesentlich riskanter, Männer in einer Kneipe aufzugabeln.

Die Triebwerke heulen bereits auf, als sich die Tür noch einmal öffnet und ein großer Mann ins Flugzeug hastet – ein Mann, der ihnen allzu bekannt vorkommt.

Birgit sieht, wie Jef neben ihr erstarrt, und auch sie selbst duckt sich unwillkürlich, als könnte sie sich so unsichtbar machen.

Der Mann macht eine entschuldigende Geste zur Chefstewardess, die sie mit einem routinierten Lächeln quittiert. Dann führt sie ihn zu einem Platz ein paar Reihen hinter Birgit und Jef.

Dass er sie im Vorbeigehen nicht beachtet, beruhigt Birgit in keiner Weise. Als er sitzt, riskiert sie einen schnellen Blick. Der Mann guckt an ihr vorbei.

Langsam rollt das Flugzeug zur Startbahn. Sie müssen warten, bis zwei Maschinen aufgestiegen sind, dann begibt es sich mit röhrenden Triebwerken an den Start.

Birgit hält die Luft an, sie wird immer fester in ihren Sitz gepresst, und dann heben sie ab.

12

Ihre Lufttaufe hatte Birgit sich anders vorgestellt. Das Entzücken über die herrliche Aussicht wird von der Angst vor dem Mann verdrängt. Was soll nur werden, wenn sie in ein paar Stunden in Ägypten landen?

»Wie hat er uns gefunden?«, fragt sie Jef leise.

»Er hat einfach nachgedacht: Wohin geht man, wenn man nicht nach Hause kann und sich Sorgen um seinen Vater in Ägypten macht?«, sagt Jef sachlich. »Aber bewaffnet kann er nicht sein. Du hast die Kontrollen ja erlebt, und in Ägypten sind sie noch viel strenger.«

Birgit nickt, aber beruhigt ist sie nicht.

Jef nimmt eine Zeitschrift aus dem Netz und schlägt sie auf. Er wirkt erstaunlich gelassen, was Birgit unverständlich ist. Doch als sie genauer hinschaut, merkt sie, dass er lediglich die Seiten umblättert und kein Wort liest.

»Wir behalten ihn bis zur Landung im Auge, mehr können wir ohnehin nicht tun. Ach ja, und geh auf keinen Fall allein zur Toilette«, sagt er, ohne von der Zeitschrift aufzublicken.

Birgit schaut aus dem Fenster und nimmt sich vor, während des Flugs überhaupt nicht auf die Toilette zu gehen.

Sie versucht, sich abzulenken, und nimmt sich ebenfalls eine Zeitschrift, doch bald steckt sie das Heft gelangweilt wieder weg. Sie bedauert, sich am Flughafen kein spannendes Buch gekauft zu haben; für den langen Flug hätte es sich gelohnt. Jef kommt offenbar zu dem gleichen Schluss – ihre Blicke treffen sich, und sie verziehen beide das Gesicht.

»Da wären wir also«, sagt Jef, »auf dem Weg nach Ägypten.«

»Ja, wer hätte das gedacht …«

Sie schweigen eine Weile, dann fragt Jef unvermittelt: »Wie kommt es eigentlich, dass du noch nie geflogen bist?«

Birgit zuckt mit den Schultern. »Es war einfach nicht drin.«

»Zu teuer?«

»Nein, das nicht. Meine Schwester war schwer krank, deshalb waren wir sehr ans Haus gebunden oder, besser gesagt, ans Krankenhaus.«

»Was hatte sie denn?«

»Krebs«, sagt Birgit ungewollt schroff.

Das verschlägt Jef erst einmal die Sprache.

»Und wie ist es … ausgegangen?« Er bemüht sich deutlich um eine vorsichtige Formulierung, merkt aber, wie zweideutig seine Frage klingt.

»Selma hatte Leukämie«, sagt Birgit leise. »Weißt du, Jef, eigentlich möchte ich lieber nicht darüber reden. Ich hatte keine glückliche Kindheit, und das belastet mich bis heute. Meine Eltern waren sehr besorgt um mich. Ich durfte so gut wie nichts: nicht ins Schullandheim, nicht ins Ausland, keinen Sport treiben. Sie hatten große Angst, mir könnte etwas zustoßen«

»Sie haben dich vereinnahmt«, sagt Jef so mitfühlend, dass Birgit das Thema nicht so rasch beendet, wie sie es eigentlich vorhatte.

»Ja, so kann man es auch nennen«, meint sie. »Sie haben mich vereinnahmt, waren überbesorgt, erdrückend. Im Grunde hatte ich überhaupt keine Kindheit. Egal, was ich tat oder tun wollte – alles stand im Zeichen von Selmas Krankheit. Gleich nach dem Abitur habe ich mir eine Studentenbude gesucht und bin ausgezogen. Später habe ich mit meinem damaligen Freund zusammengewohnt. Die ganze Zeit über hatte ich nur sehr wenig Kontakt zu meinen Eltern. Wenn ich sie besuchte oder anrief, wollten sie mich immer von allem Möglichem abbringen, das ich mir vorgenommen hatte. Ich wollte zum Beispiel den Führerschein machen, das ist doch ganz normal, wenn man über zwanzig ist, oder? Und als ich ihnen erzählte, Michiel sei ganz versessen auf Fallschirmspringen und Bungeejumping, sie sind fast durchgedreht. Sie hatten Angst, er könnte mich mit seiner Begeisterung anstecken. Wenn sie wenigstens in Ruhe mit mir geredet hätten, aber nein, immer gab es Geschrei und Tränen. Ich sei egoistisch, hieß es dann, würde immer nur an mich selbst denken, leichtsinnig mit meiner Gesundheit umgehen und mein Leben riskieren. Solche Szenen eben. Irgendwann hatte ich die Nase voll, und es kam zum Bruch mit meinen Eltern.«

»Das war bestimmt sehr schwierig für dich.«

»Du ahnst ja nicht, was für Auswirkungen das hat. Jetzt sitze ich zum ersten Mal in einem Flugzeug und habe ein schlechtes Gewissen. Ich komme mir vor wie eine Zwölfjährige, die etwas Verbotenes tut. Ist das nicht lächerlich? Schließlich bin ich sechsundzwanzig!«

»Stimmt, man kommt nie ganz davon los …«

»Das klingt, als würdest du aus Erfahrung sprechen.«

»So ist es. Ich hatte auch nicht gerade eine Kindheit wie aus dem Bilderbuch. Mein Vater hat sich von meiner Mutter getrennt, als ich acht war. Er ging ganz in seiner archäologischen Forschung auf und wollte einfach nicht kürzertreten, auch nicht der Familie zuliebe. Zu Weihnachten leitete er meist irgendwelche Ausgrabungen, etwa in Israel, und an fast allen Geburtstagen rief er mich aus irgendeiner Wüste an. Meine Mutter hat nach der Scheidung wieder geheiratet, aber ihr zweiter Mann ist nach fünf Jahren Ehe tödlich verunglückt. Sie ist dann bis zu ihrem Tod allein geblieben. Einen Monat vor meinem achtzehnten Geburtstag erlitt sie einen Schlaganfall. Mein Vater ist zur Bestattung gekommen, und von da an hatten wir allmählich wieder mehr Kontakt. Er fand es toll, dass ich so viel auf Reisen bin. Das war ganz nach seinem Geschmack. Ich sei ein Abenteurer, genau wie er, sagt er immer. Aber wirklich nah sind wir uns nicht mehr gekommen, dafür hatte er zu viel von meiner Kindheit verpasst.«

»Und jetzt ist er verschwunden«, sagt Birgit.

»Ja, ausgerechnet jetzt, wo es ganz gut läuft zwischen uns. Ich bin mir sicher, dass das meinem Vater genauso wichtig ist wie mir. Durch meine Reisen habe ich ihn in den letzten Jahren relativ häufig gesehen. Wenn es irgend geht, schaue ich bei ihm vorbei, und er zeigt mir seine Funde. Er hat mir auch viel von seinen Entdeckungen und Theorien erzählt. Hochinteressant, einiges davon ist in meine Reisebücher mit eingeflossen.«

»Was sind denn das für Theorien?«

»Mein Vater beschäftigt sich mit ungelösten Rätseln der Vergangenheit. Manchmal sind das ziemlich bizarre Dinge, deshalb wird er seit einiger Zeit von seinen Fachkollegen nicht mehr ernst genommen. So glaubt er beispielsweise zu wissen, wo der verschwundene Kontinent Atlantis liegt und dass man schon vor Jahrtausenden Elektrizität kannte. Aber egal, was er darüber publiziert – es trägt ihm nur Spott ein und hat seinem Ruf als Archäologe mehr geschadet als genützt.«

Zwei Stewardessen schieben kleine Wagen durch die Gänge und teilen Sandwiches und Getränke aus. Birgit wirft einen Blick über die Schulter, so als wollte sie das Angebot in Augenschein nehmen. Der Mann liest Zeitung und scheint sich in keiner Weise für sie zu interessieren. Sie nimmt ihren Schminkspiegel zur Hand und guckt nochmals, doch er ist völlig in seine Lektüre vertieft. Schließlich steckt Birgit den Spiegel wieder ein und lässt sich von der Stewardess ein Sandwich geben.

Jef stößt sie leicht an. Auf dem Bildschirm ist zu sehen, dass sie sich bereits über dem Mittelmeer befinden.

Fasziniert betrachtet Birgit das Miniflugzeug, das sich über den blauen Monitor bewegt.

Selma mochte das Meer schon immer. Nicht die kalte Nordsee, sondern das intensiv blaue Mittelmeer. Sie heftete Urlaubskarten von Freundinnen und Verwandten an die Pinnwand über ihrem Bett und sagte immer wieder zu Birgit, eines Tages werde sie all diese Städte und Strände selbst sehen. Sie wollten sogar zusammen verreisen. Aber daraus wurde nichts.

Weit nach Mitternacht landen sie auf dem Flughafen von Luxor. Es dauert eine halbe Ewigkeit, bis sie das Flugzeug verlassen dürfen. Geduldig stehen sie im Gang und warten, bis endlich die Tür aufgeht.

Sie laufen los. Bei der Zollkontrolle stellt sich ihr Verfolger in eine andere Schlange. Birgit merkt aber, dass er sie im Visier hat. Er versucht sogar zweimal, sich vorzudrängen, um schneller zu sein als sie.

Birgit und Jef werden als Erste abgefertigt und gehen weiter. Bald darauf hören sie schnelle Schritte hinter sich. Sie biegen um eine Ecke, stürmen in die Damentoilette und drücken sich an die Fliesen neben der Tür. Jef späht vorsichtig durch den Türspalt.

Der Mann in der Lederjacke rennt vorbei.

»War er das?«, fragt Birgit.

»Ja, und er hat es eilig«, sagt Jef. »Bestimmt will er uns irgendwo auflauern.«

Sie verlassen die Toilette und gehen, sich aufmerksam umsehend, weiter. Der Mann ist nirgends zu sehen.

Nach einer weiteren Passkontrolle kommen sie in die Gepäckhalle, wo ihre Mitreisenden am Rollband stehen und auf ihre Taschen und Koffer warten.

Langsam gehen sie zur Ankunfts- und Abflughalle. Sie wirkt um diese Zeit verlassen, und nur die arabischen Schriftzeichen auf den gelben Schildern erinnern daran, dass sie sich auf einem anderen Kontinent befinden.

Ein anderer Kontinent! Birgit holt tief Luft. Das hätte sie sich beim Aufwachen heute Morgen nicht träumen lassen! Den Grund ihrer Reise nach Ägypten hat sie keineswegs vergessen, dennoch kann sie es kaum erwarten, das Land kennenzulernen.

Sie folgt Jef zum Ausgang, und als sie den Flughafen verlassen, spürt sie einen warmen, trockenen Wind im Gesicht. Der Wüstenwind!

Der Flughafen liegt ein wenig außerhalb von Luxor inmitten einer öden Sandlandschaft. Der Wind wirbelt Sand von der Straße auf, die von Palmen gesäumt ist. Ihre charakteristischen Wedel heben sich von dem dunkelblauen Nachthimmel ab.

Birgit sieht ein paar Männer in langen Gewändern neben verschleierten Frauen, und überall stehen Soldaten in weißen Uniformen und schwarzen Stiefeln mit geschulterten Maschinengewehren. Das erinnert sie daran, dass sie sich in einem Land befindet, in dem es immer wieder zu Anschlägen kommt – die Soldaten dienen zwar ihrer Sicherheit, sind aber trotzdem ein beängstigender Anblick.

Der Mann in der schwarzen Jacke wartet zeitunglesend auf ein Taxi.

Sie sehen sich an, und Jef flucht leise.

»Wenigstens ist er nicht bewaffnet …«, flüstert Birgit.

Ein Taxi taucht aus der Dunkelheit auf und fährt heran. Der Mann reagiert nicht, er scheint völlig in seiner Lektüre aufzugehen.

»Komm«, sagt Jef und zieht Birgit am Ellbogen mit.

Kaum sitzen sie im Taxi, faltet der Mann seine Zeitung zusammen, winkt den nächsten Wagen herbei und steigt ein.

»Damit war zu rechnen«, sagt Jef nüchtern.

Birgit sieht durch das hintere Fenster, dass ihnen das Taxi folgt.

Jef beugt sich vor und sagt zu ihrem Fahrer ein paar Worte auf Arabisch. Dieser antwortet, und Jef stellt nun offenbar eine Frage. Birgit lauscht verwundert. Beim Einsteigen hat Jef das Fahrtziel zwar auf Arabisch genannt, aber dass er sich auch in dieser Sprache unterhalten kann, überrascht sie. Anscheinend verstehen sich die beiden problemlos, denn der Fahrer ruft lachend etwas und gibt Vollgas.

»Was hast du ihm gesagt?«, fragt sie neugierig, als Jef sich wieder zurücklehnt.

»Ich habe ihm gesagt, wo mein Vater wohnt und wie er heißt«, sagt Jef. »Er kennt die Straße und meinen Vater auch. Luxor ist nicht besonders groß, und mein Vater ist hier gut bekannt, er hat einen großen Freundeskreis. Ich habe dem Fahrer erzählt, dass er verschwunden ist und dass wir dem Mann im Taxi hinter uns nicht trauen. Jetzt will er versuchen, ihn abzuhängen.«

Offensichtlich will jeder in Luxor jemanden abhängen. Auf der Schnellstraße scheint es keine linken und rechten Fahrspuren zu geben – jeder fährt nach Gutdünken und hupt wild drauflos, allen voran ihr Fahrer, der ein rasantes Tempo vorlegt und immer wieder zu riskanten Überholmanövern ansetzt. Es dauert nicht lange, und sie sind das Taxi los.

Birgit lehnt sich erleichtert zurück und versucht, einen Blick auf die Umgebung zu erhaschen. Als sie an einem Fluss entlangfahren, stößt sie Jef aufgeregt an: »Der Nil! Das ist doch der Nil, oder?«

Jef nickt lächelnd. Für ihn als weit gereisten Journalisten gibt es wenig Neues unter der Sonne, aber für Birgit, die gestern Nacht um diese Zeit noch zu Hause in Alkmaar im Bett lag, ist es kaum fassbar, dass sie einfach so am Nil entlangfahren.

Sie erreichen Luxor. Die weißen Gebäude schimmern im Mondlicht, prächtige Moscheen stehen neben heruntergekommenen grauen Wohnblocks, ein Stück weiter sehen sie den eindrucksvoll beleuchteten Luxor-Tempel mit seinen Säulengängen.

Sie fahren am Tempel vorbei ins Zentrum, und wieder wechselt Jef ein paar Worte mit dem Fahrer. Kurz darauf hält das Taxi vor einem vornehmen Hotel mit Blick auf den Nil.

»Oh«, macht Birgit erstaunt. »Ich dachte, wir wollten zum Haus deines Vaters?«

»Lieber nicht«, meint Jef. »Wir übernachten sicherheitshalber im Hotel und sehen morgen nach, ob die Luft rein ist.«

Das hört sich vernünftig an, und Birgit ist einer Nacht in luxuriöser Umgebung keineswegs abgeneigt.

Jef gibt dem Fahrer ein enorm großzügiges Trinkgeld, fragt nach seiner Handynummer und vereinbart mit ihm, dass er sie am nächsten Morgen um neun abholt. Das Haus seines Vaters liegt zwar ganz in der Nähe, aber zu Fuß sind sie gefährdeter als im Auto.

Der Taxifahrer verspricht, pünktlich zu sein, damit sie nicht in der Lobby herumstehen müssen. Dann redet er schnell auf Arabisch weiter.

Jef hört zu, nickt mehrmals und hebt dann zum Abschied die Hand.

»Was hat er gesagt?«, fragt Birgit, als sie das Hotel betreten.

»Er will mal beim Haus meines Vaters nachsehen, ob ihm etwas Verdächtiges auffällt. Und sich bei Verwandten und Freunden erkundigen, die in der Nähe wohnen.«

»Wie nett von ihm!«

Jef zuckt mit den Schultern. »Schließlich bezahle ich ihn gut.«

13

Das Zimmer bietet leider keine Aussicht auf den Nil, aber man kann nicht alles haben. Im Übrigen macht es auch nicht viel aus, denn schon beim Anblick des Betts schläft Birgit fast. Trotzdem rafft sie sich auf zu duschen, auf keinen Fall will sie staubig und verschwitzt ins Bett gehen.

Sie beeilt sich, denn Jef möchte bestimmt auch noch ins Bad. Und wer weiß, vielleicht fühlen sie sich nach der Dusche so erfrischt, dass …

Geschnarche dringt an ihr Ohr. Sie steigt aus der Duschkabine, späht ins Zimmer und gibt jeden weiteren Gedanken an etwas Romantik auf.

Obwohl sie bereits miteinander geschlafen haben, fühlt Birgit sich leicht unbehaglich, als sie zu Jef unter die Decke schlüpft.

Sie versucht, die Umrisse der Möbel und des Wandspiegels im dunklen Zimmer zu erkennen.

Verkehrslärm von draußen und das Dauersummen der Klimaanlage hindern sie am Einschlafen. Sie liegt auf dem Rücken, und mit einem Mal überkommt sie Heimweh nach ihrer vertrauten Umgebung, so heftig, dass sie Herzklopfen bekommt und so etwas wie Panik in sich aufsteigen fühlt.

Sie hat einen Fehler gemacht, auf gar keinen Fall hätte sie Jef begleiten dürfen! Schließlich kennt sie diesen Mann kaum. Weiß der Himmel, worauf sie sich da eingelassen hat und was ihr noch alles bevorsteht. Hätte sie denn nicht woandershin gekonnt? Was wäre denn so schlimm daran gewesen, eine Zeit lang zu ihren Eltern zu gehen?

Birgit dreht sich auf die Seite und versucht, die schmerzlichen Erinnerungen zu vertreiben. Das funktioniert auch, bis sie einschläft. Dann sieht sie in Traumbildern Selma vor sich, ihr Lachen, ihre Lebensfreude und ihren Kampfgeist. Sie weint im Schlaf.

Mit zehn Jahren war Birgit fest davon überzeugt, sie sei adoptiert worden. Warum sonst gab es nur so wenige Fotos von ihr? Warum hatte sie kein so dickes Babyalbum wie Selma? Die paar Bilder von ihr zeugen nicht gerade von Elternglück und Stolz. Und das Baby im rosa Strampelanzug auf der Wickelkommode konnte überall fotografiert worden sein. Es gab keinen eindeutigen Beweis, dass die Fotos in ihrem Elternhaus entstanden waren. Und das galt für alle Bilder von ihr als Säugling.

Sie wollte unbedingt die Wahrheit herausfinden und war taub für die Gegenargumente ihrer Eltern. Irgendwann zeigte die Großmutter ihr dann ein Foto, auf dem ihre Mutter mit ihr auf dem Arm zu sehen war, daneben der Vater, und auf der Rückseite stand: *Birgit, vier Tage alt.*

Sie hatte sich oft gefragt, warum ihre Eltern sie überhaupt gewollt hatten, wo doch ihre ganze Aufmerksamkeit Selma galt. Mit ihr hatten sie schon genug Sorgen, und wenn Birgit dann auch noch krank wurde, war die Mutter schlicht überfordert. Und sie wurde oft krank, bekam Mittelohrentzündung, Stirnhöhlenkatarrh, Masern, Windpocken und immer wieder Erkältungen. Nichts Ernstes, aber immerhin. Wenn Birgit mit leichtem Fieber von der Schule nach Hause kam und das erschöpfte Gesicht ihrer Mutter sah, sagte sie lieber gar nicht erst, dass sie sich krank fühlte.

In der vierten Klasse, sie war damals elf, sollte sie einen Aufsatz über ihre Familie schreiben, aus wie vielen Personen sie bestand usw. »Drei Personen«, schrieb Birgit, »Vater, Mutter und eine Tochter.«

Die Lehrerin, die ihre Familie kannte, sprach nach der Schulstunde mit ihr. Sie fragte, wie es denn Selma gehe. Einen Moment lang hatte sie nämlich befürchtet, es gebe tatsächlich nur noch eine Tochter.

»Warum hast du so getan, als wärst du Einzelkind?«, fragte die Lehrerin irritiert.

Birgit sah sie mit großen Augen an und sagte: »Aber das hab ich doch gar nicht. Mit der einen Tochter war Selma gemeint.«

Es ist noch dunkel, als Birgit aus einem wirren Traum erwacht. Sie wirft einen Blick auf das Display ihres Handys: gerade mal sechs Uhr. Im gleichen Moment ertönt von draußen lauter Klagegesang. Nein, kein Gesang, eher ein gedehntes Rufen: *Allahu Akbar, Allahu Akbar …*

Jef dreht sich stöhnend um.

»Was ist das?«, flüstert Birgit.

»Der Gebetsruf …«, murmelt Jef schlaftrunken. »Und ich hab keine Ohrstöpsel mit.«

Birgit auch nicht, also müssen sie wohl oder übel warten, bis der durchdringende Ruf aus den Lautsprechern der benachbarten Moschee aufhört.

Birgit döst gerade wieder ein, als sie Jefs Arm um ihre Taille spürt. Sie schlägt die Augen auf und betrachtet den gebräunten behaarten Arm, der sie wie ein Schutzschild umfängt. Lächelnd schließt sie die Augen und kuschelt sich an Jef.

Um Punkt neun Uhr steht der Taxifahrer, wie vereinbart, vor dem Hotel. Jef und Birgit haben geduscht und gefrühstückt und verlassen nur widerwillig die Hotelhalle. Dort sorgt die Klimaanlage für angenehme zwanzig Grad, draußen erwartet sie ein Brutofen. Schon am Morgen herrschen Temperaturen von über dreißig Grad, und Birgit ringt nach Luft, als sie durch die sengende Sonne zum Taxi gehen.

Der Fahrer gibt sofort Gas, und während sie am Nil entlangfahren, berichtet er in gebrochenem Englisch, dass weder ihm noch seinen Leuten etwas Verdächtiges am Haus von Jefs Vater aufgefallen sei. Schon seit Längerem sei dort niemand mehr gesehen worden.

»Mein Vater also auch nicht«, sagt Jef.

Nein, sagt der Fahrer, er habe Jefs Vater schon eine ganze Weile nicht mehr gesehen.

Dann ist es still im Auto. Jef schaut vor sich hin, der Taxifahrer rast wie ein Irrer und hupt fortwährend, während Birgit sich alle Mühe gibt, seinen Fahrkünsten zu vertrauen.

Um sich abzulenken, konzentriert sie sich auf die Umgebung. Das blaue Wasser des Nils zieht an ihnen vorbei, glitzert in der Sonne, und die landestypischen Feluken mit ihren weißen Segeln gleiten scheinbar schwerelos dahin. Am Ufer ist das Land grün und fruchtbar, aber nur auf einem schmalen Streifen. Schon zwei Kilometer landeinwärts gehen Ackerland und Palmen abrupt in Wüste über.

Viel bekommt Birgit nicht zu sehen, denn Jefs Vater wohnt mitten in Luxor. Das Stadtzentrum ist eine Enttäuschung: Birgit hatte exotisches Flair erwartet und muss nun feststellen, dass hier hauptsächlich graue Betonburgen mit abblätterndem Putz, an denen zerrissene Reklameposter hängen, das Bild prägen. Prächtig wirken nur die weißen Moscheen mit ihren Säulen und vergoldeten Kuppeln.

Die Straßen werden kurviger und schmaler, bis das Auto schließlich stecken zu bleiben droht. Doch der Fahrer ist ein Profi – er prescht weiter, als ginge es in die letzte Runde eines Rennens, und hält dann unvermittelt nach einer Rechtskurve in einer etwas breiteren, ungepflasterten Straße an.

Birgit merkt, dass auch Jef etwas mulmig ist. Er vereinbart mit dem Fahrer, dass er auf sie wartet, egal wie lange es dauert, und bittet ihn, in der Zwischenzeit die Straße im Auge zu behalten. Wenn ihm etwas Verdächtiges auffalle, solle er dreimal hupen.

Sie steigen aus, und Jef geht auf ein quadratisches Haus mit Balkon zu, das schon bessere Zeiten gesehen hat. Die drei Fenster an der Vorderfront haben zierliche schmiedeeiserne Gitter, die Eingangstür ist bogenförmig.

Jef nimmt einen Schlüssel aus der Tasche und steckt ihn ins Schloss. Quietschend geht die Tür auf, und sie sehen einen schmalen Flur vor sich.

14

Vorsichtig betreten Jef und Birgit das Haus. Es ist ziemlich dunkel, und dumpfe Luft schlägt ihnen entgegen. Bei jedem Schritt knarren die Bodendielen.

Jef betritt einen der Räume, Birgit folgt ihm und sieht sich neugierig um. Als Erstes fällt ihr die Decke auf: Sie ist aus Holz und mit leuchtenden Farben prächtig bemalt. Durch das orientalisch anmutende Mobiliar fühlt sie sich in ein Märchen aus Tausendundeiner Nacht versetzt. Sie bestaunt die langen Gewehre und Krummschwerter an der Wand, eine bronzene Moscheetür und mit farbigen Motiven bemalte Krüge und Schalen. An den anderen Wänden hängen Teppiche in warmen Farben.

»Ist das schön!«, sagt Birgit bewundernd, aber Jef geht nicht darauf ein. Fassungslos starrt er auf die Bücherstapel am Boden und den langen Holztisch, der mit Papieren übersät ist, teilweise sind sie auf die Stühle und den Boden gefallen.

Aus Jefs Miene schließt Birgit, dass sein Vater das Haus üblicherweise nicht in so einem Zustand verlässt.

»Sieht ganz so aus, als hätte hier jemand etwas gesucht«, knurrt er. »Mein Vater ist sehr penibel mit seinen Büchern, Karten und Aufzeichnungen. Er stapelt alles sauber und thematisch geordnet. Und nun sieh dir das mal an ...«

Er wirft einen ärgerlichen Blick auf das Chaos und geht dann rasch durchs Haus, um die anderen Räume zu kontrollieren.

»Weißt du, wo dein Vater sein Adressbuch und seinen Terminkalender aufbewahrt?«, fragt Birgit, als er wieder ins Wohnzimmer kommt.

»Vermutlich im Schreibtisch.« Jef geht auf einen großen, altersschwach wirkenden Schreibtisch zu, zieht sämtliche Schubladen auf und fängt an zu suchen.

Birgit hebt ein paar Bücher vom Boden auf. Während Jef, nachdem er im Schreibtisch nicht fündig geworden ist, die übrigen Zimmer unter die Lupe nimmt, macht sie sich ans Aufräumen.

»Nichts«, sagt Jef nach einer Weile niedergeschlagen.

»Was ist denn das? Eine alte Landkarte ... oje, da ist ja ein Stück abgerissen!«

Birgit stellt einen Arm voll Bücher ins Regal und hebt die zerknitterte Karte vom Boden auf.

»Zum Glück nur eine Reproduktion. Das Original der Karte habe ich mal in Istanbul gesehen. Sie ist sehr bekannt, mein Vater hat sogar ein Buch darüber geschrieben. Die Karte steht in einem engen Zusammenhang mit seiner Theorie, dass die Menschheit viel älter ist, als wir denken.«

Birgit breitet die Karte auf dem Tisch aus und betrachtet sie interessiert.

»Und wie kommt er darauf?«

Jef setzt sich an den Tisch. »Anfang des achtzehnten Jahrhunderts hat man im Topkapi-Palast in Istanbul eine Sammlung alter Landkarten gefunden«, erzählt er. »Sie stammen aus dem Besitz eines Admirals der osmanischen Flotte namens Piri Reis. Piri Reis hat im Jahr 1513 eine Weltkarte erstellt. Angeblich hatte er im Orient eine Karte entdeckt, der seine Darstellung folgt. Auffällig daran ist die große Genauigkeit. Nicht nur Europa, sondern auch der Küstenverlauf Nord- und Südamerikas und die Umrisse der Antarktis sind sehr präzise eingezeichnet. Lange Zeit dachte man, Kolumbus hätte ihm die entsprechenden Angaben geliefert. Du weißt ja, dass Kolumbus im Jahr 1492 Amerika entdeckt hat. Aber er ist dort nicht so weit herumgekommen, dass er diese ganzen Details gekannt haben könnte. Er hat den Kontinent auch nicht umsegelt, sondern ist nur ein Stück an der Küste entlanggefahren. Falls er doch den gesamten Küstenverlauf kartiert hätte, wäre es eine unglaubliche Leistung gewesen, alle Buchten und jeden ungewöhnlichen Verlauf so genau wiederzugeben. Man hat tatsächlich keine einzige Karte gefunden, die auf Christoph Kolumbus zurückgeht. Hätte er tatsächlich eine solche erstellt, wäre das zu seiner Zeit eine Sensation gewesen, die mit Sicherheit Eingang in die Chroniken gefunden hätte. Und außerdem wären davon Kopien angefertigt worden. Das war aber nicht der Fall, und trotzdem wird 1513 eine Karte vorgelegt, auf der Amerika genau verzeichnet ist.«

»Warum auch nicht?«, meint Birgit. »Du hast doch selbst gesagt, Piri Reis hätte eine Karte im Orient gefunden. Kolumbus hat Amerika 1492 entdeckt, und die Karte hier ist von 1513. Also gab es da offenbar jemanden, der den Küstenverlauf von Amerika kartiert hat. Die Genauigkeit ist schon beeindruckend, andererseits auch nicht so erstaunlich. Auf diese Weise ist doch letztlich die ganze Welt kartiert worden.«

Jef geht zum Schrank und greift nach einer großen grünen Mappe. Er legt sie auf den Tisch, klappt sie auf und nimmt mehrere Karten heraus.

»Hier hast du sämtliche Karten, die Piri Reis angefertigt hat – ein Atlas, wenn man so will. Das hier sind natürlich Reproduktionen, aber das spielt jetzt keine Rolle. Schau sie dir in Ruhe an, denk daran, dass sie 1513 erstellt wurden, und sag mir, was dir daran auffällt. Ich koche inzwischen Kaffee. Willst du auch welchen?«

»Gern.«

So vorsichtig, als hätte sie Originale vor sich, breitet Birgit die Karten auf dem Tisch aus. Sie sind wunderschön. Sepiabraun und mit detaillierten Zeichnungen, die beispielsweise die Bewohner der verschiedenen Gebiete und die dortige Flora und Fauna darstellen. Auf die Ozeane sind Schiffe in allen Formen und Größen gezeichnet und natürlich Wale und andere Meerestiere. Es sind ausgesprochen schöne Karten, aber Birgit fällt nichts Ungewöhnliches daran auf.

Jef kommt mit zwei Bechern ins Zimmer. »Und? Siehst du es?«

Birgit schüttelt den Kopf. »Ich fürchte, ich weiß nicht genau, wie der Küstenverlauf der Kontinente aussieht.«

Er stellt ihr einen Kaffee hin, vorsichtshalber weit weg von den Karten.

»Aber du siehst schon, dass die ganze Welt verzeichnet ist, oder? Sämtliche Kontinente, jede Insel, bis ins Detail. Sogar das Gebiet um den Südpol. Schau doch mal, wie genau die Antarktis dargestellt ist.«

Birgit betrachtet den unteren Teil der Karte, wo sehr exakt Gebirgszüge, Flüsse und Inseln eingetragen sind. Und plötzlich geht ihr ein Licht auf.

»Das ist aber seltsam! Wie konnte man zu der Zeit das Gebiet um den Südpol kartieren? Damals war doch noch niemand dort gewesen, und man wusste wohl auch noch nichts von seiner Existenz, oder?«

Verwundert sieht sie die Karte an. Willem Barents und seine Mannschaft brachen im sechzehnten Jahrhundert in Richtung Nordpol auf, blieben aber im Eis stecken und mussten auf Nowaja Semlja überwintern. Und trotzdem liegt vor ihr eine Karte, auf der beide Pole genau eingezeichnet sind und beim Südpolargebiet auch noch der Küstenverlauf und das Binnenland, ganz so, als hätte der Kartograf persönlich dort geforscht.

»Und jetzt leg mal diese Karte daneben.« Jef nimmt zwei weitere Blätter aus der grünen Mappe und legt sie neben die Piri-Reis-Karte. »Diese Karte stammt ebenfalls aus dem sechzehnten Jahrhundert. Sieh dir mal an, wie hier die Antarktis dargestellt wurde.«

Birgit wirft einen Blick darauf und merkt sofort, was Jef meint. Im Wohnzimmer ihrer Eltern hängt, schön gerahmt, die Reproduktion einer alten Weltkarte. Wo der

Südpol liegt, steht dort – genau wie auf der Karte vor ihr – in zierlicher Schrift *Terra incognita*.

Unbekanntes Land. Ein Erdteil, der zur Entstehungszeit der Karten noch nicht entdeckt war. Aber auf der Karte vor ihr ist die Antarktis nicht nur mit ihrem Küstenverlauf verzeichnet, sondern auch eisfrei dargestellt.

»Jef, wann genau ist die Antarktis entdeckt worden?«, fragt Birgit bedächtig.

»Im neunzehnten Jahrhundert.«

Ungläubig schüttelt sie den Kopf. Soweit sie weiß, ist die Antarktis seit Tausenden, wenn nicht Millionen von Jahren von einem dicken Eispanzer bedeckt. Auf dieser Karte ist sie jedoch mit Bergen, Tälern, Flüssen und ihren Mündungen abgebildet.

»Das heißt also …« Birgit beendet den Satz nicht.

»Das heißt, dass Piri Reis' Darstellung auf Karten basiert, die sehr viel älter sind und vor den großen Eiszeiten entstanden sein müssen, als die Antarktis noch ein gemäßigtes, womöglich sogar tropisches Klima hatte«, ergänzt Jef. »Auf Karten, die nur von Menschen erstellt werden konnten, die über eine weit fortgeschrittene Technik und wissenschaftliche Erkenntnisse verfügten, die auf dem gleichen Stand waren wie wir, vielleicht sogar weiter. Genau das meint mein Vater, wenn er behauptet, die Menschheit sei weitaus älter, als wir glauben.«

15

Namen, Daten und immer erstaunlichere Fakten prasseln nun in schneller Folge auf Birgit ein. Mit der Geschichte der Seefahrt kennt sie sich zwar nicht gut aus, aber einige Namen, die Jef nennt, kommen ihr doch bekannt vor. Er redet wie ein Wasserfall …

Bartolomeu Diaz stach im Jahr 1487 von Portugal aus in See und umrundete als Erster das Kap der Guten Hoffnung. 1497 segelte Vasco da Gama an der Ostküste Afrikas entlang, überquerte dann den Indischen Ozean und entdeckte damit den Seeweg nach Indien. Zwischen 1492 und 1504 unternahm Kolumbus von Spanien aus vier Reisen in die Gebiete, die man später als Neue Welt bezeichnete, und der Portugiese Ferdinand Magellan entdeckte schließlich die Meeresstraße zwischen Atlantik und Pazifik.

Aber so abenteuerlustig die Portugiesen auch waren und so geschickt sie ihre Schiffe über die Ozeane navigierten – sie verfügten über keine zuverlässige Methode zur Bestimmung der geografischen Länge. Außerdem war keine der nach Lissabon zurückkehrenden Flotten lange genug unterwegs gewesen, um die neu entdeckten Küsten kartieren zu können. Somit kann Piri Reis' Karte nicht auf sie zurückgehen.

»Das würde ja bedeuten, dass Kolumbus und seine Nachfolger die Welt nicht entdeckt, sondern wiederentdeckt haben«, sagt Birgit verblüfft.

»Genau! Aus Kolumbus' Briefwechsel mit dem spanischen König geht hervor, dass er eine detaillierte Weltkarte zur Verfügung hatte, die ihm schon auf seiner ersten Fahrt 1492 zur Orientierung diente. Es muss sich dabei um die Kopie einer Karte aus einer Epoche lange vor unserer Zeitrechnung gehandelt haben. Es scheint ganz so, als wäre das einstige Weltwissen der Menschen langsam, aber sicher wieder in Vergessenheit geraten. Den alten Griechen und Römern war es noch bekannt, aber nach dem Untergang des Römischen Reichs brach in Europa das Mittelalter an und damit nicht unbedingt eine Zeit des Fortschritts. Das bedeutete in vielerlei Hinsicht einen vollständigen Neuanfang. Hin und wieder tauchte jedoch etwas von dem Wissen vergangener Zeiten auf, zum Beispiel Karten, die auf den einstigen Erkenntnissen basierten, und veranlasste die Gelehrten, Allgemeingültiges infrage zu stellen.«

»Wahnsinn«, sagt Birgit. »Ob man ganz früher auch gewusst hat, dass die Erde eine Kugel und keine Scheibe ist, wie man im Mittelalter dachte?«

Jef trinkt einen Schluck Kaffee. »Ich denke schon, denn lange bevor man sich im Mittelalter zögerlich mit dem Geheimnis der Sonnenfinsternis befasste, hatte der Grieche Thales das Phänomen bereits erklärt. Sein Nachfolger Anaximenes fand heraus, dass der Mond sein Licht von der Sonne erhält, und Pythagoras stellte die These auf, die Erde sei nicht der Mittelpunkt des Universums, sondern nur einer von vielen Himmelskörpern. Als das Mittelalter begann, wurden sämtliche großen Entdeckungen von der Kirche geleugnet. Gelehrte wie Galilei und Kopernikus beriefen sich auf das Wissen aus dem Altertum und setzten mit für die damalige Zeit revolutionären Theorien ihr Leben aufs Spiel. Ganz langsam erreichte man wieder den Wissensstand der alten Griechen und Römer, und schließlich galt es als bewiesen, dass die Welt eine Kugel ist, und ihre Neuentdeckung konnte beginnen.«

Birgit lehnt sich zurück. »Und warum ist das nicht allgemein bekannt? Warum lernt man in der Schule nach wie vor, dass Kolumbus Amerika entdeckt und Galilei herausgefunden hat, dass die Erde rund ist?«

Jef zuckt mit den Schultern. »Weil das bedeutende wissenschaftliche Erkenntnisse widerlegen und viele akademische Karrieren zerstören würde. Mein Vater ist auf großen Widerstand gestoßen, als er Vorlesungen darüber halten wollte. Vor allem in Ländern, deren gesamte Geschichtsschreibung dadurch infrage gestellt würde. In Portugal rühmt man sich bis heute der Rolle, die das Land bei der Entdeckung der Welt gespielt hat. In Spanien wird Kolumbus verehrt, und auch die Franzosen, Engländer und Niederländer sind stolz auf ihre Pionierleistungen in der Seefahrt. Kaum jemand ist offen für eine Revision der Weltgeschichte, auch nicht, wenn schlagende Beweise vorliegen. Wer Theorien in dieser Richtung äußert, rüttelt an etablierten Vorstellungen und wird damit zum Überbringer schlechter Nachrichten. Früher haben Könige und Heerführer solche Hiobsboten köpfen lassen, und heutzutage ist es auch nicht viel anders. Na gut, umgebracht wird man nicht mehr, aber jemanden lächerlich machen, ihn seiner Würde berauben und seine Karriere ruinieren, ist etwas ganz Ähnliches.«

»Ist das deinem Vater passiert?«, fragt Birgit leise. »Hat man seine Karriere zerstört?«

Jef wirkt mit einem Mal müde und deprimiert. »Mein Vater ist ein vielversprechender, begabter Archäologe, aber nach ein paar gewagten Publikationen über seine Theorien brach ein Sturm von Kritik und Gegenbeweisen über ihn herein. Und als er dann auch noch nachweisen wollte, dass man in bestimmten Weltgegenden schon in der Antike Elektrizität kannte, hat man ihn endgültig nicht mehr ernst genommen. Was er zu sagen hatte, wurde verlacht und letztlich totgeschwiegen. Mit seiner Karriere war es vorbei, aber er hat seine Theorien nicht aufgegeben und weiter nach Beweisen gesucht.«

»Hat er welche gefunden?«

»Mehr oder weniger. Weißt du, kein Beweis ist absolut schlüssig. Man kann alles unterschiedlich erklären, und genau das passiert bei jeder neuen Entdeckung«, sagt Jef. »Aber um die Karte von Piri Reis kommt man einfach nicht herum. Als sie im achtzehnten Jahrhundert gefunden wurde, war das eine Sensation. Bei eingehender Betrachtung stellte man fest, dass die Weltkarte zwar erstaunlich vollständig war, aber vieles war nicht an der richtigen Stelle eingezeichnet. Man ging damals davon aus, die Karte sei eine Mischung aus Erkenntnissen von Entdeckungsreisenden und halbwegs treffenden Vermutungen. Sie verschwand wieder in der Versenkung, und keiner befasste sich weiter damit. Bis sie im zwanzigsten Jahrhundert sozusagen wiederentdeckt und von zwei Kartografen gründlich unter die Lupe genommen wurde. Und die fanden etwas Sensationelles heraus.«

Jef greift nach seinem Becher und trinkt ihn mit langsamen Schlucken leer.

»Und zwar?«, fragt Birgit ungeduldig.

Jef stellt den Becher ab und dreht die Karte so, dass auch Birgit sie sehen kann. »Schau mal«, sagt er, »hier hast du den Küstenverlauf von Nord- und Südamerika und dem Südpolargebiet. Wie du siehst, stimmt die Lage der Kontinente zueinander nicht. Und die Landenge von Mittelamerika ist viel zu breit. Das ist auch den beiden Kartografen aufgefallen. Sie beschlossen, die alte Karte mithilfe einer speziellen Projektionsmethode auf einen modernen Globus zu übertragen – und es stellte sich heraus, dass die Abmessungen stimmen! Piri Reis hatte die Kugelform der Erde berücksichtigt und sämtliche Koordinaten genau berechnet.«

Birgit ist perplex. »Wie? Das kann doch nicht sein! Er hat die Karte im Jahr 1513 erstellt. Damals wusste man doch noch nicht, wie die Längen- und Breitengrade berechnet werden, oder?«

»Nein. Aber ganz früher wusste man es anscheinend.« Jef beugt sich vor und deutet auf die Karte. »Schau, nicht nur der Küstenverlauf der Kontinente ist verzeichnet, sondern auch das Landesinnere mit Gebirgen, Wüsten und allem, was es so gibt. Im Südpolargebiet sind Berge eingezeichnet, von denen wir erst seit den 1950er-Jahren wissen. Zu Piri Reis' Zeiten war die Existenz der Antarktis noch unbekannt. Er hat den Kontinent als zwei große Inseln abgebildet, obwohl das Ganze damals schon lange von einem dicken Eispanzer bedeckt war. Erst radiologische Untersuchungen haben ergeben, dass Piri Reis richtig lag und die Antarktis tatsächlich aus zwei großen Halbinseln besteht, die durch das Eis verbunden sind. Und nicht nur das: Er hat alle Buchten, Berge und Ebenen exakt wiedergegeben.«

Birgit ist sprachlos.

»Und du hast das Original der Karte gesehen?«, fragt sie dann.

Er nickt. »Sie ist noch immer dort, wo man sie im zwanzigsten Jahrhundert wiedergefunden hat: im Topkapi Serail-Museum in Istanbul.«

Birgit betrachtet die Karte eingehend.

»Das ist einfach unvorstellbar«, sagt sie. »Eine solche Genauigkeit ist doch nur möglich, wenn man die Erde von oben betrachtet, oder? Solche Karten werden normalerweise mithilfe von Satelliten erstellt. Glaubst du wirklich, es hat eine Zivilisation gegeben, die *so* weit war?«

»Durchaus. Der Beweis liegt vor uns.«

Birgit kann sich gar nicht mehr von der Karte losreißen. Ihr ganzes Weltbild ist zusammengebrochen. Sie hatte in der Oberstufe Geschichte als Hauptfach, und es war ihr Lieblingsfach. Wenn das, was man ihr auf dem Gymnasium beigebracht hat, nicht stimmt, wofür hat sie dann noch alles sinnlos Zeit verschwendet?

»Gut, die Menschheit war also früher weiter entwickelt, als wir annehmen«, sagt Birgit. »Und dein Vater glaubt, es habe früher eine Zivilisation gegeben, die Elektrizität kannte?«

»Mein Vater glaubt, die Bewohner von Atlantis, die erfahrene Seeleute gewesen sein müssen, seien durch eine Art Sintflut weit vor unserer Zeitrechnung von ihrem Inselkontinent vertrieben worden. Als ihr Land in den Fluten versank, überquerten die Überlebenden den Ozean und suchten nach neuem Lebensraum. Es verschlug sie unter anderem nach Ägypten, in eine damals noch kaum entwickelte Gegend der Welt. Daher auch das Interesse meines Vaters für die ägyptische Geschichte. Falls die Atlanter sich wirklich in Ägypten niedergelassen haben, würde das auch den rasanten Aufstieg ihrer Zivilisation erklären.«

»Die Sphingen, die Tempel, die Pyramiden …«, zählt Birgit auf.

»Richtig. Und ganz zu schweigen von ihren unglaublichen astrologischen und mathematischen Erkenntnissen. Und nicht nur dort. Ich denke da an die Tempel der Maya, die man im Dschungel gefunden hat, an die Inka-Pyramiden und die geometrischen Figuren in der Ebene von Nazca. Eine so plötzliche Entwicklung lässt sich nur dadurch erklären, dass sie von einem Volk ausging, das fliehen musste und sich überall auf der Welt niederließ. Ob das nun die Atlanter waren oder nicht – für mich steht fest, dass es eine Zivilisation gegeben hat, die sich mit unserer messen konnte oder uns sogar überlegen war. Eine Zivilisation, die Ozeane befuhr, den Satelliten erfand und die Geheimnisse des Universums kannte.«

Birgit muss schlucken. »Das ist einfach unglaublich, wie

viel Wissen im Lauf der Zeit verloren gegangen ist«, sagt sie. Aber woher kamen dann auf einmal die alten Karten?

»Piri Reis hat in einer Randnotiz vermerkt, dass sie aus der Bibliothek von Alexandria stammen«, sagt Jef. »Das leuchtet durchaus ein, denn die königliche Bibliothek von Alexandria war zu ihrer Glanzzeit die größte im ganzen Mittelmeerraum. Auf ihrem Höhepunkt im ersten Jahrhundert vor Christus umfasste sie zwischen vier- und siebenhunderttausend Buchrollen. Es sind ein paar Verzeichnisse erhalten geblieben, daher kennen wir ihren einstigen Bestand und wissen, dass sich darunter auch eine komplette Darstellung der Frühgeschichte Ägyptens befand. Sie selbst ist leider verloren gegangen.«

Birgit nickt, tief in Gedanken versunken. Längst vergessen geglaubtes Schulwissen kommt wieder hoch. Von der alexandrinischen Bibliothek war des Öfteren im Latein- und Griechischunterricht die Rede.

»Die Bibliothek wurde durch einen Brand zerstört, als Julius Cäsar in der Stadt war«, sagt sie, damit Jef nicht glaubt, sie habe gar keine Ahnung.

Jef will gerade antworten, als draußen dreimal gehupt wird. Sie zucken beide zusammen.

Jef steht hastig auf, aber kaum hat er ein paar Schritte getan, wird auch schon heftig gegen die Haustür geschlagen.

Schreckensstarr sehen sie sich an, dann bedeutet Jef Birgit mit einer knappen Geste, ihm zu folgen. Sie stößt beim Aufstehen ihren Stuhl um und rennt hinter Jef her. Zu ihrer Verwunderung läuft er in den Flur, auf die Haustür zu, die jemand mit einem schweren Gegenstand bearbeitet.

Jef öffnet eine Tür und bugsiert Birgit in den Raum. Es ist die Toilette.

Er lehnt die Tür an, und Birgit will gerade fragen, was das Ganze soll, als ein Schuss fällt.

Das Haustürschloss birst mit einem Knall, und gleich darauf tritt der Eindringling ohne Mühe die Tür ein.

Birgit drückt sich an die grünen Fliesen und sieht Jef an, der mit einem Mal aschfahl im Gesicht ist.

Jemand betritt den Flur. Jef und Birgit halten den Atem an.

Durch den Türspalt sehen sie einen Mann. Er hat kurzes schwarzes Haar, trägt eine Dschellaba und hält einen altmodischen, aber dennoch gefährlichen Krummdolch in der Hand.

16

Birgit erkennt in ihm sofort ihren Verfolger aus Alkmaar. Den Dolch im Anschlag, stößt er die Wohnzimmertür auf, sieht, dass der Raum leer ist, und rennt weiter, um die übrigen Zimmer zu kontrollieren.

Vorsichtig macht Jef die Toilettentür auf, und sie schleichen in den Flur. Birgits Herz klopft zum Zerspringen und pumpt Adrenalin durch die Adern, das die Angst unterdrückt. Mit wenigen Schritten ist sie durch die Haustür ins Freie gelaufen.

Sie läuft mit Jef zur Straße, rechnet jeden Moment mit einem Schuss und schaut sich gehetzt um. Kein Taxifahrer weit und breit. Der Feigling hat dreimal gehupt und ist dann verschwunden. Egal, immerhin hat er sie gewarnt und ihnen so vermutlich das Leben gerettet.

Jef packt Birgit am Arm und beginnt zu rennen, so

schnell, dass sie innerhalb kürzester Zeit kaum mehr kann. Hinter ihnen erklingt ein Schuss, dann lautes Fluchen, und der Mann nimmt die Verfolgung auf.

Die Straße ist schnurgerade und zieht sich scheinbar endlos lang hin. Als sich unerwartet eine dunkle Seitengasse öffnet, biegen sie spontan ab, ohne sich abzusprechen. Die Gasse ist schmal, und überall liegt stinkender Müll herum. Birgit, die vom schnellen Laufen keucht, muss nun auch noch würgen. Ihre Kondition lässt schwer zu wünschen übrig. Wenn sie rennen muss, um beispielsweise noch den Zug zu erwischen, kommt sie immer mit hochrotem Kopf ins Abteil.

Die Gasse führt auf einen Platz, auf dem ein Markt abgehalten wird. Holzkarren und Stände mit Brotlaiben, Melonen, Salat und Äpfeln stehen unter weißen Sonnenschirmen. Im Schatten der angrenzenden Häuser drängen sich Esel und Dromedare, denen die Hitze offenbar auch zu schaffen macht.

Auf dem Markt selbst herrscht reges Treiben, und die vielen Menschen wirbeln mit jedem Schritt Staub von dem ungepflasterten Platz auf.

Jef und Birgit bleiben kurz stehen, um sich zu orientieren, dann mischen sie sich unter das Marktvolk. Es ist brütend heiß, und durch das Rennen ist Birgit ordentlich ins Schwitzen gekommen. Der Schweiß läuft ihr an Rücken und Beinen hinab, ihr Pferdeschwanz klebt im Nacken. Was würde sie jetzt nicht alles für eine Dusche geben!

Jef ist ebenfalls rot angelaufen, auf seiner Stirn stehen Schweißperlen.

Sie steuern auf die Mitte des Platzes zu, wo es am lebhaftesten zugeht, und hoffen, dass die Stände und Sonnenschirme sie dem Blick ihres Verfolgers entziehen, der kurz nach ihnen am Ende der Gasse aufgetaucht ist.

Überrascht von dem Markttreiben, bleibt er stehen und lässt rasch das lange gebogene Messer in den Falten seiner Dschellaba verschwinden.

Jef und Birgit stellen sich hinter eine Gruppe lautstark diskutierender Ägypter.

Der Mann mit der Machete hat sie erspäht und setzt sich in Bewegung. Sie drehen sich um und beginnen zu rennen.

»*He has a knife! That man has a knife!*«, ruft Birgit und zeigt hinter sich.

Die Leute sehen zwar hin, aber niemand begreift, wen sie meint, und wahrscheinlich verstehen sie viele gar nicht.

»*Terrorist! Terrorist!*«, schreit sie.

Entsetzte Blicke, aber niemand greift ein.

Jef und Birgit treten rasch hinter ein paar Frauen mit langen Gewändern und schwarzen Kopftüchern und gehen möglichst ruhig – nur kein weiteres Aufsehen erregen!

Aber mit ihren nackten Armen und der Caprihose fällt Birgit auf. Einige Männer vor ihr sehen sich immer wieder um, stoßen sich feixend an und tauschen Bemerkungen aus, während ihr die Marktfrauen missbilligende Blicke zuwerfen.

Plötzlich spürt sie eine Hand an ihrem Po. Sie sieht sich um und blickt in das anzüglich grinsende Gesicht eines Ägypters.

»*You are so beautiful*«, raunt er und versucht, ihr zwischen die Beine zu fassen.

Wie elektrisiert fährt Birgit herum. Der Mann beugt sich vor und spitzt die Lippen, als wollte er sie küssen. Sie holt aus und schlägt ihm mitten ins Gesicht. Seine Nase blutet, und er setzt zu einer Schimpfkanonade an. Birgit versteht keinen der Kraftausdrücke, aber mit Sicherheit sind sie Allah nicht wohlgefällig.

Jef, der ein paar Schritte voraus ist, hat von dem Vorfall nichts mitbekommen, aber es bedarf keiner langen Erklärungen.

»Der Typ hat mich betatscht!«, sagt Birgit entrüstet, und schon verpasst Jef dem Mann einen Kinnhaken.

Ein kleiner Menschenauflauf bildet sich, und Birgit wird mulmig, aber es kommt nicht zu Handgreiflichkeiten, die Umstehenden begnügen sich mit Kommentaren. Ein paar Leute amüsieren sich über den Mann mit der blutenden Nase, andere fixieren Jef und murmeln Drohungen.

Im Gedränge gerät Birgit ins Abseits. Zwei verschleierte Frauen bauen sich vor ihr auf und beschimpfen sie lautstark.

»Birgit!« Jef schiebt die Leute beiseite und will ihr zu Hilfe kommen, aber ein Kamelführer versperrt ihm den Weg.

Aus den Augenwinkeln sieht Birgit, dass der Tumult ihren Verfolger angelockt hat. Jef ist hinter dem Kamel nicht auszumachen, aber auf sie hat er freie Sicht. Bevor sie sich ducken kann, treffen sich ihre Blicke, und er setzt sich sofort in Bewegung.

Abrupt dreht sie sich um und läuft los.

Der Mann kämpft sich mit den Ellbogen durch die Menge, kommt aber nur langsam voran.

Birgit rennt in eine schmale Ladengasse, in der nicht ganz so viel Betrieb ist wie auf dem Markt. Zu beiden Seiten sieht sie Aushängeschilder und Treppenaufgänge zu kleinen Geschäften.

Sie stürmt an einem Hutmacher vorbei, der ihr kopfschüttelnd nachsieht, und kann gerade noch vermeiden, dass sie mit einem Limonadenverkäufer zusammenprallt, der mit seiner Riesenflasche in einer glänzenden Metallhalterung auf sie zukommt.

Die Straße macht eine Kurve, sodass sie ihren Verfolger nicht mehr sehen kann, aber auch seinen Blicken entzogen ist. Sie nutzt die Gelegenheit und betritt ein kleines Kleidergeschäft.

Im hinteren Bereich des Ladens, wo bunte Tücher hängen, wartet sie, bis sie wieder zu Atem kommt, und versucht dann, sich an das Halbdunkel im Raum zu gewöhnen.

Aus einem Nebenzimmer tritt ein älterer Mann. Sein wettergegerbtes Gesicht ist von einem grauen Haarkranz umgeben, und er sieht seine Kundin abwartend an.

Birgit nickt ihm freundlich zu und behält dabei die Passanten auf der Straße im Auge.

Plötzlich taucht der Mann in der Dschellaba auf. Er blickt sich suchend um, doch bevor Birgit in Panik verfallen kann, ist er auch schon weitergegangen. Wenn er sie draußen nirgendwo sieht, wird er wahrscheinlich die Läden durchkämmen.

Soll sie zum Markt zurücklaufen?

Birgit kramt ihr Handy hervor und sucht nach Jefs Nummer – sie ist heilfroh, dass sie schon im Flugzeug ihre Telefonnummern getauscht haben.

Jef geht sofort dran.

»Birgit!« Seine Stimme klingt erleichtert.

»Wo bist du?«

»Ich habe mich zwischen den Kamelen auf dem Markt versteckt. Die Viecher besabbern mich, igitt!«

Birgit muss wider Willen lachen.

»Wo ist der Kerl jetzt?«, fragt Jef.

»Er ist mir nachgerannt. Ich habe mich in einem Kleiderladen versteckt.«

»Das ist gut, aber sei vorsichtig, womöglich lauert er dir draußen auf.«

»Tja …« Birgits Blick fällt auf die Kleiderständer, und plötzlich hat sie eine Idee.

»Jef, bleib, wo du bist. Ich komme zu dir.« Sie geht nicht auf seinen Protest ein und legt auf.

Hektisch geht sie die violetten und rosafarbenen Kleider mit Pailletten und aufwändigen Stickereien durch.

Der Verkäufer sieht mit Genugtuung, wie aus der scheinbar verirrten Touristin eine potenzielle Kundin wird, und zeigt ihr bereitwillig Verschiedenes. Birgit schüttelt jedes Mal den Kopf und zeigt schließlich auf seine schwarze Hose. Er guckt verwundert. Wieder zeigt sie auf die Hose und sieht sich suchend um. Ihr Blick bleibt an einer Reihe formloser schwarzer Gewänder in der Ecke hängen.

Der Verkäufer merkt es und nimmt mit gerunzelter Stirn eine Burka in Birgits Größe vom Ständer. Sie nickt nachdrücklich.

Der Mann hilft ihr in das Kleidungsstück, ordnet die Falten des Gesichtsschleiers und zieht ihn etwas hoch, damit sie gut durch das Sichtfenster schauen kann. Ihr Blickfeld ist mit einem Mal erheblich eingeengt.

Aus den Augenwinkeln sieht sie einen Ständer mit Dschellabas. Sie geht hin, nimmt eine reichlich lange und legt sie neben die Kasse. Dann sucht sie aus einem Korb ein Palästinensertuch und eine rote Kordel zum Befestigen heraus. Auf der Straße hat sie keinen einzigen Mann mit so einer Kopfbedeckung gesehen; vermutlich werden die Tücher hauptsächlich von Touristen gekauft, aber Jef braucht nun einmal etwas, um seine dunkelblonden Haare zu verbergen.

Der Verkäufer packt die Sachen für Jef ein, und Birgit bezahlt, ohne zu handeln. Im letzten Moment kauft sie auch noch einen Korb, wie sie ihn bei den ägyptischen Frauen auf dem Markt gesehen hat. Sie legt die Tüte mit der Kleidung hinein und verlässt den Laden.

Die Burka reicht ihr bis zu den Knöcheln; sie geht mit vorsichtigen Schritten die Treppe hinab.

Ihr Verfolger ist nirgendwo zu sehen.

17

Mit gesenktem Blick geht sie die Gasse entlang. Niemand beachtet oder belästigt sie.

Nach der Biegung erreicht sie den schmalsten Teil; dort liegen sich ein Teppichgeschäft und ein Laden mit Wasserpfeifen gegenüber.

Die beiden Händler kommen auf sie zu und preisen ihre Ware an.

Birgit wehrt sie ab, ohne aufzublicken, und wird prompt in Ruhe gelassen. Niemandem kommt es in den Sinn, sie anzumachen oder gar anzufassen. So langsam versteht sie, weshalb Muslimas diese Art Kleidung tragen.

Der Markt flirrt in der Sonne. Es ist kurz vor elf, und manche Händler packen bereits ihre Waren zusammen, um der sengenden Mittagshitze zu entgehen.

Durch das Sichtfenster der Burka suchen Birgits Augen

Jef. Sie entdeckt die Kamele, die sich immer weiter in den schwindenden Schatten zurückziehen.

Ohne jede Eile geht sie an den Ständen entlang, auf die Tiere zu, sie macht sogar einen kleinen Umweg und hält dabei verstohlen nach ihrem Verfolger Ausschau. Mit Sicherheit ist er wieder auf dem Markt, aber für sie mit ihrem eingeengten Gesichtsfeld nicht auszumachen.

Birgit bleibt vor einem Stand mit Töpferwaren stehen, nimmt eine Schale und hält sie prüfend ins Licht. Schnell blickt sie sich in alle Richtungen um, sieht aber lediglich tief verschleierte Frauen und hier und da ein paar Touristen.

Dennoch muss er in der Nähe sein. Sie meint, seinen bohrenden Blick im Rücken zu spüren. Noch drei Stände, dann ist sie bei den Kamelen …

Die Tiere liegen träge am Boden und machen schmatzende Geräusche, ganz so, als hätten sie Jef soeben verspeist.

Trotz ihrer Nervosität muss Birgit hinter ihrem Schleier kichern.

Sie hat gerade den letzten Stand passiert, da vergeht ihr das Lachen schlagartig. Ein paar Meter entfernt steht der Mann unter dem Vordach eines Kaffeehauses – an einer strategisch günstigen Stelle, von der aus er den ganzen Markt überblicken kann.

Der Kamelbesitzer hat für heute genug – kein Tourist will mehr reiten, also befiehlt er seinen Tieren nacheinander aufzustehen. Birgit geht mehrmals hin und her, kann Jef aber nirgendwo entdecken.

Weit weg kann er nicht sein. Unschlüssig sieht sie sich um. Soll sie ihn anrufen, oder fällt das zu sehr auf?

Wie durch Gedankenübertragung klingelt in diesem Moment das Handy in ihrer Hosentasche. Sie kann es unmöglich hervorholen, ohne die Burka in aller Öffentlichkeit hochzuheben. Kurz entschlossen rennt sie in einen kleinen Supermarkt und holt hinter einem Regal mit Knabbereien das Handy hervor. Ein paar Kunden werden aufmerksam und sehen neugierig her.

Birgit dreht ihnen den Rücken zu und hält das Telefon ans Ohr.

»Jef? Wo bist du?«

»Siehst du das Kaffeehaus, vor dem unser Freund steht?«

»Ja, das ist genau gegenüber.«

»Dort bin ich. Das schien mir sicherer, weil der Markt allmählich abgebaut wird. Ich weiß bloß nicht, wie ich hier wieder rauskommen soll.«

»Bleib, wo du bist. Ich bin gleich da.« Sie legt ihr Handy in den Korb, geht zum Ausgang des Supermarkts und dann durch die pralle Sonne auf das Kaffeehaus zu. Ihr Verfolger spricht in sein Handy und legt gerade auf, als sie näher kommt.

Mit gesenktem Blick geht sie an ihm vorbei. Ihr Herz hämmert, und ihre Hände fangen an zu zittern.

Zuvorkommend macht er einen Schritt zur Seite und hält ihr die Tür auf.

Birgit murmelt einen Dank, von dem sie hofft, dass er einigermaßen arabisch klingt, und verbirgt die hellen Hände in den Falten der Burka.

Dann ist sie im Kaffeehaus, und die Tür fällt hinter ihr zu. Suchend schaut sie sich in dem dämmrigen Raum um. Islamischen Frauen ist es zwar nicht verboten, Kaffeehäuser zu betreten, dennoch sitzen hier ausschließlich Männer. Birgits Blick bleibt an einer Gestalt an einem Tisch in einer Nische hängen.

Sie geht hin, ohne sich um die irritierten Blicke der Männer, die aus kleinen Tassen Kaffee trinken oder Wasserpfeife rauchen, zu kümmern.

Jetzt steht sie vor Jef. Er hat sie bisher überhaupt nicht beachtet, doch nun blickt er auf. Gut zehn Sekunden lang scheint er zu überlegen, was die Frau in der Burka wohl von ihm will, dann weicht der fragende Ausdruck Erkennen.

»Birgit!«

Sie nimmt ihm gegenüber Platz und stellt den Korb auf den Tisch. »Ich hab Kleider gekauft und dir auch was mitgebracht.«

Sie nimmt die Tüte aus dem Korb und legt sie vor Jef hin. »Du kannst dich auf der Toilette umziehen«, sagt sie.

Jef ist immer noch sprachlos. Er guckt in die Tüte, sieht die Dschellaba und das Tuch und lacht so laut, dass sämtliche Kaffeehausbesucher hersehen.

»Pssst!«, macht Birgit.

Jef nimmt sich zusammen, aber seine Augen funkeln amüsiert.

»Du bist mir vielleicht eine! Diese Burka steht dir übrigens gar nicht schlecht! Bist du darin über den Markt gegangen?«

Sie nickt. »Genau an unserem Bewacher vorbei. Er hat mir sogar höflich die Tür aufgemacht. Was heißt eigentlich ›danke‹ auf arabisch?«

Jef grinst. »*Sukran*. Was hast du denn gesagt?«

»Ammelegam oder so was«, sagt Birgit. »Jetzt zieh aber rasch die Dschellaba an, womöglich kommt der Typ gleich rein.«

Jef steht auf und geht mit der Tüte unterm Arm zur Toilette.

Kurz darauf steht er in Arafat-Verkleidung vor ihr. Sie kann ein Lachen kaum unterdrücken. Nicht wegen der ungewöhnlichen Kleidung, sondern wegen Jefs leuchtend blauen Augen, die so gar nicht dazu passen wollen.

Jef setzt sich mit dem Rücken zur Tür neben Birgit. »Okay, es ist wohl am vernünftigsten, wir geben uns möglichst unauffällig.«

Sie bestellen etwas zu essen. Kurz darauf bringt der Kellner Kaffee, krosses Brot und einen Teller Hummus. Es sieht verlockend aus, aber die Burka hindert Birgit daran, auch nur einen Bissen zu nehmen. Sie guckt bedauernd, und Jef packt das Brot daraufhin in den Korb.

Nach einer Viertelstunde verlässt ihr Verfolger seinen Posten, geht über den Markt und verschwindet in einer Seitenstraße.

»Wie hat er uns gefunden?«, fragt Birgit. »Gestern Nacht hatten wir ihn doch abgeschüttelt, oder?«

»Anscheinend nicht. Vielleicht ist er auch auf gut Glück zum Haus meines Vaters gegangen, weil wir dort früher oder später auftauchen mussten.«

»Er kennt also die Adresse deines Vaters. Und ihn vermutlich auch.«

»Nicht unbedingt. Jemand könnte ihm die Adresse gegeben haben. Aber wie dem auch sei, mit Sicherheit geht er jetzt wieder hin. Oder zu unserem Hotel.«

»Dann sollten wir uns lieber ein anderes suchen.«

»Was haben wir im Zimmer gelassen?«, überlegt Jef laut. »Nur Kleider, nicht wahr? Darauf können wir verzichten! Aber meinen Rucksack brauche ich.«

Ihre Rucksäcke haben sie bei der überstürzten Flucht im Haus von Jefs Vater liegen lassen, und Birgit hätte ihren auch gern wieder. Ihre Pässe und das Geld tragen sie in Baumwollbeuteln am Körper, aber in den Rucksäcken sind jede Menge Sachen, die sie womöglich brauchen.

Jef sieht sie fragend an. »Wollen wir's wagen?«

Nach kurzem Überlegen nickt Birgit.

Sie gehen zu Fuß durch die brütende Mittagshitze.

Die Straße wirkt verlassen, weit und breit ist kein Mensch zu sehen. Während Jef in das Haus seines Vaters geht, um die Rucksäcke zu holen, hält Birgit Wache, das Mobiltelefon in der Hand, damit sie jederzeit Alarm schlagen kann. Aber das ist nicht nötig, nichts regt sich.

Kurz darauf ist Jef mit den Rucksäcken wieder da.

»Was machen wir jetzt?«, fragt Birgit.

»Das, weshalb wir hergekommen sind: Wir suchen meinen Vater. Ich würde gern mal mit ein paar Leuten aus seinem Ausgrabungsteam reden. Vielleicht wissen die ja etwas, das uns weiterhilft.«

In einem belebteren Stadtteil halten sie ein Taxi an. Unterwegs entledigen sie sich – zur großen Verwunderung des Fahrers – ihrer orientalischen Kleidung.

Dann hält das Taxi vor dem weitläufigen Tempelkomplex von Karnak.

18

Die Tempelanlage liegt am Nilufer, und schon beim Aussteigen ist Birgit fasziniert von den Bauten.

Trotz der mörderischen Hitze steht eine ganze Schlange Touristen am Eingang, wo Eintrittskarten verkauft werden. Jef und Birgit stellen sich an, lassen ihre Rucksäcke kontrollieren und stehen dann am Beginn der Sphingenallee, die auf ein majestätisches Tor zuführt. Die gesamte Anlage ist von einer hohen Steinmauer umgeben, innerhalb der Säulen und Tempelbauten aufragen.

Birgit kramt rasch ihre Sonnenbrille hervor. Als ihre Augen geschützt sind, lässt sie den Blick schweifen.

»Wow!« Sie ist tief beeindruckt.

»Schön, nicht wahr?«, sagt Jef. »Karnak ist das größte ägyptische Monument nach den Pyramiden und fast viertausend Jahre alt.«

Birgit versucht sich vorzustellen, wie viel Zeit seitdem verstrichen ist, wie viele Generationen von Menschen diesen Tempelkomplex in der Sonne haben schimmern sehen.

»Teile davon waren lange unter dem Sand verborgen und wurden erst Mitte des neunzehnten Jahrhunderts freigelegt. Und noch heute macht man hier bedeutende archäologische Funde«, sagt Jef. »Die Spitze des Obelisken dort in der Mitte war früher mit Gold überzogen. Der Sonnengott Re sollte sich darauf niederlassen können. Stell dir diesen unwahrscheinlichen Glanz vor, er muss kilometerweit sichtbar gewesen sein als ständige Mahnung an die Macht der Götter.«

»Was du alles weißt! Warst du schon mal hier?«

»Ja, in einem meiner Reisebücher habe ich über Karnak geschrieben. Genauer gesagt, ich habe geschrieben, was mein Vater mir diktiert hat. Diese Tempelanlage ist seine große Liebe, seine Leidenschaft. Vor Jahren hat er beschlossen, sich ganz den Restaurierungsarbeiten zu widmen, und natürlich hat er auch auf neue Funde gehofft. Deshalb hat er das Haus in Luxor gekauft.«

»Das kann ich nachempfinden«, sagt Birgit. »Karnak ist einfach gigantisch.«

Langsam, denn die kleinste körperliche Anstrengung in der prallen Mittagssonne kostet Kraft, gehen sie die Sphingenallee entlang und betreten den Tempelkomplex. Die Säulen werfen kurze Schatten auf einen großen Innenhof, erzeugen ein Muster aus Diagonalen, und überall beeindrucken Bildnisse von Pharaonen, den Blick starr in die Vergangenheit gerichtet.

Touristen stehen im spärlichen Schatten und blättern in Reiseführern oder stillen ihren Durst aus Wasserflaschen.

Nachdem sie ein zweites Tor passiert haben, bleibt Birgit plötzlich stehen. Vor sich sieht sie meterdicke, ungeheuer hohe Säulen – Säulen, wohin das Auge sieht, so als sei sie in einem steinernen Wald gelandet, in dem jeder Schritt unweigerlich in die Irre führt.

»Was ist *das*?«

Jef genießt sichtlich ihre Verblüffung. »Toll, nicht wahr? Einfach großartig!« Er breitet die Arme aus und dreht sich im Kreis. »Das ist der große Säulensaal. Der Petersdom in Rom oder die Londoner St.-Pauls-Kathedrale würden hier ohne Weiteres reinpassen. Früher hatte der Saal ein Dach, aber das existiert schon lange nicht mehr. Dafür sind die Säulen erhalten geblieben, ganze hundertvierunddreißig Stück. Die größten sind einundzwanzig Meter hoch und haben über zehn Meter Umfang.«

Es ist atemberaubend. Birgit legt den Kopf in den Nacken und blickt in die Höhe, sieht die Säulen in den klaren blauen Himmel ragen.

»Wahnsinn«, sagt sie. »Schau doch nur, an ein paar Stellen sieht man sogar Farben!«

»Ursprünglich war hier alles bunt«, sagt Jef. »Jedes Relief und jede einzelne Hieroglyphe, die ganzen Tempelbauten und auch diese Säulen.«

Birgit ist vom Hochschauen ein wenig schwindlig geworden, sie zieht sich auf den hohen Sockel einer Säule und setzt sich. »Wie das wohl wäre, wenn jemand, der vor Tausenden von Jahren gelebt hat, in unsere Zeit gebeamt würde und von früher erzählen könnte?«, sagt sie nachdenklich. »Wir sind schon von dem, was noch vorhanden ist, hin und weg, dabei ist das nur ein Bruchteil der einstigen Pracht.«

Jef setzt sich auch auf den Sockel. »Stimmt, aber noch genug, um viel über die Vergangenheit lernen zu können.«

»Ein Glück, ja. Geschichte war in der Schule eines meiner Lieblingsfächer. Griechisch und Latein mochte ich auch, überhaupt Fremdsprachen ...«

»Demnächst stellt sich noch heraus, dass du Hieroglyphen lesen kannst?«, scherzt Jef.

Lachend schüttelt sie den Kopf. »Nein, das dann doch nicht. Und du?«

»Ansatzweise. Mein Vater hat mir bisschen was beigebracht, aber die Schrift ist sehr komplex und nicht einfach zu interpretieren, sodass man sich schon gut auskennen muss, wenn man sie einigermaßen treffend übersetzen will.«

Jef erklärt ihr, wie die Schrift aufgebaut ist und dass die Zeichen Laute, Gegenstände oder Vorstellungen darstellen.

»Eingeführt wurde die Schrift übrigens von den Griechen, die nach dem Tod Alexanders des Großen hier das Sagen hatten«, erzählt er. »*Hieros* ist altgriechisch und bedeutet heilig, und *glyphe* steht für in Stein Geritztes oder Eingrabung. Wenn du eine Hieroglyphenzeile vor dir hast, kannst du leicht herausfinden, ob du von links nach rechts oder umgekehrt lesen musst, denn die Zeichen für Menschen oder Tiere blicken immer in die Leserichtung. Und wenn sich zwei Begriffe lautlich ähneln, wie etwa bei uns ›wir‹ und ›war‹, dann benutzten die alten Ägypter sogenannte Determinative. Das sind Deutzeichen, die angeben, wie das Wort zu verstehen ist.« Jef steht auf und geht auf die Säule zu. Er deutet auf einen Kreis mit Kreuz.

»Das hier beispielsweise ist das Deutzeichen für Länder- oder Städtenamen. Und eine sitzende Figur mit Bart, wie hier, ist das Deutzeichen für Götternamen und steht hinter mehreren Lautzeichen, die den betreffenden Namen bilden.«

»Und diese Art Dreiecke, was bedeuten die?«, fragt Birgit und weist auf mehrere große Zeichen.

Jef tritt einen Schritt zurück und betrachtet sie eingehend, als sähe er solche Zeichen zum ersten Mal. Dass dem nicht so ist, merkt Birgit an seinem unmerklichen Lächeln, als er sich zu ihr umdreht.

»Diese Hieroglyphe«, sagt er, »steht für das versunkene Land. Oder, wie mein Vater sagt, für Atlantis.«

19

In Karnak wimmelt es geradezu von Hieroglyphen, die auf das versunkene Land verweisen. Birgit merkt es, als sie beim Weitergehen genauer darauf achtet – überall, an Wänden und Säulen, sieht sie das Zeichen.

Die Tempelanlage erweist sich als recht unübersichtlich, und sie verlieren des Öfteren die Orientierung. Kein Wunder, wenn man bedenkt, dass die Pharaonen nahezu zweitausend Jahre lang einen Tempel nach dem anderen haben errichten lassen.

Jef und Birgit passieren mehrere Tore und stehen dann plötzlich auf dem Gelände hinter dem eigentlichen Tempelkomplex. Ein Stück weiter sehen sie inmitten einer Sand- und Staubwüste ein großes viereckiges Zelt, um das sich Wohnmobile und kleinere Zelte gruppieren. Mehrere Leute gehen umher, jemand verschwindet in dem großen Zelt, ein anderer kommt mit einem Kasten Mineralwasser wieder heraus. Das scheint das Hauptquartier der Archäologen zu sein, und sie gehen spontan darauf zu.

Auf halbem Weg kommt ihnen eine sehr hellhäutige stämmige Frau entgegen. Sie trägt Shorts, ein T-Shirt und einen breitkrempigen Hut. Ihre Gesichtszüge sind herb, das graue Haar hat sie zu einem Pferdeschwanz gebunden. Birgit schätzt sie auf etwa fünfzig.

Forsch nähert sie sich und hebt gebieterisch die Hand.

»*This area is not allowed for tourists!*«, ruft sie ihnen zu.

Jef zieht die Augen zu schmalen Schlitzen zusammen und mustert die Frau. »Sie müssen Frances Wilson sein«, sagt er auf Englisch.

Überrascht bleibt sie stehen und lässt die Hand sinken. »Stimmt«, sagt sie leicht misstrauisch. »Und Sie sind …«

Mit wenigen Schritten ist Jef bei ihr und hält ihr die Hand hin. »Jef Bogaards.«

Für einen Moment ist die Frau sprachlos.

»Nicolaas' Sohn«, sagt sie dann leise.

Jef nickt und zeigt auf Birgit. »Genau, und das ist meine Freundin Birgit.«

Freude durchzuckt Birgit. Jef hat sie als seine Freundin vorgestellt! Beschwingt schüttelt sie Frances die Hand.

Eine plötzliche Windbö peitscht ihnen Sand ins Gesicht. Sie halten schützend die Hand vor die Augen, und Frances macht ihnen rasch ein Zeichen, dass sie mitkommen sollen.

Im großen Zelt atmen Birgit und Jef auf. Es ist zwar nicht kühl darin, aber immerhin müssen sie nicht mehr in der sengenden Sonne stehen, und die schwere weiße Plane hält einen Großteil der Mittagshitze ab.

Interessiert betrachtet Birgit die Fundstücke auf den langen Tischen.

Frances kommt jedoch gleich zur Sache und bombardiert sie mit Fragen, ob sie etwas von Nicolaas gehört hätten.

Jef schüttelt den Kopf und sagt, er habe gehofft, hier etwas vor Ort etwas herauszufinden, weil sein Vater vor Kurzem eine Entdeckung gemacht habe.

Frances seufzt. Behutsam nimmt sie eine der Tonscherben vom Tisch und betrachtet sie nachdenklich.

»Stimmt, er hat eine Entdeckung gemacht«, sagt sie schließlich. »Eine, von der jeder Archäologe träumt. Er hat mir davon erzählt, weil er meine Meinung als Ägyptologin hören wollte. Aber auch, weil wir … nun ja, gut befreundet sind.« Sie wirft einen flüchtigen Blick auf Jef, so als befürchte sie, er könne sie falsch verstehen.

Aus Frances' Unsicherheit schließt Birgit messerscharf, dass sie ein Verhältnis mit Jefs Vater hat oder zumindest viel für ihn empfindet.

»Nicolaas war völlig aus dem Häuschen«, fährt Frances fort, »und fest davon überzeugt, dass diese Entdeckung seinen Ruf wiederherstellt und ihm zu Ansehen verhilft. Deshalb hat es ihn sehr hart getroffen, als man ihn sozusagen ausgebootet hat.«

»Was ist das denn für eine Entdeckung?«, fragt Birgit.

»Ein unterirdisches Gewölbe im Chons-Tempel«, sagt Frances. »Eines Tages hat Nicolaas mich beiseitegenommen und mich gebeten mitzukommen. Er hat mich in den ältesten Teil des Tempels geführt. Erst war mir unklar, worauf er hinauswollte, denn dieser Bereich der Tempelanlage ist längst erforscht und schon seit Jahrzehnten öffentlich zugänglich. Jedenfalls hatte Nicolaas dort einen versteckten Zugang zu mehreren unterirdischen Kammern gefunden.«

»Waren Sie drin?«

Frances nickt, und bei der Erinnerung daran werden ihre Züge weicher, sodass sie viel jünger und beinahe hübsch wirkt.

»Es war fantastisch«, sagt sie mit glänzenden Augen. »Die Kammern waren voller Gegenstände: Stelen, Statuen, Schalen, Krüge und dergleichen. Und alle Wände waren mit Inschriften bedeckt. Wirklich einmalig, ich hätte mir das gern genauer angesehen.«

»Geht das denn nicht?«, fragt Jef.

Frances schüttelt bedauernd den Kopf. »Niemand darf mehr hinein. Wir haben die Entdeckung nicht mal einen Tag lang vor der ägyptischen Regierung geheim halten können. Keine Ahnung, wer die Sache gemeldet hat, aber schon am nächsten Tag kam eine Gruppe ägyptischer Archäologen. Sie nahmen alles in Augenschein, und seitdem ist uns der Zugang untersagt. Sie haben doch sicherlich die Wachtposten gesehen, oder?«

»Nein, wir waren noch nicht überall«, sagt Jef. »Stehen wirklich Wachen im Tempel?«

»Ja, Berufssoldaten.«

»Aber wer hat das veranlasst?« Jef ist sichtlich aufgebracht, weil er nun die geheimen Kammern nicht mehr mit eigenen Augen sehen kann.

»Vermutlich die Regierung. Sie leitet jedenfalls alle weiteren Untersuchungen«, sagt Frances gelassen.

»Aber *Sie* dürfen doch bestimmt rein, oder?«, hakt Jef nach.

»Nein, nur eigens von der Regierung beauftragte Archäologen dürfen die Fundstätte betreten. Unser ursprüngliches Ausgrabungsteam wurde aufgelöst, und unsere Genehmigung wurde auch eingezogen. Ich bin nur noch hier, weil ich jetzt an einem anderen Projekt mitarbeite.«

»Das muss meinen Vater völlig fertig gemacht haben …«

Frances nickt. »Man kann eine ganze Menge Enttäuschungen wegstecken, aber irgendwann ist das Maß voll. Ich sehe ihn noch vor mir, mit hängenden Schultern und aschfahl im Gesicht. Er hat wirklich getan, was er konnte, und auch das Niederländisch-Flämische Institut in Kairo eingeschaltet, die Anlaufstelle für Archäologen, aber da war nichts zu machen. Man hat ihm angeboten, an einem Ausgrabungsprojekt bei Sakkara mitzuarbeiten, aber das wollte er nicht. Am nächsten Tag war er plötzlich verschwunden, ohne auch nur ein Wort zu sagen. Mehr weiß ich nicht. Ich bedaure, dass ich Ihnen nicht helfen kann, Jef.«

Jef bleibt stumm. Er tut Birgit unendlich leid.

20

Die sengende Hitze hängt schwer im Zelt. Eine brummende Schmeißfliege umkreist ihre Köpfe, bis Jef plötzlich ausholt und sie erschlägt.

»Möchten Sie etwas trinken?« Frances öffnet einen großen Kühlschrank voller Wasserflaschen. »Viel Auswahl haben wir nicht, aber Wasser ist bei diesen Temperaturen ohnehin das Beste.«

Jef und Birgit trinken mit kleinen Schlucken und versuchen ihre Gedanken zu ordnen.

»Ich würde sonst was darum geben, diese Kammern ein einziges Mal zu sehen«, sagt Jef schließlich.

»Interessieren Sie sich für Archäologie?« Frances nimmt sich auch eine Wasserflasche.

»Ja, ziemlich. Ich schreibe Reisebücher, da fließen auch immer ein paar Kapitel Geschichte ein. Das Interesse dafür habe ich wohl von meinem Vater geerbt. Ich überlege schon die ganze Zeit, was er wohl genau entdeckt hat und ob ihn das rehabilitieren könnte.«

Frances mustert ihn, trinkt einen Schluck Wasser und wischt sich über die Lippen. »Sie meinen, seine Theorien?«

»Ja, vor allem seine Überzeugung, dass es Atlantis wirklich gegeben hat und dass schon die Frühmenschen Elektrizität kannten, haben seinem Ruf sehr geschadet. Ich frage mich, ob er nun endlich den Beweis gefunden hat, nach dem er suchte«, sagt Jef. Er wirkt so müde und bedrückt, dass Birgit kurz die Hand auf seinen Arm legt.

»Ich denke schon«, sagt Frances. »Sonst wären hier keine Militärs, und wir wären nicht von unserem Projekt abgezogen worden.«

»Das hat aber doch nichts mit Atlantis zu tun.« Birgit wischt sich den Schweiß von der Stirn.

Frances zieht die Augenbrauen hoch und sagt, da sei sie sich nicht so sicher. Die Wände in den unterirdischen Räumen, die Jefs Vater entdeckt habe, seien voller Inschriften über die Frühgeschichte Ägyptens, die auffallende Übereinstimmungen mit der von Atlantis aufweise.

»Viele dieser Hieroglyphen und Malereien sind, sagen wir mal so, höchst bemerkenswert. Sie müssten das alles selbst sehen.«

»Wenn es nur ginge«, seufzt Jef.

Frances nimmt einen weiteren Schluck Wasser und sieht Jef und Birgit forschend an. Sie zögert kurz, dann sagt sie: »Es gibt einen zweiten Zugang. Einen, den man nicht so schnell findet, wenn man noch nicht drin war. Wir haben ihn auch erst von innen entdeckt, und ich habe ihn mittlerweile zweimal benutzt. Einmal zusammen mit Nicolaas und einmal, nachdem er verschwunden war. Wenn Sie sich trauen, nehme ich Sie heute Abend mit.«

Und ob sie sich trauen! Jef nickt und Birgit ebenfalls. Die alten Karten und die ungelösten Rätsel der Vergangenheit haben ihre Neugier geweckt, außerdem will sie unbedingt mithelfen, Jefs Vater zu finden.

Frances sieht sie nacheinander an. »Wenn wir erwischt werden, verweist man uns des Landes«, sagt sie ruhig, »aber vorher landen wir in einem ägyptischen Gefängnis. Und ich schätze mal, die Zellen dort sind weit weniger gemütlich als bei uns in Europa. In Ägypten schert man sich nicht groß um die Menschenrechte. Verdächtige werden oft im Schnellverfahren und ohne ausreichende Beweise verurteilt.«

Jef sieht Birgit zweifelnd an; er scheint zu überlegen, ob er sie dieser Gefahr aussetzen darf. Und sie selbst merkt, wie sich ihr Magen beim Gedanken an ein ägyptisches Gefängnis zusammenzieht.

In ihrem ganzen Leben ist Birgit noch kein Risiko eingegangen. Jedes Jahr wurde sie gegen Grippe geimpft, und ihre Eltern waren ständig um sie besorgt. Bei Regen wurde sie mit dem Auto zur Schule gebracht, und wenn sie erwähnte, dass sie sich nicht ganz wohl fühle, lag sie im Handumdrehen mit dem Thermometer unterm Arm im Bett.

Sie hätte gern Sport getrieben, aber mehr als Badminton und Ballett war nicht drin. Reiten und Kickboxen hätten sie gereizt, aber das erlaubten die Eltern nicht. »Kickboxen! Bist du verrückt geworden? Da schlägt man dir ja die Zähne aus!«, hatte ihre Mutter gezetert. Und allein schon bei der Vorstellung von Birgit auf einem galoppierenden Pferd erbleichte sie vor Schreck.

Birgit fand sich damit ab, dass sie bestimmte Dinge nicht durfte, wie sie sich mit allem abfand, weil sie nun mal ein unkompliziertes und folgsames Kind war.

Keine Risiken also. Kein Klettergerüst im Garten. Keine gefährlichen Sportarten. Selbst kurze Strecken mit dem Fahrrad grundsätzlich mit Helm.

Später, so nahm Birgit sich vor, wenn ihre Eltern ihr nichts mehr vorschreiben konnten, würde sie all das tun, was sie ihr verboten hatten. Mit zwölf träumte sie davon, Bergsteigerin zu werden, und sie sah sich triumphierend auf dem Gipfel des Mount Everest stehen. Oder mit einem Zirkus durch die Lande ziehen, tagsüber die Löwen versorgen und abends am Trapez hängen. Entdeckungsreisende wollte sie werden, eine Art weiblicher Indiana Jones, und mit einem kostbaren Schatz vor den Giftpfeilen der Eingeborenen fliehen.

Und nun werden ihre Träume plötzlich wahr. Sie muss sich nicht mehr vorstellen, sie wäre Indiana Jones, sie *ist* es und wird sich, ohne mit der Wimper zu zucken, in Gefahr begeben. Keine Sekunde denkt sie daran, Nein zu sagen.

»Ich bin dabei«, sagt sie ruhig. »Wo ist der zweite Zugang?«

Frances tritt vor das Zelt, und Jef und Birgit folgen ihr. Sie deutet auf eine viereckige Wasserfläche auf dem Tempelgelände, die in der Sonne glitzert.

»Dort«, sagt sie. »Unter der Oberfläche des heiligen Sees.«

Sie halten sich den ganzen Nachmittag in der Tempelanlage auf und gehen Frances bewusst aus dem Weg, damit niemand Verdacht schöpft.

Beim Gedanken an ihr Vorhaben laufen Birgit immer wieder wohlige Schauder über den Rücken, doch als die Säulen und Tempelbauten immer längere Schatten werfen und die letzten Touristen zum Ausgang gehen, wandelt sich die erwartungsvolle Spannung in Nervosität.

Dass es hier früh dunkel wird, ist ein Vorteil für sie. Nur bis etwa acht Uhr müssen sie sich verstecken. Nicht in einem der Tempel, sondern hinter einer Baumgruppe und mehreren Felsblöcken im verwilderten Teil, dem Freilichtmuseum.

Je dunkler es wird, desto deutlicher hat Birgit das ägyptische Gefängnis vor Augen. Noch kann sie einen Rückzieher machen. Weder Jef noch Frances würden ihr das übel nehmen. Aber sie selbst könnte es sich nie verzeihen.

21

Kaum ist es dunkel genug, überqueren sie geduckt das Gelände, in Unterwäsche und T-Shirts – die Hosen haben sie ausgezogen. Sie huschen in die Tempelanlage und schleichen von Säule zu Säule in Richtung See.

Es hat kaum abgekühlt, und die alten Gemäuer strahlen die gespeicherte Wärme des Tages ab.

Die Wachtposten können sie leicht umgehen, weil sie in ihren weißen Uniformen auch in der Dunkelheit gut sichtbar sind. Sie müssen nur aufpassen, nicht zufällig einem von ihnen zu begegnen, und dürfen vor allem keine Geräusche verursachen, die Aufmerksamkeit erregen.

Ohne Schwierigkeiten erreichen sie den Tempelsee, dessen Wasser spiegelglatt unter dem Sternenhimmel glänzt. Er hat eine Einfassung aus Stein.

Der Mond beleuchtet die Szenerie nur schwach, sodass die Mauern der Tempelanlage umso düsterer wirken. Hin und wieder geht ein Wachtposten am Wasser entlang.

»Was bewachen die hier eigentlich?«, flüstert Birgit. »Sie wissen doch nichts von dem Zugang im See, oder?«

»Nein. Sie bewachen den Tempelkomplex«, sagt Frances. »Und dabei kommen sie ab und zu am See vorbei. Der Zugang zu den geheimen Kammern ist da drüben, in der Nähe des Wegs. Mir scheint es aber zu riskant, schon hier ins Wasser zu gehen. Wir laufen lieber noch ein Stück und schwimmen dann hin.«

Sie schleichen am See entlang. Dann bleibt Frances stehen, den Blick aufs Wasser gerichtet.

»Hier gehen wir rein«, bestimmt sie.

Birgit blickt hinüber zu den Tempelbauten. »Eines verstehe ich nicht«, sagt sie. »Wie kann hier ein Zugang zum Tempel sein? Und unter Wasser, das ist doch merkwürdig.«

»Früher gab es ausgeprägte Trockenperioden, sodass der Zugang zeitweise über dem Wasserspiegel lag«, erklärt Frances leise. »Die Priester konnten ihn dann benutzen. Oft dürfte das allerdings nicht vorgekommen sein, denn durch das alljährliche Nilhochwasser füllte sich der See wieder. Ich denke, dass der Zugang im See als Geheimausgang diente, denn kein Normalsterblicher hätte es damals gewagt, im heiligen Tempelsee zu tauchen.«

»Wo genau ist er?«, fragt Jef.

Frances deutet zum Ufer. »Da drüben, in der Ecke. Dort schwimmen wir jetzt hin. Er liegt ziemlich tief, aber man kann ihn problemlos ertasten. Sobald wir den Tunnel dahinter erreicht haben, besteht keine Gefahr mehr, dass die Wachen uns sehen; dann mache ich meine Unterwassertaschenlampe an. Wir müssen ein Stück durch den Tunnel tauchen. Er führt langsam nach oben, man hat den Kopf also bald wieder über Wasser. Ich muss Sie allerdings warnen: Der Tunnel ist eng, man kann darin leicht Platzangst bekommen.«

Birgit wird mulmig zumute, als sie den Blick über die glatte Wasserfläche gleiten lässt.

Ein behütetes Leben ohne Risiken hat doch gewisse Vorteile …

Lautlos lässt Frances sich als Erste ins Wasser gleiten.

Birgit zittert so sehr, dass sie zweifelt, auch nur einen Meter schwimmen zu können. Doch als sie im Wasser ist, löst sich die Steifheit ihrer Glieder.

Das Wasser ist angenehm warm, und die bisher so bedrohliche Dunkelheit empfindet sie jetzt als Schutz.

Wieder kommt ein Wachtposten. Mit seiner Aufmerksamkeit scheint es allerdings nicht weit her zu sein, denn er schlendert am See entlang, ohne sich umzusehen.

Trotzdem sieht Birgit wieder die Gefängniszelle vor sich, deutlicher denn je. Ob die Ägypter Gefangene wohl an ihr Heimatland ausliefern, oder wird man womöglich wegen eines läppischen Vergehens jahrelang eingesperrt? Und wie mag es um die Hygiene und die medizinische Versorgung bestellt sein? Schließlich ist sie nicht geimpft …

Birgit presst die Lippen zusammen, um kein Wasser zu schlucken. Dass es heilig ist, dürfte die Bazillen nicht sonderlich beeindrucken.

Es gelingt ihnen, fast lautlos die Mitte des Sees zu erreichen. Da ist plötzlich eine weiße Uniform am Ufer zu sehen, und wie auf Kommando tauchen sie ab.

Birgit ist, als würde sie sich durch ein endloses schwarzes Nichts fortbewegen. Sie macht Zug um Zug und sieht kaum mehr als die verschwommenen Umrisse von Frances und Jef vor sich.

Gut zwanzig Sekunden lang kann sie die Luft anhalten. Als Kinder haben Selma und sie das manchmal ausprobiert. Eine tauchte mit zugehaltener Nase unter Wasser, und die andere zählte laut die Sekunden. Mehr als fünfundzwanzig hat Birgit nie geschafft, bevor sie keuchend und prustend wieder an die Oberfläche kam.

Sie zählt nicht mit, merkt aber, dass sie diesmal schneller Atemnot bekommt als sonst. Mit wenigen Zügen erreicht sie die Oberfläche, taucht auf und hält das Gesicht in die warme Abendluft. Sie blinzelt das Wasser aus den Augen und sieht ihn: den Wachtposten. Etwa fünfzehn Meter von ihr entfernt steht er am Ufer und blickt auf den See.

Ihre Beine werden bleischwer, wollen sie auf den Grund hinabziehen, und gleichzeitig ist ihr so leicht im Kopf, dass sie zu schweben meint.

Sieht er sie oder nicht?

Reglos schaut sie den Wachtposten an und erwartet jede Sekunde einen Alarmruf zu hören.

Sie sucht das Wasser nach Frances und Jef ab. Die beiden tauchen offenbar noch, und Birgit schickt ein Stoßgebet zum Himmel, dass sie nicht plötzlich laut prustend an die Oberfläche kommen.

Der Bewacher starrt nach wie vor zu ihr herüber, scheint sie aber nicht zu sehen. Seine Haltung drückt jedoch Wachsamkeit aus, so als hätte er gemerkt, dass da etwas nicht stimmt.

Birgit beginnt Wasser zu treten, ganz vorsichtig, damit kein Geräusch entsteht.

Plötzlich gleitet ein Lichtstrahl über den See, von der Ecke her, wo nun ein zweiter Mann steht und dem anderen etwas zuruft.

Kurz bevor das Licht Birgit erreicht, holt sie tief Luft und taucht ab. Erst als ihre Füße den Grund berühren, wagt sie es, zu schwimmen. Jetzt kann sie keine verräterischen Wellen mehr verursachen.

Mit kräftigen Zügen legt sie die Strecke bis zum Ufer zurück und tastet dabei immer wieder nach der Einfassung. Als sie diese spürt, taucht sie auf, atemlos und mit wild klopfendem Herzen.

Sie hört Stimmen und schnelle Schritte, Lichtkegel tanzen über das Wasser, und jemand direkt über ihr ruft etwas auf Arabisch.

Frances und Jef sind nirgendwo zu sehen. Birgit presst den Rücken gegen die Steinmauer und versucht, die aufkommende Panik zu unterdrücken.

Sie ist schon fast davon überzeugt, dass die beiden sie im Stich gelassen und sich selbst in Sicherheit gebracht haben, als Jef lautlos neben ihr auftaucht. Mit einer Geste bedeutet er ihr, ihm zu folgen.

Im schmalen Schatten der Mauer schwimmt Birgit, am ganzen Leib zitternd, hinter Jef her zu Frances, die ein Stück weiter aufgetaucht ist.

Frances legt den Finger an die Lippen und fordert sie mit einer Geste auf zu tauchen.

Am liebsten würde Birgit davonlaufen, denn das Abenteuer hat jeglichen Reiz für sie verloren, und die Angst wird übermächtig. Aber sie hat keine Wahl. Wenn sie nur nicht zu lange unter Wasser bleiben müssen … Frances kann sie nicht fragen, denn die ist bereits abgetaucht, und Jef hält auffordernd den Daumen nach unten.

Birgit holt tief Luft und taucht ebenfalls. Gleich darauf spürt sie, wie Frances ihre Hand nimmt und sie mit nach unten zieht, immer tiefer. Als sie den Grund erreicht haben, sehen sie über sich einen dunklen Fleck: Jef.

Dann schwimmen sie zu dritt an der Mauer entlang, und Frances tastet nach dem Tunnel.

Auf einmal ist sie verschwunden. Birgit folgt mit der Hand der Mauer, bis diese einfach aufhört. Jede Faser ihres Körpers weigert sich, in das schwarze Loch zu tauchen, doch da ist Jef auch schon hinter ihr und schiebt sie weiter. Mit dem Mut der Verzweiflung schwimmt Birgit in den Tunnel.

22

Fünfzehn, sechzehn, siebzehn, achtzehn.

Birgit zählt die Sekunden und spürt, wie ihr langsam eng in der Brust wird.

Als sie zehn Jahre alt war, geriet sie im Schwimmbad unter ein Spielfloß voller Kinder. Wohin sie auch schwamm, das Floß schien immer mitzutreiben, und die im Wasser baumelnden Beine der anderen Kinder versperrten zusätzlich den Weg an die Oberfläche.

Am Ende hatte sie nur noch einen winzigen Rest Luft in der Lunge, gerade genug, um nicht zu ertrinken. Sie erinnert sich noch genau an die vollkommen stille Unterwasserwelt, in der sie gefangen war, bis sie im letzten Moment, als ihr schon schwarz vor Augen wurde, eine Hand packte. Es war Selma, die das Ganze vom Beckenrand aus beobachtet hatte. Sie war ins Wasser gesprungen, als Birgit nicht mehr unter dem Floß hervorkam, und brachte ihre Schwester zurück aufs Trockene.

Aber hier gibt es keine Selma, die mit Argusaugen über sie wacht und sie notfalls rettet.

Neunzehn, zwanzig, einundzwanzig.

Birgit versucht, möglichst ruhig zu bleiben, und zählt weiter die Sekunden. Der kleine Lichtfleck von Frances' Unterwassertaschenlampe kommt ihr vor wie eine Boje, an die sie sich klammert, indem sie den Blick darauf gerichtet hält. Hin und wieder berühren ihre Füße den Tunnelboden, und ihre Hände tasten sich rechts und links an den Steinmauern entlang. Etwas Weiches streicht über ihr Gesicht. Erschrocken weicht sie zurück und stößt reflexartig den letzten Rest Luft aus. Sofort stellt sich ein allumfassendes Gefühl der Beklemmung ein.

Panisch schlägt sie um sich. Jemand packt sie und zieht sie mit, obwohl der Tunnel eigentlich zu schmal für zwei Schwimmer ist. Ihr rechter Arm wird schmerzhaft gegen die Steinwand gedrückt.

Zweiundzwanzig, dreiundzwanzig, vierundzwanzig.

In ihrem Kopf hämmert es, und die Ohren beginnen zu sausen. Luft! Bitte!!

Fünfundzwanzig, sechsundzwanzig, siebenundzwanzig, achtundzwanzig.

Jetzt kann sie stehen, doch über ihrem Kopf ist noch Wasser. Ihre Kehle schwillt an, der Magen krampft sich zusammen, das Blut pocht im Schädel, droht ihn zu sprengen.

Neunundzwanzig, dreißig, einunddreißig.

Sie wird hochgezerrt, kommt mit dem Kopf über Wasser, reißt den Mund weit auf und schnappt gierig nach

Luft. Direkt neben ihr taucht Jef auf und legt sofort den Arm um sie, ganz so, als hätte ihn der Tauchgang nicht im Mindesten angestrengt.

Auch Frances scheint das Ganze wenig ausgemacht zu haben. Birgit kann ihr Gesicht nicht sehen, aber in ihrer Stimme klingen sowohl Mitleid als auch leichter Ärger mit, als sie fragt, warum Birgit um Himmels willen nicht gesagt habe, dass sie nur so kurz tauchen könne.

»Kurz!?«, japst Birgit entrüstet. »Ich hab meinen persönlichen Rekord gebrochen!«

Jef klopft ihr lachend auf die Schulter.

»Ab hier geht's zu Fuß weiter«, beruhigt er sie.

Sie stehen bis zum Bauch im Wasser, um sie herum hängt ein durchdringender Modergeruch. Wenn Birgit den Arm ausstreckt, kann sie die Tunneldecke berühren. Noch vor zehn Minuten hätte sie in einem so engen Raum Platzangst bekommen, jetzt ist sie nur dankbar, dass sie wieder atmen kann.

Langsam gehen sie durchs Wasser, schimpfen leise, wenn sie sich stoßen oder etwas Glitschiges die Beine oder das Gesicht streift.

Der Tunnel führt weiter nach oben, und die Moderluft weicht einem stark erdigen Geruch.

Nach einer Weile weitet sich der Tunnel etwas und wird ein wenig heller, sodass sie mehr sehen können: verwitterte Steinwände, die mit Schimmelpilzen bewachsene Decke, von der fadenartige Gebilde herabhängen, und das Wasser, das sie bei jedem Schritt wie eine träge Öllache umschwappt.

»Vorsicht, Treppe!« Frances betritt die rutschige Steintreppe als Erste.

Damit sie nicht ausrutschen, suchen sie mit den Händen Halt an den triefnassen Wänden.

Die Treppe führt so steil empor, dass sie nach einer Weile innehalten, um zu verschnaufen. Birgit späht nach oben, kann aber kaum weiter sehen, als das Licht von Frances' Taschenlampe reicht.

Nach ein paar Minuten setzt Frances den Aufstieg fort. Jef und Birgit folgen ihr, von wachsender Neugier getrieben.

Oben versperrt ein riesiger Stein den Weg. Frances richtet den Lichtstrahl auf einen Spalt zwischen Stein und Wand, hält die Luft an und zwängt sich hindurch.

»Und jetzt ihr!«, klingt ihre Stimme von der anderen Seite.

Birgit ist im Nu durch den Spalt geschlüpft. Jef bleibt mit seiner kräftigeren Statur zunächst stecken. Birgit und Frances zerren mit vereinten Kräften an ihm, bis auch er durch den Spalt ist.

Sie stehen in einer dunklen Kammer. Frances geht an Birgit vorbei, und gleich darauf wird es hell. Die ägyptischen Archäologen haben Stromleitungen gelegt und in jeder Kammer eine – wenn auch schwache – Glühbirne an der Decke angebracht.

Birgit dreht sich zu dem großen Stein um, den sie soeben passiert haben. Sie blickt in ein Paar feindselige Augen und stößt einen unterdrückten Schrei aus.

Jef und Frances fahren herum, und Birgit lacht zittrig: Der schwarze Stein entpuppt sich als riesige Statue und stellt einen stehenden Schakal dar, der sie mit furchterregendem Blick anstarrt.

»Das ist Anubis«, sagt Frances gelassen, so als würde sie

einen guten Freund vorstellen. »Der Gott der Einbalsamierung. Er führt die Verstorbenen ins Totenreich.«

Anubis' durchdringender Blick wird Birgit unangenehm; sie wendet der Statue den Rücken zu und folgt Frances durch einen schmalen Durchgang in die angrenzende Kammer, hinter der sich, wie Frances erwähnt hat, noch eine weitere befindet.

Sämtliche Wände sind mit Inschriften und Malereien bedeckt, scheinen ganze Geschichten erzählen zu wollen. Die tief eingeritzten Hieroglyphen leuchten im schwachen Licht der Glühbirne hellblau, ockergelb und dunkelrot – so intensiv, als wären die Farben erst vor Kurzem aufgetragen worden.

Frances lässt ehrfürchtig die Hand über eine Wand gleiten, und Jef versucht sofort, etwas zu entziffern. Birgit sagen die Zeichen nichts, dennoch kann sie sich ihrer fast magischen Wirkung nicht entziehen. Ihr ist, als erwachten die alten Ägypter in der stillen Kammer zu neuem Leben, als wollten sie ihnen – den Eindringlingen – uralte, sorgsam gehütete Geheimnisse enthüllen.

Wohin sie auch blicken – überall Schriftzeichen und Wandmalereien. An der Decke prangen Sterne und Planeten, bilden ein System, das der Milchstraße ähnelt.

»Das ist einfach gigantisch!«, staunt Birgit.

Jef betrachtet lange die Decke, den Kopf weit zurückgelegt. »Wow ...«

»In dieser Kammer waren mehrere Fässer mit einem weißen Pulver«, sagt Frances. »Bevor der Zugang abgesperrt wurde, haben sie die Fässer abtransportiert.«

»Weißes Pulver?« Jef sieht sie fragend an. »Was denn für Pulver?«

»Wir vermuten, dass es sich um einen Stoff handelt, den die alten Ägypter *mfkzt* nannten.«

»Mit ›wir‹ meinen Sie sich und meinen Vater?«

Frances schüttelt den Kopf. »Nicht nur. Viele Archäologen kennen dieses Pulver, weil man es schon mehrfach in unterirdischen Vorratsräumen von Tempeln gefunden hat, erstmals im Tempel von Serabit el-Khadim. Der britische Archäologe Flinders Petrie hat 1904 etliche Fässer davon entdeckt, und zwar in einer Art Werkstatt mit Schmelzkessel. Deshalb hielt man es damals für ein Nebenprodukt des Kupferschmelzens. Petrie hat dem widersprochen, und zwar zu Recht, denn beim Kupferschmelzen entsteht schwarze Schlacke, aber kein weißes Pulver.«

»Was mag es dann gewesen sein?«, fragt Birgit.

»Die Substanz *mfkzt* muss für die alten Ägypter enorm wichtig gewesen sein«, fährt Frances fort. »Sie wird häufig in Texten an Wänden und Stelen erwähnt. Anfangs, und damit meine ich die 1920er-Jahre, gingen die Vermutungen der Ägyptologen in Richtung Türkis und Malachit, aber für sämtliche bekannten Edelsteine und Mineralien hatte man bereits andere ägyptische Namen gefunden. Heutzutage heißt es in den meisten Publikationen trotzdem, *mfkzt* stehe für Türkis, aber bewiesen ist das nicht, und seltsamerweise kommt das Wort auch in einem ganz anderen Zusammenhang vor. Haben Sie schon mal von den Pyramidentexten gehört? Das sind religiöse Sprüche, die man im Innern der Pyramide von Pharao Unas in Sakkara gefunden hat und die vom Weiterleben eines Pharaos im Jenseits berichten. Den Ort, an dem die Pharaonen weiterleben, nannten die Ägypter ›Feld von

Mfkzt‹. Somit ist *mfkzt* nicht nur der Name eines Stoffs, sondern hat auch eine religiöse Bedeutung.«

»Und man hat bis heute nichts über die Zusammensetzung des Pulvers herausgefunden? Auch nicht in modernen Laboratorien?«, fragt Jef.

»Doch, es handelt sich wohl um eine Art Sediment aus dem Toten Meer«, sagt Frances. »Sein Salzwasser hat einen sehr hohen Mineralgehalt, den man schon im Altertum zu schätzen wusste. Unklar ist allerdings, wofür man das Pulver verwendet hat. Die nächste Kammer ist übrigens auch hochinteressant.« Frances duckt sich ein wenig und geht durch eine schmale, niedrige Öffnung in der Wand. Jef und Birgit folgen, tief beeindruckt von dem, was sie soeben gehört haben.

Auch im angrenzenden Raum sind die Wände voller farbiger Malereien und Hieroglyphen, außerdem endet er in einer überwölbten Nische, in deren Mitte ein altarähnlicher Sockel aus weißem Marmor steht.

Birgit bleibt unvermittelt stehen. Der Anblick hat etwas Ehrfurcht Gebietendes, ähnlich wie bei einer Kapelle. Sie spürt genau, dass hier einst etwas sehr Kostbares gestanden hat.

Frances tritt näher und streicht sanft über den Stein.

»Leider war der Altar leer, als wir kamen«, sagt sie.

»Was hat hier gestanden?« Vorsichtig, als schwinge die heilige Aura des verschwundenen Gegenstands noch um den Altar, macht Birgit einen Schritt darauf zu.

Die Nische hat auch Jefs Aufmerksamkeit erregt, und mit ein paar Schritten ist er neben Birgit. Er geht in die Hocke und stellt fest, dass Hieroglyphen in den Marmor eingeritzt sind.

»Kannst du das lesen?« Birgit kauert sich neben ihn und betrachtet die ihr unverständlichen Zeichen.

»Nicht ohne Weiteres. Ich kenne die gebräuchlichsten Hieroglyphen für das Jenseits und die Götter, aber die tauchen hier nicht auf.« Jef konzentriert sich ganz auf die Inschrift und deutet dann auf das erste Zeichen. »Das Symbol hier ist von den anderen abgesetzt und hat damit eine eigene Bedeutung.«

»Es sieht aus wie eine Kiste«, sagt Birgit.

Jef nickt. »Das wird es wohl auch bedeuten: Kiste. Das nächste ist ein Wasserkrug mit mehreren Wellenlinien. Er steht für rituelle Reinheit und hat mit dem Priestertum zu tun. Aber das hier …« Er runzelt die Stirn. »Eine Art Stab in Form einer Kobra, ein Paar gekreuzte Stöcke und als Deutzeichen ein Sperling mit nach unten gerichteten Schwanzfedern … keine Ahnung, was das bedeutet.«

»Es steht für Zerstörung.« Frances' Stimme klingt anerkennend. Die Hände in die Hüften gestemmt, steht sie hinter ihnen und hat interessiert zugehört. »Nicht schlecht, Jef. Sie verstehen mehr davon, als ich dachte.«

Jef wendet sich halb zu ihr um. »Ich habe mich schon früh für das Metier meines Vaters interessiert. Nur so konnte ich Zuwendung von ihm bekommen«, sagt er schlicht.

Birgit wirft ihm einen Seitenblick zu.

»Wissen *Sie* denn, was der Text bedeutet?«, wendet sie sich an Frances.

»Ja, und Sie haben nicht schlecht geraten. Das Viereck mit dem gewölbten Deckel ist tatsächlich die Hieroglyphe für Kiste. Und Jef hat richtig erkannt, dass der Krug mit den Wellenlinien für das Priesteramt steht. In diesem Fall für den Hohepriester. Sein Name steht direkt dahinter. Die Hieroglyphenschrift umfasst ja außer Bildzeichen für Gegenstände und Vorstellungen auch Lautzeichen, genau wie unser Alphabet.«

Jef widmet sich wieder der Inschrift. »Schwierig ist nur, dass es keine Vokale gibt«, sagt er. »Mal sehen ... das letzte Wort heißt *ms* – ein ausgesprochen kurzer Name.«

»Die Vokale muss man selbst einfügen«, sagt Frances. »Das Wort könnte zum Beispiel Musa heißen, sehr wahrscheinlich sogar, denn es gab einen Hohepriester namens Musa.«

»Die Kiste des Hohepriesters Musa also«, fasst Birgit zusammen. »Aber was für eine Kiste? Hat hier etwa sein Sarg gestanden?«

»Nein, mit einem Sarg hat das nichts zu tun. Hier steht: die zerstörerische Kiste des Hohepriesters Musa«, erklärt sie. »Wenn Sie einigermaßen bibelfest sind, müssten Sie wissen, dass damit nur eine ganz bestimmte Kiste gemeint sein kann. Das heißt, sofern Sie wissen, wer Musa war.«

Jef richtet sich auf und sieht Frances irritiert an. »Was soll denn die Bibel mit einem altägyptischen Hohepriester zu tun haben?«

»Eine ganze Menge.« Frances lächelt und sagt dann, die alten Ägypter hätten traditionell viele Götter verehrt, bis in der achtzehnten Dynastie, etwa um 1300 vor Christus, ein Prophet auftauchte, der die Lehre von einem einzigen, allmächtigen Gott verkündete. Er sei unter dem Namen Musa oder Mose bekannt gewesen und habe die Grundlage für die spätere Gründung der koptischen Kirche, der christlichen Gemeinschaft in Ägypten, geschaffen. Im Altertum habe man in Ägypten auch Griechisch gesprochen, und in dieser Sprache sei der Prophet unter den Namen Mosis bekannt.

Beim letzten Namen fällt der Groschen. »Moses!«, sagen Birgit und Jef wie aus einem Mund.

Frances nickt. »Und mit welchem biblischen Gegenstand assoziiert man den Namen Moses?«

Birgit begreift. »Ach du lieber Himmel«, sagt sie leise und sieht Frances ungläubig an.

»Worum geht's?«, fragt Jef, der sich anscheinend in der Bibel nicht so gut auskennt.

»Kein Wunder, dass dein Vater völlig aus dem Häuschen war«, sagt Birgit zu ihm. »Er ist der Bundeslade auf die Spur gekommen!«

Aus den Aufzeichnungen von Nicolaas Bogaards

DIE MOSES-GESCHICHTE

Moses war ein Priester in der ägyptischen Stadt Heliopolis und lebte um 1330 vor Christus. Sein Name lässt vermuten, dass er ein äußerst bedeutender Mann war, denn Moses leitet sich von dem ägyptischen Wort mose *ab, das Nachkomme oder Erbe bedeutet.*

Heliopolis war zu jener Zeit ein bedeutendes Zentrum des Wissens. Der junge Moses verbrachte viel Zeit in der umfangreichen Bibliothek, die den Grundstock der späteren Bibliothek von Alexandria bildete. Dank seiner Klugheit durchlief er mühelos sämtliche Weihegrade bis zum Status eines Hohepriesters.

Seine genaue Herkunft ist umstritten. Manchen Quellen zufolge war er Israelit, in der Bibel hingegen, im 2. Buch Mose, 2. Kap., Vers 19, wird er als Ägypter bezeichnet. Auf alten Tontafeln ist überliefert, dass er als Säugling in einem Binsenkörbchen am Nil ausgesetzt und von der Tochter des Pharaos gerettet wurde. Die Bibel berichtet, dass der Pharao von Ägypten Befehl gegeben hatte, alle männlichen israelitischen Säuglinge zu töten, weil das Sklavenvolk sich so rasch vermehrte, dass er um seine Herrschaft fürchtete. Angeblich fand die Tochter des Pharaos das Kind Moses am Nil und brachte es in den väterlichen Palast. Der junge Moses wuchs daher bei Hofe auf. Berechnungen haben ergeben, dass es sich bei dem damaligen Pharao um Ramses II. gehandelt haben muss. Ramses II. knechtete die Israeliten so grausam, dass Moses sich berufen fühlte, für sie einzutreten.

Der Bibel zufolge erteilte Gott Moses den Auftrag, die Israe-

liten aus der Sklaverei zu erlösen: Er sollte sie durch die Wüste ins Gelobte Land Kanaan führen. Dabei entkamen sie durch ein Wunder ihren Verfolgern, den Soldaten des Pharaos, die in den Fluten des Roten Meeres ertranken.

In der Wüste Sinai schlugen sie ihr Lager auf. Der Glaube der Israeliten an den einzig wahren Gott war noch nicht gefestigt, viele hingen noch zahlreichen Göttern an, die sie unter den Ägyptern kennengelernt hatten. Sie sammelten allen Goldschmuck, den sie dabeihatten, und gossen daraus als Götzenbild ein goldenes Kalb.

Auf dem Berg Horeb, der später als Berg Sinai bezeichnet wurde, ließ Gott Moses wissen, dass es seinem Volk verboten sei, Götzen anzubeten. Bis dahin waren unter den Israeliten noch keine Priester, und das Volk hatte weder Tempel noch Glaubensregeln. Um dies zu ändern, wollte Gott den einst mit den Vorvätern der Israeliten geschlossenen Bund feierlich erneuern.

Er befahl Moses, den Berg zu besteigen, und übergab ihm dort die Tafeln mit den Zehn Geboten. Die Gebote erinnern stark an Regeln aus dem Ägyptischen Totenbuch, welche die Pharaonen im Leben befolgen mussten, um später in den Götterhimmel aufgenommen zu werden. Die Aussage »Ich habe nicht getötet« aus dem Totenbuch wurde in den Geboten zu »Du sollst nicht töten«, und »Ich habe nicht gestohlen« wurde zu »Du sollst nicht stehlen«.

Die Gesetzestafeln werden oft als schwere Steinplatten beschrieben und auch in der Bibel so dargestellt, sehr wahrscheinlich aber handelte es sich um leichte, gut zu transportierende Tontafeln, denn Moses musste sie schließlich den Berg hinabtragen.

Moses erhielt ferner den Auftrag, für die Zehn Gebote ein

Behältnis zu fertigen: die Bundeslade, das Symbol für Gottes neuen Bund mit seinem Volk. Die Lade musste nach bestimmten Vorgaben gefertigt werden, die in der Bibel nachzulesen sind: »Mache eine Lade aus Akazienholz; zwei und eine halbe Elle soll die Länge sein, anderthalb Ellen die Breite und anderthalb Ellen die Höhe. Du sollst sie mit feinem Gold überziehen innen und außen und einen goldenen Kranz an ihr ringsherum machen. Und gieß vier goldene Ringe und tu sie an ihre vier Ecken, sodass zwei Ringe auf der einen Seite und zwei auf der anderen seien. Und mache Stangen von Akazienholz und überziehe sie mit Gold und stecke sie in die Ringe an den Seiten der Lade, dass man sie damit trage. Sie sollen in den Ringen bleiben und nicht herausgetan werden.« – Die Beschreibung der Lade erinnert stark an den goldenen Schrein, den man im Grab des Tutanchamun fand.

Als die Lade fertig war, wurden die Tafeln hineingelegt, später kamen noch ein goldener Krug mit Manna, der Stab von Moses' Bruder Aaron und Moses' Gesetzbuch hinzu.

Aber was genau stand in dem Gesetzbuch? Bekannt ist, dass darunter kein Buch im heutigen Sinn zu verstehen ist, sondern in Stein gemeißelte Gesetze. Der jüdischen Tradition zufolge handelte es sich bei dem Stein um glänzenden Saphir.

Das wiederum erinnert an die »smaragdene Tafel« des Hermes Trismegistos, eines bedeutenden altägyptischen Alchemisten, der seine Erkenntnisse ebenfalls in Stein meißelte.

Moses, der im Tempel von Heliopolis mit dem überlieferten Wissen Ägyptens in Berührung gekommen war, hätte diese Texte also nirgendwo sicherer aufbewahren können als in der Bundeslade.

Die Lade hatte aber noch weitere Eigenschaften: Sie erwies sich beispielsweise als überaus mächtige Waffe im Kampf. Moses führte die Israeliten nach Kanaan, ins heutige Israel, wo sie sich, nachdem sie das Gebiet erobert hatten, niederlassen wollten. Dem widersetzten sich die dort ansässigen Völker, doch dank der zerstörerischen Kraft der Bundeslade wurde den Israeliten ein Sieg nach dem anderen zuteil.
Kurz vor der Ankunft in Kanaan starb Moses unerwartet. Sein Nachfolger wurde Josua, dessen Name mit einer bedeutenden Großtat verbunden ist: der Eroberung der Stadt Jericho.
Josua ließ die schwer bewachte Lade an jeweils sieben Tagen um die Stadt herumtragen, und am letzten Tag stimmten die Israeliten ein ohrenbetäubendes Geschrei an, und sieben Priester stießen in ihre Posaunen. Daraufhin stürzten die Mauern von Jericho ein.
Archäologische Studien haben ergeben, dass der Fall Jerichos zwischen 1400 und 1250 vor Christus stattgefunden haben muss, was zeitlich mit dem Auszug aus Ägypten übereinstimmt, den man auf das Jahr 1330 vor Christus datiert. Aber Geschrei und Posaunenschall allein lassen keine dicken Festungsmauern einstürzen. Daher muss auch die Lade bei der Eroberung der Stadt eine wichtige Rolle gespielt haben. Nach dem Fall von Jericho scheint sie jedoch ihren Zweck erfüllt zu haben, denn sie wird in der Bibel kaum noch erwähnt. Wo ist sie geblieben?

23

»Die Bundeslade?« Jef wirkt skeptisch. «Das ist doch ein Mythos. Man hat nie auch nur den Hauch eines Beweises dafür gefunden, dass sich die biblischen Geschichten tatsächlich zugetragen haben.«

Frances streicht fast schon zärtlich über den Marmorsockel.

»Dass noch kein Beweis vorliegt, heißt nicht, dass es etwas nicht gibt«, sagt sie.

»Ich denke auch«, sagt Birgit. »Diese Inschrift wurde bestimmt nicht umsonst angebracht.«

»Ich hätte nicht gedacht, dass du so viel für Bibelgeschichten übrig hast«, bemerkt Jef leicht erstaunt.

»Ich bin nicht gläubig«, sagt Birgit. »Aber deshalb halte ich nicht alles, was in der Bibel steht, für unwahr. Aber natürlich sollte man auch nicht alles darin für bare Münze nehmen. Die meisten Geschichten haben einen wahren Kern, den man religiös gedeutet hat. Ich glaube zum Beispiel, dass Jesus gelebt hat, aber nicht, dass er Gottes Sohn war. Und ich glaube auch, dass es einst eine Sintflut auf der Erde gab, aber nicht, dass sie eine Strafe Gottes war.«

Frances nickt. »Es kann also sehr gut sein, dass die Bundeslade gebaut wurde, wenn auch nicht in Gottes Auftrag«, sagt sie. »Nicolaas ist jedenfalls fest davon überzeugt, dass sie existiert, aber dass Moses sie aus eigenem Antrieb gefertigt hat, ohne dass Gott im Spiel war.«

»Das ist doch lachhaft«, mischt sich Jef ein. »Die Bundeslade hatte zerstörerische Kräfte! Wie hätte Moses das denn bewerkstelligen sollen? Ich glaube eher, die Geschichte ist eine Metapher. Und was auch immer hier gestanden hat, die Bundeslade war es jedenfalls nicht.«

»Da wäre ich mir nicht so sicher, aber das tut auch eigentlich nichts zur Sache«, sagt Frances. »Es geht schließlich nicht darum, die Bibel zu hinterfragen. Archäologen befassen sich mit dem, was sie bei ihren Ausgrabungen finden. Die Fundstücke erzählen ihre eigenen Geschichten, und diese stimmen bisher nicht mit dem überein, was in der Bibel steht. Das muss aber nicht heißen, dass ihr gesamter Inhalt nicht stimmt. Und ebenso wenig, dass es Gott nicht gibt.«

»Was stimmt denn aus archäologischer Sicht in der Bibel nicht?«, erkundigt sich Jef.

»Als Erstes das Alter der Erde.« Frances dreht sich um und betrachtet nachdenklich die Hieroglyphenwand. »Wir sind stolz auf unsere Fortschritte, auf unser Wissen über die Erde und den Kosmos, aber im Grunde genommen handelt es sich bei allen unseren Errungenschaften um nichts anderes als die Wiederentdeckung von längst Erfundenem. Die Menschheit gibt es schon sehr viel länger, als die Bibel uns glauben macht. Ein Bischof namens Gregor von Tours hat im sechsten Jahrhundert nach Christus errechnet, wann in etwa Adam und Eva gelebt haben. Anhand von historischen Ereignissen, die in der Bibel erwähnt werden, kam er zu dem Schluss, dass Adam 5454 Jahre vor der Auferstehung Christi geschaffen wurde, und seine Berechnung kommt durchaus hin. Unsere christliche Zeitrechnung basiert auf Jesu Geburt, die man heute allerdings nicht mehr auf das Jahr null, sondern auf vier vor Christus datiert. Das Jahr der Wiederauferstehung Christi ist zugleich sein Sterbejahr und lässt sich relativ sicher mit 33 nach Christus angeben. Adam ist also, Gregor zufolge, um 5420 vor Christus erschaffen worden, und vor dieser Zeit soll es kein menschliches Leben auf der Erde gegeben haben. Nun, in der Höhle von Arago in den französischen Pyrenäen kann man sich davon überzeugen, dass das nicht zutrifft. Dort hat man die Skelette eines Mannes und einer Frau entdeckt, die nachweislich um 350 000 vor Christus gelebt haben und als »älteste Franzosen« gelten. Und in den Höhlen von Lascaux, Eyzies und Niaux fand man Wandmalereien, die rund 15 000 Jahre vor unserer Zeitrechnung entstanden sind. Ich rede jetzt nur von Frankreich, aber Evolutionsforscher haben heute überall auf der Welt Beweise dafür gefunden, dass die Menschheit sehr viel älter ist, als es in der Bibel heißt.«

»Die Karte von Piri Reis deutet ja auch darauf hin«, bemerkt Birgit.

Frances nickt. »Ja, die Karte ist ebenfalls ein Hinweis.

Einst muss es Völker gegeben haben, die genauso weit entwickelt waren wie wir heute, vielleicht sogar weiter. Nicolaas und ich haben in der Pyramide von Sakkara Texte gesehen, die darauf hinweisen, und ebensolche Texte haben wir hier, in dieser Kammer, gefunden.«

Frances richtet ihre Taschenlampe auf eine Seitenwand, lässt den Lichtkegel Zeile um Zeile über die Hieroglyphen gleiten und übersetzt dabei: »Das Feuer der Waffe vernichtete die Städte und erzeugte ein Licht, heller als hunderttausend Sonnen. Als Wind aufkam, verbrannte das Feuer der schrecklichen Waffe auch Elefanten, Soldaten, Streitrosse und Wagen, aber zu erkennen war es nicht, denn es war unsichtbar. Durch das Feuer verloren die Menschen ihre Nägel und Haare, das Gefieder der Vögel wurde weiß und ihre Füße rot.«

Frances wendet sich um. »Ähnliche Aussagen finden sich auch in mehreren alten Sanskrit-Texten wie der Bhagavatapurana und der Mahabharatha.«

»Der was?«, fragt Birgit, aber Frances hört es gar nicht. Sie nimmt Jef am Arm und zieht ihn ein Stück weiter.

»Hier steht auch so etwas …« Sie leuchtet auf die betreffende Stelle.

Jef tritt ganz nahe heran und übersetzt langsam und mit Frances' Unterstützung die Inschrift: »Der Süden wurde zum Norden, und die Erde drehte sich um. Die Flammen der Geschosse vereinten sich und nahmen, umgeben von Feuerpfeilen, die Erde, den Himmel und allen Raum dazwischen ein und vergrößerten das große Feuer. Alle Lebewesen wurden versengt; sie erkannten die Zerstörungskraft der Geschosse und spürten das Feuer, das die Welt verbrannte.«

Er tauscht einen Blick mit Frances und murmelt: »Unglaublich …«

»Worum geht es hier eigentlich?«, fragt Birgit leicht ungeduldig, weil sie sich ein wenig ausgeschlossen fühlt. »War da vielleicht ein Meteorit auf die Erde gestürzt?«

»Nein, hier steht eindeutig Geschosse.« Frances deutet auf mehrere Hieroglyphen. »Ich und Nicolaas sind der Meinung, dass unsere Vorfahren Elektrizität kannten. Und der überzeugendste Beweis dafür ist ein Gegenstand, der seinerseits zum Mythos geworden ist: die Bundeslade.«

24

Die Bundeslade als elektrischer Kondensator? Birgit muss unwillkürlich lachen.

Jef verzieht keine Miene und sagt auch nichts, trotzdem ist ihm seine Skepsis anzumerken.

»Das ist wohl ein Witz«, sagt Birgit schließlich.

»Ich glaube nicht, dass man hier irgendwelche Witze eingeritzt hat«, sagt Frances. »Die Vorstellung ist gar nicht so abwegig, Birgit. Zu diesem Schluss sind schon verschiedene Wissenschaftler gekommen. Im Juni 1936 war der deutsche Archäologe Wilhelm König, der für das Nationalmuseum in Bagdad arbeitete, an Ausgrabungen einer Parthersiedlung beteiligt. In einem Grab fand er ein Tongefäß mit einem Kupferzylinder, in dem ein Eisenstab steckte. Der Stab war mit Bitumen fixiert und oben mit geschmolzenem Blei überzogen. Laut König handelte es sich um eine einfache Batterie, aber nur wenige Fachkollegen gaben ihm Recht. Das Grab stammte von rund 250 vor Christus, aus einer Zeit also, in der man keine Batterien vermutet. Später fertigte der Ägyptologe Arne Eggebrecht einen Nachbau des Gefäßes an und gab Obstsaft hinein. Dabei kam es zu einer Reaktion, bei der ein halbes Volt Spannung erzeugt wurde.«

Frances schweigt kurz und fährt dann fort: »Man hat schon viele solche unerklärliche Fundstücke entdeckt. Das heißt, erklären können wir sie schon, aber nur, wenn wir uns von unseren fest gefügten Vorstellungen lösen. Wenn ein archäologischer Fund nicht in das Bild passt, das man von der betreffenden Zeit hat, muss man, vor allem als Archäologe, auch andere Möglichkeiten in Betracht ziehen. Leider sind dazu nur wenige bereit, und ich fürchte, das hat, langfristig gesehen, katastrophale Folgen.«

»Warum?«, fragt Birgit.

»Weil die Geschichte sich ständig wiederholt«, sagt Frances. »Unsere neuzeitlichen Entdeckungen haben schon andere lange vor uns gemacht, und wir begehen im Umgang damit die gleichen Fehler wie sie. Fehler, vor denen sie künftige Generationen warnen wollten, nachdem sie erkannt hatten, dass ihr Tun in eine entsetzliche Katastrophe mündete. Und zwar die Katastrophe, vor der sie uns hier, auf dieser Wand, warnen.«

Warnen? Birgit runzelt die Stirn.

Frances bemerkt es und sagt: »Stellen Sie sich vor, Sie würden vor Tausenden von Jahren leben, Birgit, und zwar in einer Zeit, in der der Mensch das Universum beherrscht hat und mit diesem Wissen ebenso fahrlässig umgegangen ist wie wir heute. Jahrzehntelang droht der

Untergang, und eines Tages ist es schließlich so weit. Die Gelehrten oder Priester sehen die Katastrophe voraus, können sie aber nicht verhindern. Sie können lediglich einen Teil ihrer Errungenschaften in unterirdische Räume bringen, wo sie vor Feuer und Strahlung sicher sind. Nach der Katastrophe zeichnen die Überlebenden ihre Erfahrungen auf – auf Tontafeln, an den Wänden von Krypten, in Portalfriesen und in der Verkleidung der Pyramiden. Womöglich wurden die Pyramiden ja genau zu diesem Zweck erbaut und …«

»Verkleidung? Was ist damit gemeint?«, fällt Jef ihr ins Wort.

»Aus alten Texten, die heute im British Museum liegen, geht hervor, dass die Pyramiden von Gizeh früher mit Platten aus Tura-Kalkstein verkleidet waren. Das ist ein weißer Stein, der die Pyramiden weithin leuchten ließ«, erzählt Frances. »Diese Verkleidung wird in etlichen Schriften aus dem Altertum erwähnt. Bei Herodot kann man lesen, dass auf den Pyramiden unbekannte und unleserliche Texte standen, von Menschen und Völkern, deren Namen und Existenz längst vergessen sind. Julius Cäsar erwähnt diese Texte übrigens auch. Leider sind die Platten allesamt verschwunden. Die Araber haben sie als Baumaterial benutzt, und damit sind viele Informationen verloren gegangen.«

»Und Sie meinen, die Pyramiden sind aus diesem Grund erbaut worden?«, fragt Birgit. »Als Warnung für die Nachwelt?«

»Das wissen wir bis heute nicht«, sagt Frances, »obwohl sich im Lauf der Jahrhunderte viele den Kopf darüber zerbrochen haben. Meiner Ansicht nach sollen die Pyramiden uns zum Nachdenken bringen, wir sollen uns bei ihrem Anblick Fragen stellen, wie: Warum stehen diese gigantischen Bauten da? Zu welchem Zweck wurden sie errichtet? Und noch wichtiger: Wie haben die Ägypter es geschafft, sie zu erbauen? Woher hatten sie das ungeheure Wissen und die handwerklichen Fertigkeiten, die man für ein solches Vorhaben brauchte, und wie kamen sie an ihre fortschrittlichen Werkzeuge? Ihre Zivilisation muss unvorstellbar weit entwickelt gewesen sein. Und wenn sie imstande waren, solche Wunderwerke wie die Pyramiden zu schaffen, wäre es dann so erstaunlich, dass sie auch Elektrizität kannten? Allerdings will die ägyptische Regierung von solchen Theorien nichts wissen. Entdeckungen, die im Widerspruch zum Koran stehen, werden ignoriert oder geheim gehalten.«

»Wieso zum Koran? Das mit der Bundeslade steht doch in der Bibel«, wirft Birgit ein.

»Der Koran und die Bibel stimmen in vielem überein«, sagt Frances. »Im Koran steht beispielsweise, Allah sei der gleiche Gott wie jener der Juden und Christen. Und an mehreren Stellen wird der Prophet Isa als Marias Sohn genannt, nicht aber als Sohn Gottes. Und Moses kommt als Prophet ebenfalls vor. Seine Geschichte im Koran entspricht – bis auf ein paar Unterschiede – der in der Bibel. Und die Bundeslade ist auch bei den Muslimen ein heiliger Gegenstand.«

Frances' Blick löst sich von dem Sockel und wandert durch die leere Kammer, die – wie die angrenzenden – voller Funde war, die sie nur zu gern untersucht hätte. »Als die Regierung erfuhr, dass unsere Entdeckung im Widerspruch zur Bibel und zum Koran steht, wurde unsere Ausgrabungsgenehmigung eingezogen und der Tempel abgesperrt. Dass wir einen zweiten Zugang gefunden hatten, haben wir natürlich verschwiegen. Nicolaas und ich hatten vor, uns die Kammern in Ruhe genauer anzusehen. Ich verstehe einfach nicht, warum er plötzlich verschwunden ist.«

In der nun folgenden Stille hallt Frances' letzter Satz unheimlich nach.

»Ob die Regierung etwas mit dem Verschwinden meines Vaters zu tun hat?«, überlegt Jef laut.

»Das könnte durchaus sein. Viele Archäologen und Ägyptologen haben sehr fest gefügte Vorstellungen von der Weltgeschichte. Sie können sich nicht davon lösen, selbst dann nicht, wenn sie eindeutige Beweise vor sich haben. Leider ist es mittlerweile so, dass ein Großteil der Ausgrabungsfunde in den Kellern von Museen eingelagert wird und die Behörden sich hartnäckig weigern, Tontafeln, die mehr Aufschluss geben könnten, entziffern und datieren zu lassen. Aber zum Glück gibt es noch genug, was man nicht einfach verschwinden lassen kann, wie etwa Inschriften an Tempelwänden. In der südlichen Krypta des Tempels von Dendera beispielsweise befinden sich große Ritzzeichnungen mit Darstellungen, die bisher noch kein Ägyptologe erklären konnte. Sie müssten sie einmal sehen. Nicolaas war fasziniert davon.«

»Aber wenn die Regierung nun wirklich hinter dem Verschwinden von Jefs Vater steckt«, sagt Birgit, »warum hat man Sie dann in Ruhe gelassen? Schließlich waren Sie doch auch hier in den Kammern?«

»Das wissen sie ja nicht«, sagt Frances schlicht. »Wir haben es nicht erwähnt. Es war Nicolaas' Entdeckung, und er hat mich erst informiert, nachdem er schon selbst in den Kammern gewesen war. Unseren Teamkollegen haben wir zunächst nichts gesagt und sind am Abend, als im Tempel alles ruhig war, zusammen hineingegangen. Am nächsten Tag hat Nicolaas dann das Team über seine Entdeckung informiert, aber nicht dazugesagt, dass ich mit ihm in den Kammern war. Er bat die anderen um Stillschweigen nach außen, damit er seine Entdeckung in aller Ruhe erforschen konnte. Offenbar hat aber jemand geplaudert, denn in null Komma nichts waren Leute von der Archäologiebehörde da und haben, wie gesagt, den Zugang absperren lassen. Ich überlege schon die ganze Zeit, ob sie wohl gemerkt haben, dass Nicolaas ein paar Dinge aus den Kammern mitgenommen hat, und ob das vielleicht der Grund für sein Verschwinden ist.«

Jef wird hellhörig.

»Als Nicolaas von dem Projekt abgezogen wurde, hat er verschwiegen, dass sich einige Fundstücke in seinem Besitz befinden. Ich habe aber keine Ahnung, was er damit gemacht hat und wo sie jetzt sind.«

Schweigend stehen sie da, und erst jetzt wird Jef und Birgit der Ernst der Lage richtig bewusst. Sie legt den Arm um ihn, er drückt sie an sich, sagt aber kein Wort.

Frances murmelt etwas wie »ich lasse euch mal eben allein« und geht in die angrenzende Kammer.

Im nächsten Moment hören Jef und Birgit schwere Schritte. Erschrocken sehen sie sich an.

»Die Wachen!«, flüstert Birgit.

»Frances!«, zischt Jef warnend, aber sie ist bereits in der Kammer nebenan verschwunden.

25

Die drei Kammern bieten keinerlei Versteckmöglichkeiten. Jef und Birgit wird klar, dass sie nur auf einem Weg entkommen können: durch den Tunnel.

Sie rennen auf den Durchgang zu, doch bevor sie ihn erreichen, erklingt ein arabischer Befehl. Ein Wachtposten in weißer Uniform hat ein automatisches Gewehr auf sie gerichtet. Ein zweiter Soldat taucht auf, auch er mit der Waffe im Anschlag.

Birgit und Jef bleibt nichts anderes übrig, als die Hände zu heben und zu hoffen, dass die Männer nicht kurzen Prozess machen.

Sie müssen sich an die Mauer stellen und eine Leibesvisitation über sich ergehen lassen.

Birgit ist noch so perplex, dass sie kaum Angst verspürt.

Einer der Männer drückt Jef die Waffe in die Seite und bellt einen Befehl.

Mit erhobenen Händen dreht Jef sich langsam um und sagt zu Birgit: »Wir sollen mitkommen.«

Auch sie dreht sich um. Unter den Blicken der Wachen, die das nasse T-Shirt mustern, das ihr am Leib klebt, wird ihr höchst unbehaglich.

Die Gewehrläufe im Rücken, gehen Jef und Birgit langsam auf den niedrigen Ausgang zu. Birgit will sich gerade ducken, als eine hohle Stimme ertönt.

Unverständliche, bedrohlich klingende Worte in monotoner Wiederholung werden von den Wänden zurückgeworfen, und das Echo erfüllt den Raum bis in den letzten Winkel.

Erschrocken hält Birgit inne und macht einen Schritt auf Jef zu. Er ist ebenfalls stehen geblieben und dreht sich halb zu den Wachen um. Die beiden Männer wirken verstört und sehen sich misstrauisch um, während die Stimme weiterhin gespenstisch durch die Kammern schallt. Birgit schaudert in ihren nassen Kleidern.

Einer der Männer sagt etwas, und der andere geht daraufhin in die zweite Kammer.

Sie hören ihn umhergehen, dann verklingen seine Schritte.

Jef und Birgit tauschen einen Blick. Jetzt steht er wahrscheinlich vor der Anubis-Statue.

Der Gott mit dem Schakalkopf scheint ungehalten zu sein, dass man in sein Heiligtum eingedrungen ist. Ein tiefes, drohendes Knurren ertönt, schwillt zu einem schauerlichen Gebrüll an und endet in einem grässlichen Gurgeln. Es klingt, als würde der Gott demnächst höchstselbst auftauchen, um sie alle ins Totenreich mitzunehmen.

Sie hören einen kurzen hohen Schrei, dann nichts mehr. Auch Anubis schweigt.

Wie erstarrt stehen sie da, den Blick auf den Durchgang gerichtet.

Der zweite Mann taucht nicht mehr auf. Sein Kollege ruft, bekommt aber keine Antwort.

Er bedeutet ihnen mit der Waffe, auf den Durchgang zuzugehen.

Langsam durchqueren sie den Raum, während ihr Bewacher sie barsch zur Eile antreibt.

Wieder ertönt Anubis' Warnruf. Es klingt so schauerlich, dass Birgit vor Schreck stolpert und nach Jefs Arm greift. Doch statt sie festzuhalten, drückt er sie zu Boden.

Der Wachtposten verliert kurz die Fassung, doch bevor ihm so recht klar wird, dass er sie nun nicht mehr beide im Schussfeld hat, hat Jef ihm auch schon einen Kinnhaken verpasst.

Er schießt, aber der Schuss geht in die Wand neben dem Durchgang. Jef schlägt noch einmal zu, und der Mann fällt hintenüber.

Birgit kriecht auf allen vieren an der Wand entlang zum Ausgang, zögert aber, als sie sieht, dass die Waffe am Boden liegt. Der Mann rappelt sich gerade auf und will nach dem Gewehr greifen, doch da ist Jef wieder über ihm, und ein erbitterter Zweikampf beginnt.

Birgit streckt den Arm aus und zieht das Gewehr zu sich heran. Schnell steht sie auf und richtet den Lauf auf die am Boden miteinander Ringenden. Als der Ägypter die Oberhand gewinnt und anfängt auf Jef einzuschlagen, zielt sie auf seinen Kopf und schreit: »Aufhören! An die Wand!«

Der Mann versteht sie nicht, sieht aber sofort, dass sie mit dem Gewehr nicht umzugehen weiß. Er lässt von Jef ab und greift nach der Waffe.

Birgit hält sie außer Reichweite, hinter der Schulter, und als er auf sie zukommt, holt sie aus und schlägt zu.

Sie trifft ihn mitten im Gesicht. Der Soldat geht zu Boden. Sekunden später hat Jef ihn im Schwitzkasten, und Frances steht mit einem zweiten Gewehr in der Hand neben ihm.

»Das reicht«, sagt sie. »Fesseln Sie ihn mit seinem Gürtel und stopfen Sie ihm die Mütze in den Mund. Dann ist er genauso gut verschnürt wie sein Kollege.«

Jef löst den Gürtel des Mannes, und Birgit nimmt ihm die Mütze ab und erstickt sein Gebrüll.

»Schneller!«, drängt Frances. »Bestimmt hat uns jemand gehört. Los, wir müssen weg!«

Sie überlassen den gefesselten und geknebelten Wachtposten seinem Schicksal und laufen gebückt durch die niedrige Türöffnung in einen Gang, der so schmal ist, dass sie sich nur seitwärts fortbewegen können.

Bald darauf stehen sie in dem für Touristen zugänglichen Tempelbereich.

Ungehindert gelangen sie ins Freie. Offenbar hat niemand sie gehört. Im Schutz der Säulen und Gemäuer rennen sie zum Freilichtmuseum, wo Birgit und Jef zwischen Bäumen und Trümmern ihre Rucksäcke versteckt haben.

Hastig schnappen sie sich ihre Sachen und laufen, von Frances angeführt, zu einer Stelle, wo sie ohne große Mühe über die Mauer klettern können.

Als sie außerhalb der Tempelanlage zusammenstehen, beginnt Jef plötzlich zu lachen. »Diese Stimme! Dass die beiden darauf reingefallen sind!«

»Sind sie nicht«, sagt Frances ruhig. »Schließlich sind die Männer nicht dumm. Vermutlich haben sie einen Schreck bekommen, aber der eine hat gleich angefangen, mich zu suchen. Ich nehme an, sie haben uns tagsüber zusammen gesehen und ihre Schlüsse gezogen.«

Jef grinst. »Wenn Sie mich fragen, waren die sich ihrer Sache nicht so sicher. Sie haben ihre Gesichter nicht gesehen, Frances! Und Birgit hat grandios mitgespielt: das blanke Entsetzen im Gesicht!«

»Wenn's drauf ankommt, kann ich ganz gut schauspielern«, sagt Birgit und wendet sich dann an Frances: »Wie sind Sie mit dem anderen Mann fertig geworden? Sie hatten doch keine Waffe, oder?«

»Ein spitzer Stein ist nicht die schlechteste Waffe«, meint Frances trocken. »Der Kerl ging sofort zu Boden. Aber sagen Sie, wo übernachten Sie eigentlich? Doch bestimmt in einem Hotel in Luxor, oder? Und da müssen Sie jetzt in den nassen Sachen zu Fuß hin ... Wie wär's, wenn Sie bei mir schlafen? Ich habe im Dorf ein Häuschen gemietet. Nichts Großartiges, aber zwei Gäste kann ich schon unterbringen.«

»Meine Kleider sind im Hotelzimmer«, wendet Birgit ein. »Ich habe nichts Trockenes mit, außerdem haben wir nicht die gleiche Größe.«

»Und kalt ist es auch nicht«, fügt Jef hinzu. »Trotzdem danke für das Angebot, Frances.«

»Was haben Sie nun vor?«, fragt sie.

»Ich weiß nicht so recht.« Jef seufzt. »Am liebsten hätte ich noch mit ein paar Leuten vom Ausgrabungsteam gesprochen. Vielleicht wissen die ja, wo mein Vater steckt. Gesagt hat er es wohl nicht, aber womöglich hat einer was gesehen oder mitbekommen.«

»Es wäre einen Versuch wert, aber auf dem Tempelgelände sollten Sie sich lieber nicht mehr blicken lassen«, sagt Frances. »Außerdem ist von unseren Leuten fast niemand mehr hier. Sie sind abgereist, als das Team aufgelöst wurde.«

Jef fragt, ob sie ihre Adressen habe. Frances nickt, sagt aber, das werde ihm wohl kaum weiterhelfen, denn die meisten dürften sich inzwischen anderen Ausgrabungsprojekten irgendwo auf der Welt angeschlossen haben.

»Nur Medhat ist noch da«, sagt sie. »Ein intelligenter junger Mann, der vor Kurzem sein Archäologiestudium abgeschlossen hat. Er kennt Ihren Vater gut, Jef, auch weil sie in Luxor im gleichen Viertel wohnen. Seine Adresse habe ich leider nicht, dafür aber die Telefonnummer. Sie ist im Handy gespeichert.«

Frances holt ihr Mobiltelefon aus dem Rucksack und Jef ebenfalls. Er tippt Medhats Nummer ein, speichert sie im Verzeichnis und tauscht auch mit Frances Nummern aus, damit sie in Kontakt bleiben können. Sie verabschieden sich.

Frances geht nach links in Richtung Dorf, Jef und Birgit winken ihr nach und brechen dann zum Nilufer auf.

Obwohl es schon nach elf ist, herrscht auf der Uferstraße dichter Verkehr. Je näher sie Luxor kommen, desto mehr Autos sausen vorbei und wechseln unter lautem Hupen ständig die Fahrspur.

Auch viele Touristen sind noch unterwegs, die den märchenhaft beleuchteten Luxor-Tempel bewundern und fotografieren. Kaleschen verkehren zwischen Innenstadt und Nil, und dazwischen sehen sie immer wieder Polizeiautos mit heulenden Sirenen. Je näher Jef und Birgit dem Hotel kommen, desto mehr werden es.

»Was kann da los sein?«

Birgit will gerade sagen, dass sie keine Ahnung hat, als sie Brandgeruch wahrnimmt.

Im nächsten Moment sehen sie dichten Qualm vom Hoteldach aufsteigen.

26

Das Hotel ist von Soldaten abgeriegelt. Scheinwerfer tauchen die Szenerie in grelles Licht, und an den Absperrungen drängen sich Schaulustige.

Mit schreckgeweiteten Augen sieht Birgit, dass überall Glasscherben liegen. Die großen Fenster im Erdgeschoss sind geborsten, und auch weiter oben ist keine Scheibe mehr heil. Die Lobby scheint komplett ausgebrannt zu sein, aber immerhin ist das Feuer dort schon gelöscht, während aus den oberen Etagen noch Flammen schlagen.

Birgit schlägt die Hand vor den Mund und starrt hinauf zu den Fenstern, aus denen brennende Gardinen wehen. Atemlos zählt sie die Stockwerke ab – genau dort, wo der Brand am schlimmsten wütet, ist ihr Zimmer.

»Mein Gott …«, murmelt Jef und legt unwillkürlich den Arm um sie.

Von den Umstehenden erfahren sie, dass hier vor einer Stunde ein Terroranschlag verübt wurde. Unbekannte hätten eine Bombe im Hotel deponiert.

»Ich überlege gerade …«, beginnt Birgit nach einer Weile, beendet den Satz aber nicht.

»Ich auch«, sagt Jef düster.

Eng umschlungen verlassen sie den Unglücksort.

Sie finden ein billiges Hotel mitten in Luxor, in dem die Kakerlaken über die Wände laufen und die Spülung des von Urinstein gelblich verfärbten Klos mehr schlecht als recht funktioniert. Aber immerhin gibt es eine Dusche, und das Bettzeug wirkt sauber.

Sie ziehen die schmutzigen Kleider aus, hängen sie auf dem Balkon über die Stühle und legen sich nackt ins Bett.

Ohne Klimaanlage ist es drückend warm im Zimmer, sodass schon die kleinste Bewegung zu viel ist. Trotzdem lieben sie sich, wild und leidenschaftlich, als müssten sie sich beweisen, dass sie noch am Leben sind.

In inniger Umarmung wachen sie am nächsten Morgen auf und stellen fest, dass sie regelrecht aneinanderkleben.

Jef dreht sich auf die Seite und streicht Birgit eine Haarsträhne aus dem Gesicht. »Guten Morgen.«

Sie lächelt und gibt ihm einen Kuss.

»Weißt du eigentlich, dass du im Schlaf wunderschön aussiehst? Bestimmt hast du schon viele Freunde gehabt«, sagt Jef.

»Nicht sehr viele.«

»Tatsächlich? Das glaube ich nicht.«

Birgit dreht sich auf den Rücken und sagt: »Es stimmt aber. Für Freunde hatte ich kaum Zeit.«

Jef stützt sich auf den Ellbogen und beugt sich über sie. »Wie kann man denn dafür keine Zeit haben?«

»Meine Eltern waren ... nun ja ... überbesorgt«, sagt Birgit vorsichtig.

»Weil deine Schwester krank war?«

»Ja.«

Eine Weile ist es still, dann fragt Jef leise: »Sag mal, Birgit, ist deine Schwester denn an der Krankheit gestorben?«

Birgit liegt ganz still da und guckt an ihm vorbei zur Decke.

»Nein«, sagt sie ebenso leise. »Sie hat es überlebt.«

»Warum redest du dann so ungern von ihr?«

Birgit antwortet nicht gleich.

»Es war eine schwere Zeit«, sagt sie dann ausweichend.

Jef fährt mit dem Zeigefinger die Konturen ihres Gesichts nach. »Das glaube ich gern«, sagt er. »Du bist damals wohl zu kurz gekommen.«

»Ja, aber ich hatte meinen Glauben«, sagt Birgit. »Später sind mir dann Zweifel an dem gekommen, was die Kirche so predigt, aber von meinem achten Lebensjahr bis in die Teenagerzeit war ich sehr gläubig.«

»Aha«, sagt Jef. »Deshalb wusstest du so gut über die Bundeslade Bescheid.«

Sie nickt und lächelt ihm zu. »Ich hatte davon gelesen.«

»Du liest viel, was?«

Sie nickt. »Ich lese *alles.*«

Vom Winde verweht, Quo vadis ... Lesen war Birgits Zuflucht in einer Welt voller Kummer und Sorgen. Als sie einmal ins Krankenhaus musste, hatte sie zu Hause ihr Buch vergessen. Doch auf der Station gab es eine Kinderbibel. Aus Langeweile begann sie darin zu lesen. In ihrem Elternhaus war niemand gläubig, daher kannte sie die Bibelgeschichten nicht. Es dauerte nicht lange, und sie ging völlig darin auf, war fasziniert von all den Wundern und dem Wirken des gütigen und dann wieder grausamen Gottes. Vor allem aber fand Birgit Hoffnung in der Bibel. Als sie begriffen hatte, dass sie nicht zufällig auf der Welt war, sondern dass es einen Gott gab, der mit ihrem Leben etwas ganz Besonderes vorhatte, sah sie vieles mit anderen Augen.

Sie bat ihre Eltern, von nun an sonntags mit ihr zum Gottesdienst zu gehen. Weil sie nicht wollten, ging Birgit allein. Im katholischen Glauben fand sie Trost, er gab ihrem Leben einen Sinn.

Birgit versuchte, ihre Schwester zu bekehren, erreichte aber lediglich, dass Selma vor Lachen über ihre frommen Reden halb aus dem Bett fiel.

Als sie älter wurde, sah sie den Glauben allmählich kritischer. Die Evolutionstheorie, ihr Interesse an den Naturwissenschaften und ihr großes Geschichtswissen – all das bildete einen so großen Widerspruch zur Bibel, dass ihr Kinderglaube erschüttert wurde.

Stattdessen verlegte sie sich aufs Lernen. Birgit lernte leicht und ging gern zur Schule. Dort war sie völlig anders als zu Hause: fröhlich, aufgeschlossen und beliebt. Sie besuchte ein anderes Gymnasium als Selma, das hatte sie durchsetzen können, obwohl sie dafür ein paar Kilometer mit dem Rad fahren musste.

In der Schule sagte sie kein Wort über Selma oder nur

das Allernötigste und lud auch nie Freundinnen zu sich nach Hause ein. Sie lebte in zwei Welten, die sie streng voneinander getrennt hielt.

Einen Vorteil hat die warme Nacht gebracht: Ihre Kleider sind vollkommen trocken. Sie duschen, ziehen sich an und gehen ins Speisezimmer, um ein einfaches Frühstück, bestehend aus Brot, Honig und Kaffee, einzunehmen. Als sie fertig sind, ist es kurz nach neun, und sie beschließen, Medhat anzurufen.

Jef holt sein Handy hervor und sucht die Nummer.

Fast sofort meldet sich jemand – eine junge dynamische Stimme. Jef wechselt nach einem arabischen Gruß ins Englische und fragt, ob er mit Medhat spreche. Das wird offenbar bestätigt, denn Jef stellt sich nun als Nicolaas Bogaards' Sohn vor und sagt, er würde Medhat gern persönlich sprechen, es gehe um seinen Vater. Medhat bietet an, gleich vorbeizukommen.

»Fein! Ich bin mit meiner Freundin im Speisezimmer des Hotels Saint Mina in der Sharia Cleopatra«, sagt Jef und legt auf.

»Das geht aber fix«, sagt Birgit. »Muss er denn nicht arbeiten?«

Die Antwort bekommt sie eine Viertelstunde später. Ein Taxi hält vor der Tür, der hochgewachsene Fahrer steigt aus und betritt das Hotel. In der Tür des Speisezimmers bleibt er stehen und sieht sich suchend um.

Jef hebt die Hand. Lächelnd kommt der junge Mann auf ihren Tisch zu und begrüßt sie beide mit Handschlag.

»Sie sind also Nicolaas' Sohn.« Er spricht den Namen Nicolaas mit einem ulkigen Akzent aus. »Sehr erfreut!

Von Ihrem Vater habe ich viel gelernt, er ist ein großartiger Archäologe. Und das ist Ihre Freundin?« Interessiert mustert er Birgit und deutet eine höfliche Verbeugung an. »Wieder mal zu spät gekommen«, sagt er und grinst entwaffnend.

»Schön, Sie kennenzulernen, Medhat«, sagt sie. »Setzen Sie sich doch. Möchten Sie Kaffee? In unserer Kanne ist noch welcher.«

Medhat nickt, und während Birgit einschenkt, redet er munter drauflos und macht keinen Hehl aus seiner Bewunderung für Jefs Vater und dessen Entdeckung im Tempel von Karnak.

»Es ist ein Jammer, dass ich die Kammern nicht selbst habe sehen können«, sagt er bedauernd. »Das wäre fantastisch gewesen! Ich war nämlich zum ersten Mal an Ausgrabungen beteiligt, und dann gleich so ein spektakulärer Fund …«

»Wissen Sie denn, wie es in den Kammern aussieht?«, fragt Birgit.

Medhat schüttelt den Kopf. »Man erzählt sich dies und das, aber Genaues weiß keiner. Nur Nicolaas war drin, danach hat ja die ägyptische Archäologiebehörde die weiteren Untersuchungen übernommen, und niemand von uns durfte mehr rein.«

»Wie hat denn mein Vater darauf reagiert?«, fragt Jef.

»Wütend war er!«, sagt Medhat, und sein Tonfall verrät, dass es ihm ganz genauso ging. »Dass ein ägyptisches Archäologenteam die Entdeckung in Augenschein nehmen will, versteht sich von selbst, aber dass sie uns das Ganze komplett aus den Händen nehmen … Ich würde zu gern wissen, wie es in den Kammern aussieht. Nicolaas hat nicht viel rausgelassen, als ich ihn danach gefragt habe.«

»Wann haben Sie ihn zum letzten Mal gesprochen?«, fragt er.

»Als ich ihn nach Dendera gebracht habe«, sagt Medhat. »Das war ein paar Tage, nachdem die Leute von der Archäologiebehörde da waren. Nicolaas schien sich damit abgefunden zu haben, dass er nicht mehr in die Kammern durfte. Er sagte, er wisse, was er gesehen habe, und werde so bald wie möglich darüber publizieren. Im Zusammenhang damit wollte er zum Tempel von Dendera.«

Jef und Birgit sehen sich an.

»Nach Dendera?«, wiederholt Jef erstaunt. »Wollte er wirklich zum Tempel von Dendera?«

Medhat nickt. Er habe ihn ja selbst hingefahren, und sie hätten sich zusammen Verschiedenes angesehen, vor allem eine bestimmte Ritzzeichnung in der südlichen Krypta. Anschließend hätten sie auf dem Tempelgelände zusammen gegessen, und danach sei er – Medhat – wieder nach Luxor aufgebrochen. Es sei der letzte Tag gewesen, an dem ihr Team noch komplett war, am nächsten Tag seien fast alle abgereist.

Medhat erzählt, seitdem habe er keine Arbeit mehr, deshalb würde er wieder Taxi fahren. Er hält die Autoschlüssel hoch und sagt: »Während meines Studiums in Kairo habe ich als Taxifahrer gejobbt, und das mache ich jetzt eben wieder. Wenn ich als Archäologe arbeitslos bin, kann ich damit wenigstens Geld verdienen. Ich unterstütze nämlich meine Familie mit meinem Einkommen. Manchmal übernehme ich auch Jobs als Fremdenführer.«

»Wo? Hier in Luxor?«, fragt Birgit.

»Überall, wo Fremdenführer gebraucht werden. Im Tal der Könige, in den Tempeln … wo auch immer.«

Wieder tauschen Jef und Birgit einen Blick.

»Medhat«, sagt Jef schließlich. »Könnten wir Sie für heute als Fremdenführer und Taxifahrer engagieren?«

27

Zu den Klängen arabischer Musik aus dem Autoradio fahren sie durch Luxor. Man merkt, dass Medhat in einer quirligen Stadt wie Kairo Taxifahrer war. Er lenkt lässig mit einer Hand, legt ein rasantes Tempo vor und schafft es auch, sich dabei zu unterhalten und alle paar Sekunden zu Jef und Birgit umzusehen. Das Verschwinden seines geschätzten Lehrers und großen Vorbilds Nicolaas Bogaards beunruhigt ihn sehr, und er stellt eine Spekulation nach der anderen an.

Ganz plötzlich wechselt er, ohne zu blinken, die Spur und fährt dann einem halsbrecherischen Zickzackkurs durch den dichten Verkehr.

Birgit kann gerade noch einen Schrei unterdrücken, und Jef schließt resigniert die Augen. Aber alles geht gut, Medhat versteht was vom Autofahren.

Als sie Luxor hinter sich gelassen haben, ändert sich die Umgebung drastisch. Sie fahren über holprige Straßen in schlechtem Zustand, vorbei an Zuckerrohrplantagen, Bohnenfeldern und Palmenhainen. Der tiefblaue Nil wird zu einem schlammigen Fluss, an dessen Ufern sich Müllberge türmen, einmal treibt sogar ein Rinderkadaver vorbei.

»Eine ländliche Idylle …«, murmelt Birgit vor sich hin, nimmt den Reiseführer zur Hand und sucht im Register nach Dendera.

»Der Hathor-Tempel von Dendera war bis ins neunzehnte Jahrhundert mit Sand bedeckt und ist deshalb erstaunlich gut erhalten«, liest sie vor. »Er entstand in der sechsten Dynastie und gilt als für jene Zeit typisches Bauwerk, dessen Allerheiligstes von Vorratskammern, Kapellen und Krypten umgeben ist. Ein großes Relief an der Südwand zeigt Kleopatra, wie sie der Göttin Hathor ein Opfer darbringt, während ihr Sohn Cäsarion Weihrauch verbrennt.«

Sie lässt das Buch sinken und wendet sich an Jef. »Hör mal, Frances hat doch auch den Tempel von Dendera erwähnt, oder? Wenn ich mich recht erinnere, hat sie etwas von einem sonderbaren Relief in einer Krypta gesagt.«

»Jetzt, wo du es sagst … das sollten wir uns unbedingt ansehen.«

Medhat biegt in einen Sandweg ein, fährt aber mit unverminderter Geschwindigkeit weiter. Die Landschaft gleicht immer mehr einer Wüste.

Nach weiteren zehn Minuten kommt die Tempelanlage in Sicht. Die Umfassungsmauer ist nur teilweise erhalten, an manchen Stellen wirkt sie im braungelben Sand wie natürliches Gestein.

Medhat parkt und steigt aus, Jef und Birgit folgen.

»Der Hathor-Tempel.« Medhat zeigt auf einen imposanten Sandsteinbau, der hinter der Mauer in den klaren blauen Himmel ragt.

Sie gehen auf dem befestigten Weg zur Anlage.

Jetzt, am Vormittag, sind jede Menge Touristen hier, die meisten stehen vor der über und über mit Inschriften bedeckten Tempelfassade.

Die Sonne brennt gnadenlos vom Himmel, und Birgit bedauert, dass sie nichts dabeihat, um ihre nackten Arme zu schützen.

Ein fliegender Händler bemerkt ihren Blick auf seine bunten Tücher und eilt sofort auf sie zu.

Birgit zieht einen Geldschein aus der Hosentasche und kauft ein weißes Baumwolltuch, wird den Verkäufer aber nicht mehr los. Sie will ihm klarmachen, dass ihr *ein* Tuch genügt, aber das scheint ihn nicht zu kümmern. Weitere Händler finden sich ein und bieten ihre Ware feil: Mini-Pyramiden, hölzerne Katzenfiguren, Kamele aus gelblich schimmerndem Alabaster, Gipsskarabäen … Sie halten ihr alles Mögliche hin, werden immer dreister und drücken ihr Gegenstände in die Hand.

»Lass die Sachen fallen und geh einfach weiter«, rät Jef und versucht, die Männer abzuwimmeln. Er gibt ihnen auf Arabisch zu verstehen, dass mit ihnen keine weiteren Geschäfte zu machen sind. Trotzdem laufen sie hinter ihnen her, bis Medhat sie schließlich wütend anschreit.

Sie betreten die Vorhalle des Tempels. Mächtige Säulen tragen eine mit Sternbildern und Tierkreiszeichen verzierte Decke. Bewundernd schauen sie hoch und betreten dann den eigentlichen Tempel.

Hier ist es kühler und dunkler. Birgit geht langsam umher und betrachtet die prächtigen Wandbilder, auf denen Pharaonen Götter verehren und dafür Segnungen empfangen.

Fasziniert lauscht sie Medhat, der erzählt, dass das Tempelinnere einst aufwendig mit Gold verziert war und zahllose Kostbarkeiten beherbergte. Davon ist nichts mehr zu sehen, und die bunten Hieroglyphen wirken verblichen. Dennoch atmet der Saal eine ganz besondere Atmosphäre, so weihevoll und mysteriös, dass man sich kaum zu flüstern traut.

Sie gehen von einem Raum zum anderen, vorbei an dicken Säulen voller Inschriften. In den dunkleren Bereichen, wo keine Sonne hinkommt, sind die Hieroglyphen so leuchtend blau, grün, rot und gelb, als wären sie erst kürzlich angebracht worden.

Je weiter sie ins Innere vordringen, desto dunkler wird es. Sie greifen zu ihren Taschenlampen und lassen ihr Licht über Pharaonenfiguren, Skarabäen und geflügelte Sonnenscheiben gleiten. Das schreckt ein paar Fledermäuse auf, die um ihre Köpfe flattern.

Schließlich stehen sie vor dem Zugang zu einer unterirdischen Krypta. Nach kurzem Zögern betreten sie das düstere Gewölbe und sehen sich schweigend um.

Touristen sind keine hier, obwohl es viel zu sehen gibt, insbesondere mehrere Ritzzeichnungen, die fast die gesamte Wand einnehmen.

Jef und Birgit gehen darauf zu, und auch Medhat tritt näher.

»Was bedeuten die Abbildungen?«, fragt Birgit nach einer Weile, aber niemand antwortet.

Die Reliefs zeigen Männer, die längliche, mit einem Schlangenmotiv verzierte Kolben halten, von denen eine Schnur zu einem Kästchen führt.

»Ich habe schon viele Tempel besucht, aber so etwas sehe ich zum ersten Mal«, sagt Jef verblüfft. »Sieht aus wie neuzeitliche Elektrogeräte, findet ihr nicht auch?«

»Sehr merkwürdig. Man könnte sie für Gefäße halten, wenn das Kabel nicht wäre. Zumindest sieht das Ding wie ein Kabel aus.« Birgit wendet sich an Medhat. »Wissen Sie, was das sein soll?«

Er schüttelt den Kopf. »Leider weiß das bisher niemand. Ägyptologen aus der ganzen Welt haben versucht, sich einen Reim darauf zu machen, aber gelungen ist es keinem. Nicolaas war deswegen ziemlich aufgebracht. Er meinte, es gebe nur eine Interpretationsmöglichkeit, die aber niemand akzeptieren wollte.«

Jef nickt. »Die Abbildungen passen haargenau zur Theorie meines Vaters, dass man schon im Altertum Elektrizität kannte.«

Birgit betrachtet noch einmal aufmerksam die Reliefs. »Ich könnte mir gut vorstellen, dass dein Vater recht hat«, sagt sie. »Allerdings weiß ich nur wenig über die ägyptische Kultur und ihre Symbolik. Medhat, was sehen Sie in den Gegenständen?«

Medhat runzelt die Stirn. »Große Lampen, würde ich sagen, oder Geräte. Wie Sie sehen, sind sie mit einer Schlange verziert. Die Hieroglyphe für Schlange entspricht dem Wort *seref*, das wiederum Flamme oder Glut bedeutet. Schon auffällig, oder?«

»Flamme oder Glut«, wiederholt Jef nachdenklich. »*Sehr* auffällig, in der Tat.«

»Sonderbar«, sagt Birgit leise. »Ich weiß nicht, was ich davon halten soll.«

Nachdem sie noch eine Weile Vermutungen angestellt haben, verlassen sie die Krypta und folgen Medhat zur Südwand des Tempels, an der ein riesiges Relief prangt. Es zeigt eine Frau und einen Mann in ägyptischer Kleidung.

Medhat bleibt davor stehen und blickt hoch.

»Kleopatra, die letzte Herrscherin Ägyptens«, sagt er. »Hier ist sie mit ihrem Sohn Cäsarion zu sehen, der damals noch ein Kind war, aber trotzdem genauso groß wie seine Mutter dargestellt ist.«

Medhat erzählt, Kleopatra habe den Hathor-Tempel restaurieren lassen und dabei weder Kosten noch Mühen gescheut. Zum Dank dafür sei sie auf diesem Relief mit ihrem Sohn verewigt worden. Kleopatra war die letzte Königin des ägyptischen Ptolemäerreichs und gleichzeitig der letzte weibliche Pharao. Aufgrund von Intrigen verlor sie ihren Thronanspruch, bis Julius Cäsar im Jahr 48 vor Christus nach Ägypten kam und ihr wieder zu Macht verhalf. Die beiden wurden ein Paar und bekamen einen gemeinsamen Sohn namens Cäsarion.

Auf dem Relief ist zu sehen, wie Kleopatra Hathor ein Opfer bringt, während Cäsarion Weihrauch verbrennt.

»Das ist also Kleopatra.« Nachdenklich blickt Birgit hoch. »Eine geheimnisvolle Frau. Und eine tragische Figur. Vermutlich hat sie sich anfangs nur aus Berechnung mit Cäsar eingelassen, aber letztendlich haben sie sich wohl geliebt. Nach seinem Tod hatte sie ein Verhältnis mit Antonius, dem neuen Machthaber des Römischen Reichs, aber Antonius' größter Rivale Octavianus schlug ihr Heer, und bald darauf beging Kleopatra Selbstmord.«

»Alle Achtung!« Medhat lächelt anerkennend und sieht sie an. Anscheinend ein paar Sekunden zu lang, denn Jef legt demonstrativ den Arm um ihre Schultern.

»Sehr interessant, aber sagt mal, wollen wir nicht etwas trinken? Ich komme um vor Durst.« Jef zeigt auf eine Art Kiosk, neben dem unter Sonnenschirmen Tische und Stühle stehen. Außer Souvenirs gibt es dort auch gekühlte Getränke zu kaufen.

Sie schlendern hin und stellen sich an. Als sie an der Reihe sind, begrüßt Medhat den Verkäufer mit Handschlag und beginnt ein angeregtes Gespräch. Als der Name Nicolaas Bogaards fällt, sehen sich Jef und Birgit an.

»Was ist los? Was hat er gesagt?«, mischt sich Jef ein, der dem schnellen Wortwechsel nicht folgen konnte, aber Medhat macht eine abwehrende Geste und hört dem Mann weiter aufmerksam zu. Dann ergreift er selbst das Wort, deutet auf Jef und nennt dessen Namen.

Der Verkäufer schüttelt auch Jef die Hand, nickt Birgit freundlich zu und gibt Medhat die bestellten Getränke. Als dieser die Börse zückt, schüttelt er entschieden den Kopf.

Jef nimmt Medhats Arm. »Kennt er meinen Vater? Weiß er was?«

»Kommen Sie, setzen wir uns.« Medhat trägt die Coladosen und die Flasche Wasser zu einem freien Tisch.

»Ali hat Ihren Vater, als er das letzte Mal hier war, länger gesprochen«, berichtet er, »und zwar an dem Tag, als ich ihn hergefahren hatte. Wir haben unter anderem die Krypta besucht und danach bei Ali noch eine Kleinigkeit gegessen, bevor ich wieder los bin. Ihr Vater wollte die Reliefs noch genauer in Augenschein nehmen, und seit jenem Tag habe ich ihn nicht mehr gesehen. Weil sich unser Team aufgelöst hatte, habe ich mir erst nicht viel dabei gedacht. Als ich Ali vorhin sah, fiel mir wieder ein, dass Nicolaas wohl noch eine Weile mit ihm zusammensaß, deshalb habe ich ihn gefragt, was er vorhatte.« Medhat öffnet eine Coladose, setzt sie an den Mund und trinkt mit langen Schlucken.

Jef und Birgit sitzen mit ihren Getränken ungeduldig daneben.

»Ja, und?«, drängt Jef.

Medhat stellt die Dose ab. »Ihr Vater hat Ali von seiner Entdeckung erzählt und auch, dass man ihn ausgebootet hat. Er war anscheinend wild entschlossen, seine Theorie zu beweisen, hat den ganzen Nachmittag hier in der Tempelanlage verbracht und sich jede Menge Notizen gemacht. Abends hat Ali ihn dann nach Hurghada mitgenommen.«

»Nach Hurghada?« Jef ist verblüfft. »Was, um Himmels willen, wollte er dort? In Hurghada sind doch nur Touristen, die tauchen und schnorcheln wollen!«

»Es gibt dort eine Fähre«, sagt Medhat. »Nicolaas wollte auf die Sinai-Halbinsel, um den Dschebel Musa zu besteigen.«

Aus den Aufzeichnungen von Nicolaas Bogaards

Stellen wir uns vor, dass in etwa hundert Jahren alles Leben auf der Erde mit einem Schlag ausgelöscht wird, beispielsweise durch eine gigantische Atombombenexplosion. Es muss nicht einmal eine Atombombenexplosion sein, auch die Verschiebung der Erdachse um wenige Grad reicht aus, um verheerende Überschwemmungen, Erdbeben und Vulkanausbrüche zu verursachen. Oder ein Riesenmeteorit stürzt auf die Erde. Eigentlich ist es egal, welche Katastrophe die Erde trifft, solange ihr die gesamte Menschheit zum Opfer fällt. Bis auf ein paar wenige im Urwald von Borneo oder im Innern Australiens, die von der modernen Welt so gut wie nichts wissen. Die Welt, wie wir sie kennen, samt ihren Großstädten mit Wolkenkratzern und all ihrem digitalisierten Wissen gibt es nicht mehr. Wo einst Städte standen, prägen nun trostlose Wüsten und tiefe Meere das Bild. Das Eis der Pole ist geschmolzen. Den Überlebenden steht neues Land zur Verfügung, und sie passen sich an, wie sich der Mensch seit jeher den Gegebenheiten angepasst hat.

Im Lauf von etwa fünftausend Jahren wird aus den ehemaligen Eingeborenen ein relativ fortschrittliches Volk, das aber keine Kenntnisse von früheren Zivilisationen hat. Seine Zeitrechnung beginnt mit der »großen Katastrophe«, die die Vorfahren überlebt haben. Über das Alter der Erde und der Menschheit weiß dieses Volk nichts und hat somit zum zweiten, dritten oder vielleicht schon vierten Mal von vorn begonnen.

Man hat keinerlei Hinweis darauf, dass die Erde schon vor Jahrmillionen bevölkert war. Weder findet man Überreste von Computern noch Fundamente von großen Städten und auch keine Gebrauchsgegenstände älterer Zivilisationen. Eines Tages entdeckt man schließlich in Schiffswracks menschliche Gebeine, die viele Jahrtausende alt sind. Man stellt fest, dass diese Menschen Werkzeuge aus Metallen besaßen, die es damals noch nicht gegeben haben kann, denn sie wurden erst vor wenigen Jahrhunderten entdeckt. Außerdem findet man hochentwickelte Navigationssysteme und Computer, die ungläubiges Staunen auslösen, denn die neue Menschheit ist gerade erst mit der Entwicklung des Kompasses befasst. Die Verwirrung ist groß, und man fühlt sich bedroht von all diesen Dingen, für die es keine Erklärung zu geben scheint.

Damit keine Unruhen entstehen, lässt man die Fundstücke verschwinden oder ignoriert sie. Die Menschheit entwickelt sich fort, und nach weiteren tausend Jahren weiß und kann man bedeutend mehr. Man ist nun imstande, die Funde aus der »alten Welt« zu begreifen und selbst ähnliche Dinge herzustellen. Das Wissen aus der Vergangenheit wird jedoch geheim gehalten, weil die Machthaber der neuen Länder nicht akzeptieren können oder wollen, dass ihnen frühere Zivilisationen überlegen waren. Daher werden weder Expeditionen ausgerüstet, noch gräbt man im Boden nach Artefakten. Was dennoch an Beweismaterial auftaucht, wird unterdrückt. Alte Texte, in denen von Großstädten mit Wolkenkratzern die Rede ist, werden als Fantastereien abgetan, weil die Teile der Erde, wo sie sich befunden haben sollen, überflutet sind. Folglich kann es dort niemals Siedlungen gegeben haben. U-Bahn-Schächte, die man im ehemaligen Skandinavien entdeckt, interpretiert man als geheime Wege in ein unterirdisches Totenreich, und Darstellungen von vogelähnlichen silbernen Gebilden, die mit aus-

gebreiteten Flügeln den Luftraum durchkreuzen, hält man für Illustrationen zu Göttersagen.
Man findet Skelette von Menschen, die im Zweiten Weltkrieg in unterirdischen Bunkern Schutz suchten, und sieht darin einen Beweis für den primitiven Lebensstil der Menschen im zwanzigsten Jahrhundert, die ganz offensichtlich Höhlen bewohnten.
Die neue Menschheit ignoriert das Offensichtliche, weil ihr eine andere Wirklichkeit unvorstellbar erscheint.
All das sind theoretische Überlegungen, der Fantasie eines Archäologen entsprungen. Jeder archäologische Fund und jede Handschrift aus der Antike stellt nur ein kleines Stück Information dar und ergibt kein Gesamtbild, daher beruht unsere Sichtweise der Vergangenheit auf Interpretationen und Annahmen. In mancherlei Hinsicht mögen wir falschliegen, aber bestimmt nicht in jeder. Ausgrabungsfunde lügen nicht, sie machen uns lediglich klar, dass die Welt so groß ist wie unser jeweils aktuelles Wissen.

28

Der Dschebel Musa liegt in der Wüste Sinai jenseits des Roten Meeres. Laut Medhat verkehrt eine Fähre zwischen Hurghada und Sharm el-Sheikh, und von dort wiederum fahren Busse zum Katharinenkloster am Fuß des Berges. Ginge es nach Jef, würden sie auf schnellstem Weg nach Hurghada fahren, obwohl ihm klar ist, dass es unvernünftig wäre. Jetzt, um die Mittagszeit, müssen sie den Schatten aufsuchen – wer sich in diesem Land nicht auf das Klima einstellt, wird gnadenlos bestraft. Außerdem sind es von Luxor nach Hurghada rund fünf Stunden Fahrt durch die Wüste. Weil es mitunter zu Überfällen und Anschlägen kommt, rät Medhat dringend davon ab, allein durch die einsame Gegend zu fahren, sondern lieber mit einem Touristenkonvoi, dazu könne man sich in jedem Hotel in Luxor anmelden.

Jef ist anzusehen, dass er sich in einem Zwiespalt befindet, doch dann fällt sein Blick auf Birgit, und er kapituliert.

»Gut, also morgen dann«, sagt er mit einem Seufzer.

Sie fahren zurück zum Nil, und langsam wird die Landschaft wieder grüner. Jef fragt Medhat, wo man gut und preisgünstig essen kann, am besten außerhalb von Luxor.

Medhat hebt den Daumen und gibt Gas.

Sie folgen dem Fluss, fahren durch ein Dorf, wo Männer in weißen Gewändern im Schatten der Lehmhäuser stehen. Ein Stück außerhalb sehen sie am Nilufer Frauen, die ihre Wäsche – wie Generationen vor ihnen – im Fluss waschen und auf flachen Steinen ausschlagen.

Die Strecke führt an Kleefeldern und Palmenhainen vorbei. Zwischen den Bäumen beladen Jungen ihre Esel.

Nach einem großen Müllhaufen am Straßenrand biegt Medhat plötzlich ab und steuert ein Haus am Ende des Weges an: das Restaurant. Er parkt unter einer Palme, und sie steigen aus.

Das Restaurant scheint ein Geheimtipp zu sein. Sie bewundern den farbenfrohen Mosaikboden vor dem Eingang und folgen Medhat um das Gebäude herum. Auf seiner Rückseite befindet sich unter einer üppig bewachsenen Pergola eine Terrasse.

»Wunderschön ist es hier!« Birgit sieht sich um. »Eine gute Wahl, Medhat.«

»Nicolaas kam oft hierher. Manchmal fuhr ich ihn, ansonsten nahm er seinen eigenen Wagen«, erklärt Medhat.

Sie setzen sich an einen Tisch und bestellen zwei Flaschen Wasser. Dann nehmen sie auf Medhats Empfehlung hin gebratene Täubchen mit Reis- und Kräuterfüllung und dazu gemischten Salat mit Oliven.

Während sie auf das Essen warten, besprechen sie die Ereignisse des Tages.

»Jefs Vater wollte also den Dschebel Musa besteigen«, sagt Birgit. »Hat es mit dem Berg eine besondere Bewandtnis?«

»Es ist der Berg Horeb aus der Bibel, wo Moses von Gott die Gesetzestafeln empfing und den Auftrag erhielt, die Bundeslade zu bauen«, sagt Medhat. »Im Islam gilt die Lade ebenfalls als heiliger Gegenstand. Allerdings heißt Moses im Koran Musa, daher der Name Dschebel Musa, was so viel wie Mosesberg bedeutet.«

»Ob die Archäologiebehörde den Zugang zu den Kammern hat absperren lassen, weil sie die Bundeslade für sich behalten will?«, überlegt Birgit laut.

»Sie stand ja nicht dort, der Altar war leer«, wendet Jef ein.

»Aber in den Kammern gibt es vielleicht Hinweise über ihren Verbleib«, beharrt Birgit. »Auf den Wandinschriften, einer Tontafel oder einer Papyrusrolle … Wenn die Bundeslade gefunden würde, wäre das die Sensation des Jahrhunderts.«

Das Essen wird gebracht, und sie schweigen, während der Kellner serviert. Er wünscht ihnen höflich guten Appetit und bezieht dann ganz in der Nähe Posten, um sofort zur Stelle zu sein, falls die Gäste weitere Wünsche haben.

Deshalb dreht sich ihr Tischgespräch nur noch um das vorzügliche Essen. Sie wirken wie drei normale Touristen, die ihren Urlaub genießen.

Nach Dessert und Kaffee zahlen sie, und Medhat bringt

sie zurück nach Luxor. Müde und matt von der Hitze lehnt Birgit sich an Jef. Er legt den Arm um sie und sagt: »Mach ruhig die Augen zu. Dieses Hin und Her ist ganz schön anstrengend. Wir ruhen uns nachher ein wenig aus, heute können wir ohnehin nichts mehr ausrichten.«

Birgit nickt, gähnt verstohlen und schließt die Augen. Es dauert nicht lange, und sie ist eingedöst.

Die halbe Stunde Schlaf tut ihr gut; als sie in Luxor ankommen, fühlt sie sich ein wenig erfrischt.

Medhat fragt, ob er sie bei einem Hotel absetzen soll, aber Jef verneint und entlohnt ihn großzügig für seine Dienste. Am Nil, an der Sharia el-Corniche, steigen sie aus und verabschieden sich.

»Rufen Sie an, wenn Sie mich brauchen«, sagt Medhat. »Nicht vergessen, ja?«

Sie versprechen es und blicken dem Taxi nach, das bald im dichten Verkehr verschwunden ist.

»Warum soll er nicht wissen, wo wir wohnen?«, fragt Birgit. »Traust du ihm nicht?«

»Darum geht es nicht. Mein Vater hat Medhat so weit vertraut, dass er sich von ihm nach Dendera bringen ließ, also wird er wohl zuverlässig sein. Aber je weniger Leute wissen, wo wir wohnen, desto besser.«

Es ist später Nachmittag, und die sinkende Sonne taucht das Ufer in eine rote Glut. Das Wasser glitzert, und die weißen Segel der Feluken am Nilkai flattern im aufkommenden Wind.

Ein etwa sechzehnjähriger Junge springt von einem Boot und ruft ihnen etwas zu.

Jef schirmt die Augen ab und blickt übers Wasser zum anderen Ufer. »Am besten, wir suchen uns hier in der

Nähe ein Hotel«, meint er. »Aber wer zum ersten Mal in Ägypten ist, muss unbedingt auf dem Nil fahren.«

Birgit lässt sich von dem Jungen an Bord helfen, und Jef steigt ebenfalls ins Boot. Als alle Plätze besetzt sind, legt die Feluke ab.

Eine leichte Brise bläht das Segel, während sie auf den Nil hinaustreiben.

Birgit hält die Hand in das blaugrüne Wasser und sieht einem vorbeifliegenden Ibis nach. Sie kann kaum glauben, dass sie tatsächlich auf dem Nil fährt.

»Sei vorsichtig wegen der Krokodile«, sagt Jef wie nebenbei.

Sie behält die Hand im Wasser und lächelt ihn verschmitzt an. »Im Nil gibt's keine Krokodile, das ist ein Märchen.«

Er grinst. »Das weißt du also. Schade.«

Sie schöpft eine Handvoll Wasser und spritzt ihn nass. Jef duckt sich, geht dann aber zum Angriff über und tut, als wollte er sie über Bord werfen.

Für kurze Zeit rückt der Anlass ihrer Reise in den Hintergrund, sie fühlen sich unbeschwert, ganz so, als bilde das blaue Wasser des Nils eine Schutzzone, innerhalb der ihnen nichts passieren kann.

Als das Boot längst gewendet hat und zum Kai zurückfährt, sitzen sie eng umschlungen da, und Jef streicht mit dem Daumen immer wieder über Birgits Hand. Eine kleine Geste, aber so zärtlich, dass keine Liebeserklärung dagegen ankäme. Birgit sitzt ganz still da und genießt den Augenblick, während sie sich langsam dem Ufer nähern.

Es ist gerade so schön, denkt sie, nur noch ein kleines bisschen …

Aber die Jungen stehen schon bereit. Einer springt an Land und vertäut das Boot an einem Eisenring, der andere hilft den Passagieren von Bord und vergisst dabei nicht, das übliche Bakschisch einzufordern.

Birgit lässt sich über den schmalen Steg führen und drückt ihm einen Geldschein in die Hand. Sie wartet, bis auch Jef an Land ist, dann machen sie sich auf die Suche nach einem Hotel.

Vor einem hübschen Gebäude, dessen Eingang von Palmen flankiert wird, bleibt Jef stehen. Nicht nur von außen macht das Hotel einen guten Eindruck; die Lobby beeindruckt mit weiß getünchten Wänden und zartrosa Fliesen. Gleich beim Einchecken melden sie sich für den nächsten Tag zu einem Konvoi nach Hurghada an.

Ihr Zimmer ist reichlich klein, aber die reizvolle Aussicht auf den Nil macht einiges wett. Sie duschen zusammen und küssen sich lange unter dem lauwarmen Wasserstrahl. Ohne sich loszulassen, gehen sie zum Bett und wollen sich gerade fallen lassen, als Jefs Handy mit einem munteren Klingelton kundtut, dass eine SMS eingegangen ist.

Jef nimmt seine Hose vom Stuhl und holt das Telefon aus der Tasche. Er drückt eine Taste und beginnt zu lesen. »Von Frances«, sagt er.

»Was will sie?« Birgit guckt neugierig über seine Schulter, er hält ihr das Display hin.

Have to tell you something about your father. Come to my house as soon as you can. It's the last white house at the end of the main street. Hurry!

Innerhalb von fünf Minuten haben Jef und Birgit das Hotel verlassen und nehmen ein Taxi nach Karnak. Das kleine Dorf besitzt eine sandige Hauptstraße, an der würfelförmige Häuser stehen, teils aus Lehm oder Wellblech und Segeltuch errichtet. Kinder mit Rotznasen und verfilztem Haar starren das Taxi neugierig an und rennen hinterher.

Im Schatten der Häuser sehen sie einige verschleierte Frauen, ansonsten sind nur Männer auf der Straße. Sie stehen beisammen und reden, warten vor ihren Läden auf Kundschaft oder ziehen beladene Esel an einem Strick hinter sich her.

Die Kinder haben es aufgegeben, dem Taxi nachzurennen, oder wurden von ihren Vätern zurückgepfiffen. Aus einiger Entfernung starren sie her, kommen aber nicht näher, als Jef und Birgit aussteigen und auf das kleine, weiß verputzte Haus am Ende der Straße zugehen.

Die Fensterläden sind geschlossen, aber die Tür steht offen. Jef klopft. Nichts regt sich.

Birgit steckt den Kopf in den Flur und ruft Frances' Namen. Keine Antwort. Mit gemischten Gefühlen macht sie die Tür ganz auf und geht ins Haus.

»Frances?« Vorsichtig späht sie in den ersten Raum. Aber da ist nichts, das Zimmer ist sauber und ordentlich aufgeräumt, von Frances keine Spur.

Jef ist Birgit gefolgt und wirft einen schnellen Blick in die Küche. Nichts. Dann geht er, zwei Stufen auf einmal nehmend, die Treppe hinauf.

»Birgit, komm mal!«, klingt es von oben.

Sie eilt sofort zur Treppe und sieht, wie Jef wie angewurzelt auf der letzten Stufe stehen bleibt. Seltsam, was hat er nur? Sie geht die Stufen hinauf, dann sieht auch sie die Blutspritzer.

Unschlüssig stehen sie vor der halb offenen Tür.

Birgit hat sich schon des Öfteren gefragt, wie sie wohl reagieren würde, wenn sie unerwartet eine Leiche fände. Schreien, panisch davonrennen oder ganz ruhig bleiben und die Polizei rufen? Jetzt ist der Moment da, und sie macht nichts von alledem. Sie steht einfach auf der Schwelle und nimmt nur noch den eigenen dumpfen Herzschlag wahr.

Frances' Kleiderschrank ist offen. Anscheinend hat sie ein Nachthemd herausgenommen, konnte es aber nicht mehr anziehen. Jetzt liegt es zerknittert auf dem Dielenboden neben der Leiche, und das Zimmer ist über und über mit Blut bespritzt.

29

Minutenlang ist es vollkommen still. Weder Jef noch Birgit sind in der Lage, auch nur die geringste Bewegung zu machen.

Nach einer Weile hört Birgit Jef, der hinter ihr steht, mit erstickter Stimme sagen: »Mein Gott ...«

Sie sieht ihn an, er ist kalkweiß im Gesicht.

»Ich will hier weg«, sagt sie heiser.

Er nickt. Ohne ein weiteres Wort verlassen sie das Haus. Die Leute auf der Straße starren sie wieder neugierig an.

Sie lassen das Dorf hinter sich und gehen am Tempelkomplex entlang. Erst als sie die Uferstraße erreichen, merken sie, dass sie verfolgt werden. In einiger Entfernung gehen zwei weiß uniformierte Soldaten hinter ihnen her.

Sie kommen rasch näher. Einer überholt sie, der andere folgt ihnen in ein paar Metern Abstand.

Jef und Birgit sehen sich an.

»Ganz ruhig weitergehen«, sagt Jef. »Wir tun so, als wäre nichts.«

Als wäre nichts? Birgits Nerven sind zum Zerreißen gespannt. Am liebsten würde sie rennen, doch stattdessen hakt sie sich bei Jef unter, und sie gehen, wenn auch mit zitternden Knien, scheinbar unbefangen weiter. Sie bewundern einen Park, schauen lächelnd zu der Schule hinüber, aus der Kinder in farbenfrohen Uniformen herauskommen.

Sobald sie langsamer werden, machen ihre Bewacher dasselbe, wobei sich der Mann vor ihnen kein einziges Mal umblickt und dennoch genau zu wissen scheint, was sie tun. Werden sie schneller, macht er längere Schritte. Nach einer Weile merkt Birgit, dass er sie in den Fenstern der Häuser beobachtet.

»Schau mal! Das Luxor-Museum. Das wollte ich schon immer mal sehen, du auch?« Jef bleibt vor einem großen rötlichen Gebäude stehen.

Er betrachtet das Schild mit den Eintrittspreisen. »Und teuer ist es auch nicht. Wie wär's, gehen wir rein?«

Bevor Birgit antworten kann, hat Jef am Eingang zwei Karten gekauft. Sie sieht sich rasch nach den Soldaten um, die ihr freundlich zunicken. Der eine tippt sogar an seine Mütze, dann gehen sie weiter.

»Was sollte das denn?«, fragt sie verdutzt. »Wollten die uns etwa beschützen, vor Terroranschlägen vielleicht?«

Da sie nun schon einmal im Museum sind, entschließen sie sich zu einer Besichtigung. Dank der Klimaanlage ist es angenehm kühl in den Räumen, sodass sie den Aufenthalt genießen.

Sie setzen sich auf eine Bank vor den Grabbeigaben Tutanchamuns und besprechen leise die Lage.

»Ich versteh das nicht, warum sollte jemand Frances umbringen?«, sagt Birgit.

»Vermutlich, weil sie zu viel über die Entdeckung wusste. Außerdem glaube ich, dass sie mir, aus welchen Gründen auch immer, nicht die ganze Wahrheit über meinen Vater gesagt hat. Und als sie sie mir mitteilen wollte, war es zu spät. Ich fürchte nur, der Mörder hat uns gesehen und folgt uns jetzt. Einen langen Spaziergang machen wir lieber nicht mehr.« Jef nimmt sein Handy und erreicht Medhat sofort.

»Er kommt her.« Jef macht das Handy aus und steckt es in die Hosentasche. »Wenn er vor der Tür steht, schickt er eine SMS.«

Sie warten und betrachten in der Zwischenzeit die Gegenstände hinter der hohen Glaswand. Unglaublich, dass all das einst von Menschen benutzt wurde, denkt Birgit. Menschen aus einer längst vergangenen Zeit, deren Welt völlig anders aussah als die unsere. Menschen, die genau wie wir Wünsche und Träume hatten.

Tutanchamun war neun Jahre alt, als er Pharao wurde, und er starb mit etwa achtzehn. Ein kurzes, aber bewegtes Leben. Er muss glücklich verheiratet gewesen sein. Seine Gemahlin Anchesenamun war seine Halbschwester, und obwohl die Ehe aus dynastischen Gründen geschlossen wurde, scheinen sie sich geliebt zu haben. Als Howard Carter 1922 sein Grab entdeckte und den goldenen Sarkophag öffnete, fand er einen vertrockneten Blumenkranz. Es liegt nahe, dass Anchesenamun ihrem Gemahl den Kranz mitgegeben hat, bevor der Sarkophag geschlossen wurde. Eine schlichte, aber liebevolle Geste, die noch Jahrtausende später die Archäologen rührte. Auch Birgit ist gerührt, als sie jetzt im Museum daran denkt. Auch sie hatte sich lange eingebildet, dass es besser sei, jung, aber in dem Wissen, aufrichtig geliebt worden zu sein, zu sterben, als einsam und alt.

Doch die Realität ist weitaus weniger romantisch. Der Schock über Frances' Tod sitzt ihr immer noch in allen Gliedern, und Birgit weiß: Sie will noch lange nicht sterben.

30

Die ägyptische Küste ist atemberaubend schön. Birgit steht erwartungsvoll neben Jef vor dem Aufgang zur Fähre und lässt den Blick über die Bucht von Hurghada schweifen, die von Hotels und Geschäften gesäumt ist.

Am Vortag mussten sie nicht lange auf Medhat warten. Er brachte sie zu ihrem Hotel und hat sie heute Morgen in aller Frühe abgeholt, um sie persönlich, im Schutz des Konvois, nach Hurghada zu fahren.

Hier am Wasser ist es windig – nach der fünfstündigen Tour durch die glutheiße Wüste eine Erleichterung. Ein Stück abseits steht Medhat neben der Warteschlange. »Rufen Sie an, wenn Sie zurück sind«, sagt er. »Ich hole Sie dann ab.«

Jef will Medhat noch ein paar Scheine als Trinkgeld zustecken, was dieser jedoch kategorisch ablehnt. »Sie sind doch meine Freunde!«, sagt er fast schon beleidigt. »Passen Sie gut auf sich auf!«

Birgit küsst ihn spontan auf die Wange. »Wird gemacht. Wir sehen uns bald wieder.«

Medhat nickt und bleibt stehen, bis sie an Bord sind. Dann sieht er der Fähre lange nach.

Der beliebte Ferienort Sharm el-Sheikh liegt an der Südspitze der Sinai-Halbinsel. Von dort aus verkehren Busse zum Katharinenkloster auf einer asphaltierten Straße, die durch eine Landschaft aus roten Granitfelsen führt.

Laut der Bibel kamen die Israeliten nach einem langen Marsch zum Wadi el-Raha nahe dem Berg Horeb, auf dem Moses die Tafeln mit den Geboten empfing.

Während der Busfahrt durch die Wüste ist Birgit in ihren Reiseführer vertieft. Ab und zu blickt sie ehrfürchtig zu den schroffen Felsen auf und stellt sich vor, wie die Israeliten in biblischer Zeit diese Umgebung empfunden haben mögen. Der Auszug aus Ägypten unter Moses' Führung war für sie immer eine der spannendsten biblischen Geschichten.

Nach einer weiteren Stunde Fahrt stößt Jef Birgit an und zeigt auf das Katharinenkloster am Fuß des Dschebel Musa vor ihnen.

Beim Aussteigen wandert sein Blick automatisch zum Berggipfel. »Was hast du hier gewollt, Paps?«, murmelt er leise vor sich hin.

Birgit schirmt die Augen gegen die grelle Sonne ab und blickt ebenfalls hinauf.

»Kein einfacher Aufstieg«, sagt sie besorgt. »Ist dein Vater so fit?«

»Eigentlich schon, aber ein Unglück ist schnell passiert …«

Birgit runzelt die Stirn. »Hältst du es für richtig, dass wir raufgehen?« Sie sieht sich um, doch da sind nur Touristen.

»Bestimmt sind wir nicht die Einzigen. Schließlich ist das ein touristischer Anziehungspunkt.«

Nach einem weiteren prüfenden Blick in die Höhe bereiten sie den Aufstieg vor, das heißt, sie kaufen ein paar Flaschen Mineralwasser und Sandwiches, die sie in ihren Rucksäcken verstauen. Sie sind müde und erschöpft von der langen Fahrt, doch jetzt, wo sie vor dem Berg stehen, fühlen sie sich auf einmal wieder energiegeladen.

Hand in Hand gehen sie den Serpentinenweg zum Dschebel Musa entlang.

Der Aufstieg ist mörderisch. Im Reiseführer hat Birgit gelesen, dass sich die meisten Besucher vor Sonnenaufgang auf den Weg machen, und als sie in der sengenden Sonne die 3700 Stufen in Angriff nehmen, wird ihr auch schnell klar, warum. Die von Mönchen in den Fels geschlagene »Mosestreppe« führt steil bergauf.

Nach jeder Biegung werfen sie einen prüfenden Blick in die Tiefe, aber nichts weist darauf hin, dass sich hier kürzlich ein Unglück zugetragen hat.

Nach einer halben Stunde erreichen sie die sogenannte Mosesquelle, die in einer kleinen Grotte sprudelt.

Keuchend lassen sie sich auf die Knie fallen und kühlen die erhitzten Gesichter mit frischem Wasser.

Als sie zu Atem gekommen sind, sehen sie sich in der Grotte um. Jef inspiziert jeden Winkel, findet aber keinen Hinweis, dass sein Vater hier war.

Resigniert wirft er einen Blick auf die steile Treppe. »Dann mal weiter. Oder willst du noch ein bisschen ausruhen?«

Birgit füllt die Flaschen mit Wasser und schüttelt den Kopf. »Es geht schon. Ich hatte vor allem Durst.«

Sie machen sich wieder auf den Weg, und nach einer weiteren halben Stunde wird jeder Schritt zur Qual. Die Sonne brennt gnadenlos vom Himmel, und sie sind schweißüberströmt.

Jef versucht nach Kräften, der völlig erschöpften Birgit zu helfen. Er redet ihr aufmunternd zu und stützt sie, als sie sich den Fuß vertritt.

Wie eine Glocke liegt die Hitze über ihnen, die rötlichen Felsen strahlen zusätzlich Wärme ab, und die Luft scheint zu vibrieren. Kein Schatten weit und breit.

Sie werden langsamer, müssen immer längere Pausen einlegen.

An eine Felswand gelehnt, sitzen sie da und spähen in die Tiefe. Keine Leiche, nirgends Spuren eines Sturzes.

»Ist es noch weit?«, bringt Birgit mühsam hervor. Ihr ist schwindlig.

Jef blickt empor. »Nicht sehr.« Es klingt wenig überzeugend.

Birgit wischt sich den Schweiß von der Stirn und zieht das Gummi aus ihrem feuchten Haar, um den Pferdeschwanz neu zu binden. Sie wartet, bis sich der Schwindel gelegt hat.

»Dann weiter. Wenn ich noch länger hier sitze, komme ich nicht mehr hoch.«

Jef rappelt sich auf und hält ihr die Hand hin. »Du bist ganz schön zäh, weißt du das?«

Birgit lächelt, und er zieht sie kurz an sich.

»Ich liebe dich.« Das kommt so unerwartet und klingt so ernst, dass Birgit den Atem anhält. Zum ersten Mal hört sie diese Worte aus Jefs Mund. Sie hat sich zwar schon ein paarmal vorgestellt, wie er das sagt, und sich eine romantische Situation dazu ausgemalt – etwas vollkommen anderes als einen Berg in der Wüste, auf dem sie sich völlig verschwitzt und mit hochroten Köpfen gegenüberstehen.

»Ich liebe dich auch.« Sie stellt sich auf die Zehenspitzen und küsst ihn.

Plötzlich kommt Wind auf und umspielt ihre Gesichter – es ist ein magischer Moment, ganz so, als nehme Gott sie unter seine Obhut.

Ein seltsamer Gedanke für jemanden, der nicht mehr an Gott glaubt, überlegt Birgit im Weitergehen. Es muss an diesem Land liegen, an dieser geschichtsträchtigen Umgebung.

Plötzlich spürt sie eine neue Energie, die Knie zittern nicht mehr. Sie mobilisiert ihre letzten Reserven, denn sie will den Gipfel dieses Berges unbedingt erreichen.

31

Oben erwartet sie ein grandioses Panorama. Die Landschaft ist unbeschreiblich öde und dennoch tief beeindruckend. Überall Berggipfel, auf gleicher Höhe oder unter ihnen. Wie stumme Wächter ragen die Granitfelsen in den blauen Himmel. Nirgends ist ein Fleckchen Grün zu erkennen, dafür leuchten die Felswände und Schluchten je nach Lichteinfall in allen Schattierungen zwischen Rosa und Rot.

Kein Vogel zwitschert, nur das Rauschen des Windes ist zu hören.

Birgit tritt neben Jef, und sie lassen den Blick über die Bergwüste schweifen.

Erst nach einer Weile können sie sich von dem Anblick losreißen und betreten die kleine Kapelle, die den Gipfel krönt. An ihren Wänden befinden sich beeindruckende

Fresken mit Szenen aus Moses' Leben. Sie betrachten sie aufmerksam, bevor sie wieder ins Freie treten.

»Was mag dein Vater gesucht haben? Hier ist er jedenfalls nicht mehr.«

»Stimmt. Ich fürchte, wir sind am falschen Ort. Hier kommen so viele Touristen her, dass man ihn längst gefunden hätte, wenn ihm etwas zugestoßen wäre.«

»Wir hätten lieber im Katharinenkloster nach ihm fragen sollen«, meint Birgit. »Womöglich haben wir diese Ochsentour ganz umsonst gemacht.«

Sie setzen sich auf den Felsboden. Jef nimmt eine Wasserflasche aus dem Rucksack und öffnet sie. »Irgendwie komisch«, sagt er, »jetzt sind wir schon eine ganze Weile zusammen unterwegs, und trotzdem habe ich nach wie vor das Gefühl, dich kaum zu kennen.«

Birgit antwortet nicht gleich. »Na ja, wann kennt man sich schon wirklich ...«, sagt sie dann.

Jef lacht leise, so als hätte er die ausweichende Antwort erwartet, und trinkt einen Schluck Wasser. »Eine schöne Frau auf einer einsamen Insel«, sagt er. »Lässt sie denn hin und wieder jemanden an Land?«

»Im Lauf der Zeit sind schon welche an Land gekommen«, sagt Birgit. »Aber geblieben ist keiner.«

Jef nickt bedächtig. »Und jetzt bist du frustriert, was? Aber es geht mir nicht nur um deine früheren Beziehungen. Du redest zwar viel, doch wenn ich dich nach deiner Familie frage, verschließt du dich wie eine Auster. Warum?«

Birgit zieht die Beine an, schlingt die Arme darum und legt das Kinn auf die Knie. Sie blickt über die raue Landschaft, ohne sie so recht wahrzunehmen, und spürt, dass das ein entscheidender Moment ist. Dass zwischen ihr und Jef keine wirkliche Nähe besteht, hat sie sich in der Tat selbst zuzuschreiben, weil sie es einfach nicht schafft, sich zu öffnen. Eigentlich müsste es ihr hier, weit weg von zu Hause, leichter fallen, aber das ist nicht so.

»Ist es denn so schwer?« Jef zieht sie zärtlich an sich.

Nach einer Weile löst sie sich von ihm, legt die Wange auf den Arm und bleibt mit angezogenen Knien sitzen.

»Selma war vier Jahre alt, als man Leukämie bei ihr festgestellt hat«, beginnt sie endlich. Die ersten Worte kommen stockend, so als würde sie etwas Verbotenes preisgeben. »Wenn man Leukämie hat, bilden sich zu viele Leukozyten, also weiße Blutzellen, im Körper. Die Leukozyten bekämpfen Infektionen, aber wenn man zu viele hat, stört das die normale Blutbildung. Bei Selma stellte sich heraus, dass sie an chronischer myeloischer Leukämie litt. Das ist eine Form der Erkrankung, bei der man nach der Diagnose im Schnitt noch dreieinhalb Jahre zu leben hat – es sei denn, die kranken Knochenmarkzellen werden durch gesunde Spenderzellen ersetzt. Nach mehreren Chemotherapien konnte nur noch eine Knochenmarktransplantation meine Schwester retten. Meine Eltern ließen ihr Blut untersuchen, aber es war nicht geeignet. Anschließend wurde die ganze Verwandtschaft durchgecheckt, aber niemand von meinen Onkeln, Tanten, Cousins und Cousinen kam als Spender infrage. Ein Arzt schlug vor, meine Eltern könnten doch noch ein Kind zeugen, und das ist auch der Grund, weshalb es mich gibt. Eigentlich wollten sie kein weiteres Kind, weil meine Mutter bei Selma eine ausgesprochen schwere Geburt hatte und so eine Tortur nicht noch einmal auf sich nehmen wollte. Bis Selma Krebs bekam …«

Ihre Stimme hat zu zittern begonnen, sie holt tief Luft. Jef nimmt ihre Hand und streichelt sie mit dem Daumen.

»Also wurde meine Mutter wieder schwanger«, fährt Birgit tonlos fort. »Dass man als Schwangere besonders auf seine Gesundheit achtet und regelmäßig zu Untersuchungen geht, ist ja normal. Aber sie wurde regelrecht in Watte gepackt, sollte jede Anstrengung vermeiden und hat wegen der Vitamine so viele Apfelsinen gegessen, dass es ein Wunder ist, dass ich nicht orange auf die Welt gekommen bin. Kurzum, sie hat wirklich alles getan, um ein gesundes Baby zu bekommen. Als ich geboren wurde, hatten sich meine Eltern noch nicht mal einen Namen für mich überlegt, denn es ging in erster Linie darum, ob ich als Spenderin geeignet bin. Zum Glück war das der Fall, sonst hätte meine Mutter gleich wieder schwanger werden müssen … auf diese Art wäre sie wohl noch zu einer richtig großen Familie gekommen«, sagt sie zynisch. »Selmas Krebs wurde mit Chemotherapien unter Kontrolle gehalten, bis ich alt genug war, um Knochenmark zu spenden. Mit zwei Jahren kam ich unters Messer, besser gesagt, unter die Nadeln. Weil man mit einer einzelnen Punktion nicht genug Knochenmark erhält, stachen mir die Ärzte zwanzigmal eine Hohlnadel ins Becken, bis zum Knochen. Erinnern kann ich mich daran nicht, aber man hat mir gesagt, ich hätte sehr geschrien damals. Die Einstiche hinterlassen große blaue Flecken, und die Schmerzen waren wohl auch nicht ohne. Und ich war ja erst zwei Jahre alt …«

Birgit krallt die Hände so fest ineinander, dass die Knöchel weiß werden.

»Ich trage meinen Eltern nichts nach. Ich bin ihre Tochter, aber Selma eben auch, und wenn sie anders gehandelt hätten, hätten sie Selma verloren. Meine gesunden Blutzellen haben den Krebs zum Stillstand gebracht, und am Ende war er nicht mehr feststellbar. Man nennt das Remissionsphase, denn es besteht nach wie vor die Gefahr, dass die Krankheit erneut auftritt. Selma hatte damals viel auszuhalten und musste später ständig zu Nachuntersuchungen. Eines Tages, als sie fünfzehn war, stellte sich heraus, dass die Leukämie wiedergekommen war. Also musste ich nochmals Knochenmark spenden. Ich wurde von der Geburtstagsfeier bei einer Freundin verfrüht abgeholt und gleich ins Krankenhaus gebracht, Selma war bereits dort. Das Naschzeug wanderte in die Nachttischschublade, und der Luftballon wurde ans Fußende meines Betts gebunden. An diesen Eingriff erinnere ich mich noch gut. Ich bekam zwar eine Narkose, aber wenn man wieder zu sich kommt, hat man doch noch eine Weile Schmerzen. Meine Eltern nannten mich eine Heldin, weil ich schon zum zweiten Mal das Leben meiner Schwester gerettet hatte. ›Ist es jetzt vorbei?‹, fragte ich nur. Ja, sagten sie, es sei vorbei. Aber es kam anders. Bei fünfzig Prozent der Patienten, die Knochenmark übertragen bekommen, ist der Krebs besiegt, bei der anderen Hälfte kommt es zu Komplikationen. Selma war sechzehn, da bekam sie infolge der vielen Chemotherapien Nierenversagen. Als der Arzt die schlechte Nachricht brachte, gingen alle automatisch davon aus, dass ich ihr eine Niere spenden würde.«

Jef sagt nichts, aber Birgit liest die Frage in seinem Blick.

»Ich habe es gemacht, keine Frage.« Sie kämpft mit den Tränen und senkt den Kopf. Jef streicht ihr mitfühlend über den Rücken.

Sie wischt sich die Augen. »Ich würde es jederzeit wieder machen, das kannst du mir glauben. Ich liebe meine Schwester. Aber die Vorstellung ist schon seltsam, dass ich nie geboren worden wäre, wenn sie nicht an Krebs erkrankt wäre. Meine Mutter wusste schon bei Selma, dass ihr eine schwere Geburt bevorstand, aber sie wollte unbedingt ein Baby. Selma war ein absolutes Wunschkind. Fünf Jahre später hat meine Mutter das Ganze noch einmal auf sich genommen, auch diesmal für Selma.«

»Birgit, ich kenne deine Eltern nicht, aber dass sie dich nicht lieben, kann ich mir nicht vorstellen«, sagt Jef ernst.

»Selbstverständlich lieben sie mich. Weil ich Selma gerettet habe.«

Jef sieht sie eindringlich an. »Aber das muss nicht heißen, dass sie dich nicht auch um deiner selbst willen lieben. Wenn ich dich richtig verstehe, hat deine Mutter doch auch ein großes Opfer für Selma gebracht.«

»Schon, aber es war ihre freie Entscheidung. Doch ich bin nie gefragt worden.« Birgit wendet das Gesicht ab und lässt den Blick über die Berglandschaft gleiten; lange aufgestauter Schmerz und Groll kommen hoch.

Wie soll sie Jef, der nicht in dem Wissen aufgewachsen ist, dass seine Belange zweitrangig sind, ihre Gefühle erklären? Sie ist nicht aus Liebe gezeugt worden, auch nicht aus Lust oder Leidenschaft. Ihre Eltern wollten kein zweites Kind, sie brauchten lediglich ihre Zellen, ihr

Blut, ihr Gewebe. Man hat ihr später erzählt, ihre Geburt sei groß gefeiert worden. Unzählige Glückwunschkarten trafen ein, und das Haus war mit rosa Luftballons und Girlanden geschmückt. Nach neun Monaten der Anspannung muss die Erleichterung enorm gewesen sein. Birgit war ein gesundes Baby und – noch wichtiger – die ideale Spenderin.

Sie versteht ihre Eltern durchaus, vermutlich hätte sie genauso gehandelt, wenn sie ein krebskrankes Kind gehabt hätte. Trotzdem kommt sie sich wie eine Reservetochter vor – so hat sie es mit dreizehn einmal ausgedrückt. Ihre Mutter war zunächst schockiert, dann nahm sie ihre Hand und sah sie eindringlich an: »Birgit, du weißt doch, dass wir dich genauso lieb haben wie Selma! Dass wir ursprünglich nur ein Kind wollten, lag daran, dass eine Geburt für mich große gesundheitliche Risiken bedeutete. Ich hätte dabei sterben können, deshalb wollten Papa und ich es kein zweites Mal riskieren.«

»Aber für Selma habt ihr es doch gemacht«, hatte sie gesagt.

»Wärst *du* krank gewesen, hätte ich das Gleiche für dich getan«, hatte die Mutter leise geantwortet. »Ich hab dich lieb, Birgit, du bist meine Tochter, und ich liebe dich umso mehr, weil du uns allen ein so großes Geschenk gemacht hast. Bitte, sag nie mehr, du seist nur eine Reservetochter, versprich mir das.«

Birgit hatte genickt und das Wort seitdem tatsächlich nie mehr in den Mund genommen. Aber in ihren Gedanken kommt es immer noch vor.

»Mein Vater wollte überhaupt keine Kinder«, sagt Jef. »Das war in seiner Lebensplanung nicht vorgesehen. Im

Grunde genommen wollte er auch keine Beziehung, zumindest keine feste. Er ging ganz in seiner Arbeit auf und war ständig irgendwo in der Weltgeschichte unterwegs. Aber die Liebe kam, sah und siegte. Meine Mutter war eine schöne Frau, und bevor er sich versah, war er verheiratet und sie schwanger. Anfangs hat er sich darüber ganz und gar nicht gefreut. Verheiratet sein, das ging gerade noch, denn meine Mutter hat ihn auf all seinen Reisen begleitet. Nach meiner Geburt änderte sich das, und bald darauf kam es zur ersten Ehekrise. Schließlich hat er uns verlassen.« Jef nimmt einen großen Schluck Wasser. »Heute verstehen wir uns recht gut«, sagt er und hält Birgit die Flasche hin. »Bestimmt kann er sich jetzt nicht mehr vorstellen, dass er mich damals nicht gewollt hat. Weißt du, Birgit, Kinder werden aus den verschiedensten Gründen in die Welt gesetzt. Manche wünschen sich ein Kind, weil sie hoffen, sich darin wiederzufinden, andere, um im Alter nicht allein zu sein, und wieder andere möchten ihrem Kind das bieten, was ihnen selbst versagt geblieben ist. Kinder können als Kitt für brüchige Beziehungen dienen, und manche ›passieren‹ einfach. All das muss aber nicht heißen, dass die Eltern das betreffende Kind später nicht lieben.«

»Das kann schon sein, aber ich hatte immer das Gefühl, dass meine Eltern Selma mehr lieben als mich und dass es in erster Linie um sie geht.« Birgit nimmt die Flasche, trinkt aber nicht, sondern spielt am Verschluss herum und lässt das Wasser kreisen. »Als Selmas Nieren versagten, war für alle klar, dass ich Organspenderin werde. Auch für mich hat es Konsequenzen, nur eine Niere zu besitzen, aber das spielte überhaupt keine Rolle angesichts dessen, was Selma durchmachen musste. Was auch immer in meinem Leben passiert ist, alles wurde an Selmas Leid gemessen. Wie soll ich da glauben, dass auch meine Gefühle zählen?«

»Für deine Eltern war es aber auch nicht gerade leicht.«

Birgit nickt und hält das Gesicht in den kühlenden Wind.

»Als ich acht Jahre alt war«, sagt Jef, »habe ich mir abends im Bett immer ausgemalt, mein Vater würde ganz plötzlich vor mir stehen. Ich sehnte mich danach, dass er nur ein einziges Mal sagen würde: ›Jef, du fehlst mir so. Ich habe zehn Stunden im Flugzeug gesessen, nur um bei dir zu sein. Gleich muss ich wieder weg, aber ich wollte dich unbedingt sehen.‹« Er lächelt schief. »Mit zehn beschloss ich, Archäologe zu werden, denn das schien mir die einzige Möglichkeit, Zuwendung von ihm zu bekommen. Er war hellauf begeistert und schrieb, er hätte eine große Überraschung für mich, aber ich müsse mich noch vierzehn Tage gedulden. Vierzehn Tage später hatte ich Geburtstag und wartete den ganzen Vormittag am Fenster, um gleich auf meinen Vater zustürmen zu können, wenn er in unsere Straße einbog. Stattdessen kam nur das Paketauto. Die große Überraschung entpuppte sich als ein Beutel antiker Tonscherben. Meine Mutter hat sich fürchterlich geärgert, aber ich habe die Scherben bis zum heutigen Tag aufgehoben. Früher lagen sie unter meinem Bett, damit niemand darüber Witze oder abfällige Bemerkungen machen konnte. Ich habe meinen Vater sehr gern. Vielleicht habe ich mich deshalb für ein Dasein als Globetrotter entschieden. Und es hat funktioniert: Wir sind uns nähergekommen. Ich bin zwar nicht Archäologe geworden, aber Reiseschriftsteller ging auch. Und nur das zählt heute: dass wir uns gut verstehen. Es hat keinen Sinn, die Vergangenheit ändern zu wollen. Es ist nun mal so, wie es ist.«

»Etwas in mir wehrt sich dagegen«, sagt Birgit. »Seit ich mich erinnern kann, suche ich nach Beweisen dafür, dass meine Eltern mich so lieben, wie ich bin, und zwar unabhängig davon, was ich für Selma getan habe. Vielleicht habe ich mich zu sehr darauf versteift … aber ich kann einfach nicht anders. Jedenfalls habe ich vor zwei Jahren den Kontakt zu meiner Familie abgebrochen. Um mir Freiraum zu verschaffen und Abstand zu gewinnen.«

Jef sieht sie an. »Und, klappt es?«

»Vielleicht *zu* gut.« Birgit lächelt flüchtig. »Sie haben sich noch nie so sehr um mich bemüht. Und ich habe Angst, das hört wieder auf, sobald ich nachgebe …«

32

Bevor Jef etwas sagen kann, erklingt ein Knirschen wie von Schritten auf Geröll. Sie fahren beide herum.

Hinter ihnen steht ein Mann in einer weißen Dschellaba. Sie erkennen ihren Verfolger sofort und auch den Gegenstand in seiner Hand.

Er knurrt etwas in schlechtem Englisch, das Birgit kaum versteht.

»Was will er?«, flüstert sie.

»Wir sollen langsam rückwärtsgehen«, zischt Jef.

Sie stehen auf und bewegen sich zögernd auf die Kapelle zu. Der Mann folgt ihnen, den Dolch im Anschlag. Sein wachsamer Gesichtsausdruck weicht Verbissenheit, so als müsse er sich beherrschen, nicht sofort zuzustechen.

Er treibt sie zur Eile an und bedeutet ihnen, zwischen den Pfosten der Umzäunung durchzugehen. Erst hofft

Birgit noch, er wolle sie und Jef in der Kapelle einsperren, aber das Messer zeigt woandershin: an dem Gebäude vorbei zum Abgrund.

Blankes Entsetzen erfasst Birgit, sie sieht Jef hilflos an. Er wirkt hochkonzentriert und sieht sich nach einer Fluchtmöglichkeit um.

Es geht zwar nicht sehr steil in die Tiefe, aber ein paar Knochenbrüche trägt man bei einem Sturz auf die niedriger gelegenen Felsen mit Sicherheit davon. Auch ihrem Widersacher scheint das klar zu werden, denn jetzt treibt er sie auf die Steintreppe zu, die auf das Flachdach eines Nebengebäudes führt.

»Nicht hochgehen!«, zischt Jef. »Auf keinen Fall!«

Sie bleiben stehen, obwohl die Messerklinge sie weiterdirigiert. Der Mann kommt näher, sein Blick zeugt von Entschlossenheit. Plötzlich macht er einen Schritt nach vorn, packt Birgit und zerrt sie zu sich. Sie stößt einen schrillen Schrei aus und keucht vor Angst, als sie den kalten Stahl am Hals spürt.

Der Mann bellt Jef einen Befehl zu und weist zur Verdeutlichung mit dem Kinn auf die Treppe.

Birgits Lippen formen ein stummes Nein. Jefs Blick geht zur Treppe, er wirkt unschlüssig, scheint zu überlegen.

»Ich spring ihn von oben an!«, sagt er zu Birgit.

»Silence!«, brüllt der Mann.

»Nein! Nicht raufgehen!« Birgit ist sich sicher, dass Jef dann keine Chance mehr bleibt. Der Mann drückt ihr die Klinge fester an den Hals, sie ritzt die Haut.

Langsam geht Jef die Treppe hinauf und steigt auf das Flachdach.

Der Mann schiebt Birgit ebenfalls in Richtung Treppe.

Mit zitternden Knien gehorcht sie und stellt sich dabei tollkühne Fluchtmanöver vor, Szenen aus Actionfilmen, die sich aber nicht umsetzen lassen, und schon gar nicht von jemandem, der ein Messer an der Halsschlagader spürt und sich vor Angst kaum auf den Beinen halten kann. Es kostet sie ungeheure Kraft, die Treppe hinaufzugehen, ohne zu stürzen.

Plötzlich wird ihr klar, dass das die Lösung sein könnte, und sie setzt den nächsten Schritt so, dass sie ausrutscht und stürzt. Aber der Mann ist darauf gefasst. Er gerät nicht einmal ins Wanken, als er sie auffängt, und schubst sie weiter.

Drei Stufen noch, dann stehen sie auf dem Dach.

»Jef ...«, sagt Birgit zittrig.

»Ganz ruhig, dir passiert nichts. Das lass ich nicht zu.« Vor Anspannung klingt seine Stimme rau.

Wie will er das verhindern, denkt Birgit, in dieser Situation ... Die Klinge gräbt sich tiefer in ihre Haut, Blut läuft ihr den Hals hinab, und sie beginnt zu weinen.

»Walk!«, ruft der Mann mit schwerem Akzent.

Langsam geht Jef rückwärts, den Blick fest auf Birgit gerichtet. Am Dachrand dreht er sich um und blickt hinab; die Felswand verläuft hier fast senkrecht nach unten.

»Jump!«, sagt der Mann mit eisiger Stimme. Er scheint damit zu rechnen, dass Jef ohne Wenn und Aber in den sicheren Tod springt.

Jef blickt noch einmal in die gähnende Tiefe, als wollte er wider besseres Wissen seine Überlebenschancen einschätzen. Er macht die Augen zu, holt tief Luft und setzt zum Sprung nach vorn an.

Der Mann stößt Birgit weg und hält Jef das Messer entgegen.

»Nicht!«, schreit Birgit.

Im gleichen Moment erklingt ein lang gezogener Schrei.

Etwas stimmt nicht. Jemand hat geschrien, und zwar eindeutig, denn die Berge werfen das Echo zurück. Aber warum steht Jef noch kerzengerade da, warum ist der andere gestürzt?

Birgit ist vollkommen verwirrt. Der Mann liegt bewusstlos am Boden, den Dolch noch in der Hand, und blutet aus einer Wunde am Kopf.

Mit wenigen Schritten ist Jef bei ihr. Er ist leichenblass, der Schweiß steht ihm auf der Stirn. Birgit wirft sich in seine Arme.

Erst als sie ihn »Danke« sagen hört, wird ihr bewusst, dass sie nicht allein sind. Sie löst sich aus der Umarmung und dreht sich um.

Nicht weit von ihnen steht Medhat, einen schweren Stein in der linken Hand. Die rechte ist leer. Birgits Blick geht wieder zu dem Mann am Boden, zu der Wunde an seinem Hinterkopf … dann erst sieht sie den Stein.

»Medhat …« Sie eilt die Stufen hinab und umarmt ihn. Ein wenig unbeholfen tätschelt er ihr den Rücken.

»Gerade noch rechtzeitig«, sagt er mit schiefem Grinsen. »Guter Wurf, was?«

»Mehr als gut!« Jef schüttelt seinem Retter die Hand. »Aber warum sind Sie hier?«

»Mir ist der Kerl schon an der Anlegestelle aufgefallen, er hat Sie ständig angestarrt. Ich habe der Sache nicht getraut und die nächste Fähre genommen.«

»Danke, Medhat«, sagt Birgit leise. »Danke, dass Sie nicht nach Luxor zurückgefahren sind.«

»Sie sind ja verletzt!«, stellt er erschrocken fest.

Birgit betastet ihren Hals. Der Schnitt ist nicht tief, blutet aber nach wie vor. Jef kramt in seinem Rucksack nach Verbandszeug. Er klebt ein Pflaster auf die Wunde, und Birgit wickelt sich das weiße Baumwolltuch um. Die beiden Männer gucken so besorgt, dass sie lachen muss und ihnen versichert, dass es kaum wehtue. Nach der ausgestandenen Todesangst fällt die kleine Schnittwunde nicht ins Gewicht.

»Was machen wir nun mit dem Burschen?«, fragt Jef.

»Den Berg runterwerfen!« Medhat ist dafür, Nägel mit Köpfen zu machen.

Doch das geht Birgit zu weit. Sie beschließen, ihn mit einem Seil aus Jefs Rucksack zu fesseln und in die Kapelle zu schleppen. Dort wird ihn früher oder später jemand finden, und falls später, hat er sich das selbst zuzuschreiben.

Jef durchsucht ihn, findet aber keinen Hinweis auf seine Identität. Das Nummernverzeichnis seines Handys ist leer, die Mailbox ebenfalls. Jef schleudert das Telefon samt dem Dolch in den Abgrund.

»Immerhin haben wir jetzt einen Vorsprung«, sagt er. »Am besten gehen wir möglichst schnell zurück. Wir müssen noch ins Kloster.« Birgit friert im Wind, den sie bis vor Kurzem noch als angenehm kühl empfunden hat.

»Im Kloster gibt es Gästezimmer«, sagt Medhat.

Jef stutzt. »Wie? Man kann dort wohnen? Auch für längere Zeit?«

Das wiederum weiß Medhat nicht. Jef hat dennoch

neue Hoffnung geschöpft, Birgit merkt es an seinem Blick und macht eine beschwichtigende Geste, um seinen Optimismus zu dämpfen.

Doch Jef schnappt sich seinen Rucksack und macht sich, ohne auf Birgit und Medhat zu warten, an den Abstieg.

33

Im Katharinenkloster leben noch etwa zwanzig Mönche, und nur ein Teil des Gebäudekomplexes ist Besuchern zugänglich. Die Pforte ist verschlossen. Jef zieht an der Klingelschnur, und ein Mönch öffnet. Anscheinend hält er sie für aufdringliche Touristen, denn er hebt abwehrend die Hand und nuschelt etwas auf Englisch.

»*We are no tourists*«, sagt Jef rasch und erklärt, er suche seinen Vater, der eventuell hier im Kloster übernachte.

Der Mönch verzieht keine Miene, als er sagt, Jef solle einen Augenblick warten. Dann schließt er die Tür.

Der »Augenblick« dauert gut zehn Minuten, dann geht die Pforte endlich wieder auf. Ein schwarz gekleideter älterer Mann stellt sich als Abt des Klosters vor.

»Ich bin Jef Bogaards und suche meinen Vater.« Jef zieht ein Foto aus der Brieftasche, auf dem er mit seinem

Vater zu sehen ist. »Kennen Sie ihn? Er heißt Nicolaas. Nicolaas Bogaards. Hat er vielleicht hier gewohnt?«

Es liegt nahe, dass sein Vater im Kloster war und der Abt ihn gesehen hat, dennoch macht Jefs Herz einen Freudensprung, als der Geistliche nach einem Blick auf das Foto nickt.

»Ist er noch hier? Oder schon wieder fort? Und wenn ja, seit wann?«

»Kommen Sie erst einmal herein.« Der Abt lässt Jef eintreten und macht Anstalten, die Tür vor Birgits und Medhats Nase zu schließen.

Jef versichert ihm, dass die beiden zu ihm gehören. Leicht misstrauisch lässt der Abt sie ebenfalls ein.

»Ihr Vater hat hier einige Zeit gewohnt«, sagt er, als sie über den Hof gehen. »Dort drüben ist unser Gästeflügel.« Er bleibt stehen und deutet auf ein Gebäude rechts von ihnen.

»Wissen Sie, dass er eine Entdeckung gemacht hat?«, fragt Jef. »Hat er Näheres erzählt?«

»Folgen Sie mir«, sagt der Abt nur.

Er steuert auf den hinteren Bereich des Klosters zu. Zwei, drei vorübergehende Mönche grüßen sie freundlich.

Vor einer schweren Holztür bleibt der Abt stehen, holt einen Schlüssel hervor und öffnet die Tür.

»Unsere Bibliothek«, erklärt er. »Sie umfasst unter anderem etwa dreitausend Handschriften aus der Antike, nur die Sammlung des Vatikans ist größer.«

Sein Tonfall verrät Stolz, berechtigten Stolz, wie sie feststellen. Der Raum ist voller hoher Regale mit gebundenen Büchern, daneben stehen Schubladenschränke.

Durch die schmalen Fenster fällt Licht, in dem Staubteilchen tanzen. Die Wände sind mit biblischen Fresken geschmückt, davor stehen lange Holztische. An einem sitzt ein Mönch vor einer alten Handschrift. Der Schubladenschrank hinter ihm ist offen, und sie sehen brüchige Dokumente.

Der muffige Geruch nach altem Papier, das gedämpfte Licht und die fast schon weihevolle Stille vermitteln Birgit das Gefühl, sich an einem Ort zu befinden, an dem die Vergangenheit zum Greifen nah ist.

Der Abt nimmt mehrere Blätter aus einem Schubladenschrank. »Ihr Vater hat sich vor allem für Moses interessiert. Er wollte ein Buch über ihn schreiben und hat ein paar Tage in unserer Bibliothek recherchiert. Dann ist er ganz plötzlich abgereist. Wenn Sie möchten, dürfen Sie die Dokumente gern einsehen, allerdings nur unter Aufsicht. Laien können den alten Handschriften großen Schaden zufügen.« Er legt die Pergamente auf einen Tisch am Fenster.

Mit einem besonderen Spatel blättert er die zum Teil farbig illustrierten und mit Marginalien versehenen Handschriften um.

»In diesen Dokumenten wird Moses' Leben sehr detailliert geschildert. Sie vermitteln uns unschätzbare Erkenntnisse über den Menschen Moses.«

»Und was für ein Mensch war Moses?«, fragt Birgit. Sie wendet sich an Jef und Medhat. »Könnt ihr das lesen?«

Sie verneinen.

»Was ist das?« Unter der nächsten Handschrift schaut die Ecke eines Notizblocks hervor. Jef zieht ihn heraus. Auf dem Deckblatt steht: »Schreibblock, liniert, holzfreies Papier. 100 Blatt.«

Jef blättert darin und erkennt sofort die krakelige Handschrift.

»Das hat mein Vater geschrieben«, sagt er leise und nimmt den Block an sich.

Der Abt protestiert nicht, ihm geht es einzig und allein um die kostbaren Moses-Schriften, die er mit äußerster Vorsicht vom Tisch nimmt.

»Ihr Vater hat mir Verschiedenes in Verwahrung gegeben«, sagt er, als er sie wieder in die Schublade legt.

Jef und Birgit sehen sich an. »Die Artefakte aus Karnak«, sagen sie wie aus einem Mund.

»Es handelt sich tatsächlich um Fundstücke von seiner letzten Ausgrabung«, bestätigt der Abt.

»Haben Sie sie gesehen?«

Der Abt nickt. Ja, er habe die Artefakte gesehen, wisse aber nicht genau, worum es sich handele, und auch über ihren Wert könne er nichts sagen. Jefs Vater habe sie im Kloster gelassen, weil es verboten sei, antike Gegenstände ohne Genehmigung auszuführen. Er habe sie bei nächster Gelegenheit wieder holen wollen, so der Abt.

»Ich schätze, wir kommen damit ebenso wenig durch den Zoll«, meint Jef. »Aber sehen möchte ich sie schon.«

»Gern, kommen Sie mit.« Der Abt führt sie in eine geräumige, aber karg möblierte Zelle, die ihm als Büro dient. In einer Ecke steht eine dunkelbraune, offenbar sehr alte Kiste mit großem Vorhängeschloss. Der Abt holt einen Schlüsselbund hervor, öffnet sie und klappt den Deckel hoch.

»Ich lasse Sie eine Weile allein, damit Sie sich alles in Ruhe ansehen können. Außerdem habe ich noch zu tun.« Mit einem freundlichen Lächeln verlässt er den Raum.

Behutsam nimmt Jef einen in Noppenfolie eingeschlagenen Gegenstand aus der Kiste. Er dreht und wendet ihn und entfernt dann vorsichtig die Folie. Ein verwittertes Tongefäß kommt zum Vorschein.

»Ein Krug?« Medhat hat anscheinend etwas Aufregenderes erwartet.

Jef späht hinein. »Da ist was drin.« Vorsichtig zieht er ein Blatt Papier heraus. Wieder die Handschrift seines Vaters … Sogleich vertieft er sich in die Notizen; Birgit lehnt sich an ihn und liest schweigend mit.

Fund 01: Batterie aus Ton, gefunden in den unterirdischen Kammern von Karnak. Datierung unklar. Versehen mit Kupferzylinder mit Eisenstab.
Kurz vor Ausbruch des Zweiten Weltkriegs war der deutsche Archäologe Wilhelm König an Ausgrabungen im Irak beteiligt und machte dabei einen bemerkenswerten Fund. In der Gegend von Bagdad entdeckte er mehrere Gefäße mit einem hohlen Kupferzylinder im Innern. In dem Zylinder wiederum steckte ein Eisenstab, und am Boden war eine Kupferplatte angebracht. König hielt die Krüge für Batterien. Der Eisenstab, so vermutete er, könnte als Elektrode gedient haben, und das hohle Innere des Zylinders war vermutlich mit einem Elektrolyt gefüllt. Die Batterien waren jedoch so alt, dass sich keine Spuren einer solchen Substanz nachweisen ließen.
In einem alten Sanskrittext, der Agastya Samhita *in der Bibliothek der indischen Fürsten in Ujjain, findet sich eine Anweisung zur Herstellung von Batterien, die folgendermaßen lautet: »Eine gut gereinigte Kupferplatte wird in ein irdenes Gefäß gelegt. Sie wird zunächst mit Schwefelkup-*

fer und dann mit feuchten Sägespänen bedeckt. Auf diese legt man eine Platte aus einer Zink-Quecksilber-Mischung, um die Polarisation zu verhindern. Durch den Kontakt wird eine flüssige Kraft erzeugt …«

König setzte sich mit dem Wissenschaftler Willy Ley in Verbindung, der damals für die General Electric Company in Pittsfield, Massachusetts, tätig war, und bat ihn, die seltsamen Gefäße in den dortigen Laboratorien zu untersuchen. Ley kam der Bitte nach und baute nach den Vorgaben aus der Agastya Samhita *eine Batterie, die zu seiner Verblüffung einwandfrei funktionierte.*

34

»Batterien aus der Antike«, murmelt Jef vor sich hin und schüttelt den Kopf, als könnte er nicht glauben, so etwas Unvorstellbares vor sich zu haben. »Davon hat Frances auch gesprochen, aber ich habe das für eine Räuberpistole gehalten.«

»Es ist wirklich schwer zu glauben.« Tief beeindruckt betrachtet Birgit das Gefäß in Jefs Händen. Eine Batterie aus der Antike? Eigentlich will sie es nicht wahrhaben, denn es widerspricht so vielem, was sie gelernt hat. »Und warum stehen solche Dinge nicht in Museen?«

»Weil niemand darauf erpicht ist, den Lauf der Geschichte infrage zu stellen«, antwortet Medhat. »Aus diesem Grund wird Nicolaas die Artefakte wohl in Sicherheit gebracht haben. Ohne konkrete Beweise würde ihm niemand glauben.«

»Entschuldigt, aber ich glaube das auch erst, wenn ich so ein Ding in Betrieb sehe«, wendet Birgit ein.

»Aber selbst wenn die Batterie nicht funktionieren sollte, beweist sie doch, dass man versucht hat, damit Energie zu erzeugen. Allein das ist unglaublich!«

Wieder schüttelt er den Kopf und entdeckt dann noch etwas in der Kiste.

Er nimmt ein Papprolle heraus und öffnet sie. Sie enthält zusammengerollte Blätter, weitere Notizen seines Vaters.

»Das lesen wir später in Ruhe«, entscheidet er und bückt sich nach dem letzten Gegenstand, einem Lederbeutel, der offenbar mit Sand gefüllt ist. Jef wiegt ihn in der Hand und knotet ihn anschließend auf. Als er hineinschaut, stutzt er zunächst, dann hält er Birgit und Medhat den Beutel hin.

»Pulver!« Birgit ist überrascht. »Das muss diese geheimnisvolle Substanz sein, von der Frances gesprochen hat.«

Medhat, der das Pulver erst ohne viel Interesse betrachtet hat, wirkt auf einmal wie elektrisiert. »*Mfkzt!* Klar, das ist es! Das Pulver muss in einem Labor untersucht werden. Ich bin gespannt, was herauskommt.«

»Das ist doch bereits geschehen«, sagt Birgit. »Und man konnte nicht feststellen, was es genau ist.«

»Aber wir wissen nicht, ob es das gleiche Pulver ist wie das von damals.« Jef wirft erneut einen Blick in den Beutel. »Und wenn doch, muss es eben noch mal unter die Lupe genommen werden. Frances hat erwähnt, dass man ganze Fässer davon gefunden hat. Wozu haben es die alten Ägypter, um Himmels willen, in so großen Mengen gebraucht?«

»Wir müssen nachher alles gründlich lesen und … was

ist denn los?« Sie sieht Jef an, der begonnen hat, im Zimmer auf und ab zu gehen.

»Mir ist gerade wieder eingefallen, dass der Abt gesagt hat, mein Vater habe ihm die Sachen in Verwahrung gegeben, weil es verboten sei, sie auszuführen.«

»Das heißt, er hat Ägypten verlassen«, sagt Birgit langsam. »Aber wohin wollte er?«

Sie fragen den Abt, als dieser kurz darauf wiederkommt.

»Er wollte nach Frankreich«, sagt er.

»Frankreich?«, wiederholt Jef verblüfft.

»Ja, das hat er gesagt. Ihr Vater hat sich in Ägypten nicht mehr sicher gefühlt, er wollte eine Weile bei einem guten Freund unterkommen.«

»Einem guten Freund …« Jef runzelt die Stirn.

»Er hat keinen Namen genannt, aber ich hatte den Eindruck, es handele sich um einen Fachkollegen.«

»Ein Kollege in Frankreich … das kann nur Claude de Morbihan in Chartres sein.« Jef greift sich an den Kopf. »Warum bin ich nicht gleich darauf gekommen, ihn zu fragen, ob mein Vater sich bei ihm gemeldet hat. Das hätte uns eine Menge Zeit und Ärger erspart!«

Mit einem Mal wirkt Jef deprimiert. »Wenn mein Vater wirklich bei seinem Kollegen ist«, sagt er, »weshalb um alles in der Welt sagt er mir das nicht? Warum geht er nicht ans Telefon? Einfach in der Versenkung verschwinden – das kann er doch nicht machen!«

Birgit nimmt seine Hand und drückt sie sanft.

Der Abt hat mittlerweile die Telefonnummer von Claude de Morbihan in Chartres herausgesucht, und Jef tippt sie rasch ein.

Das Gespräch dauert nicht lange. Der Hausherr selbst ist abwesend, und Jef erfährt vom Butler, dass sein Vater zwar bei Claude de Morbihan zu Gast gewesen, aber schon vor zwei Wochen wieder abgereist sei.

»Ich versteh das einfach nicht«, murmelt Jef. »Das Ganze wird immer dubioser … wo mag er sein? Womöglich noch in Frankreich?«

Birgit legt ihm die Hand auf den Arm. »Wir fliegen hin«, sagt sie, »und suchen deinen Vater.«

Aus den Aufzeichnungen von Nicolaas Bogaards

Seit jeher fragt man sich, was aus der Bundeslade geworden ist. Man weiß nur, dass Moses sie ins Land Israel brachte und dass sie um 968 vor Christus nach langem Hin und Her ihren endgültigen Platz in Jerusalem fand, wo König Salomo eigens einen Tempel für sie erbauen ließ.
Nachdem Moses und seine Nachfolger tot waren, vergaßen die Israeliten allmählich, welch große Dienste die Bundeslade ihren Vorfahren geleistet hatte. Erst bei einem Angriff der Philister im Jahr 1050 vor Christus erinnerte man sich ihrer erstaunlichen Kräfte und wollte die göttliche Waffe erneut einsetzen.
Wer sich der Bundeslade nähern darf und wie sie zu transportieren ist, war strengen Regeln unterworfen, die jedoch in Vergessenheit geraten waren. Das hatte zur Folge, dass ihre Kräfte sich gegen die Israeliten wandten und sie im Kampf unterlagen. Die Philister nahmen die Lade als Kriegsbeute mit und stellten sie im Tempel ihres Gottes Dagon in Aschdod auf. Bald darauf stürzte die Dagon-Statue neben der Lade um und verlor Kopf und Gliedmaßen. Daraufhin sandten die Philister die Lade aus Furcht ins Land Israel zurück, wo sie zunächst an einen geheimen Ort gebracht wurde.
König Salomo gab schließlich den Befehl zum Bau eines prachtvollen Gotteshauses auf dem Jerusalemer Tempelberg. Dort fand die Bundeslade ein würdiges Unterkommen.
Auf König Salomo folgte dessen Sohn Rehabeam, und etwa zur gleichen Zeit kam in Ägypten ein neuer Pharao namens Scheschonq auf den Thron. Letzterer strebte nach der Herrschaft über Israel und griff Rehabeam an. Als Jerusalem

925 v. Chr. gefallen war, raubte er die Schätze aus dem Salomonischen Tempel. Und was war kostbarer als die Bundeslade? Ihr Verschwinden aus Jerusalem und ihr weiteres Schicksal sind nirgends dokumentiert – außer auf den Wandinschriften im Amun-Tempel von Karnak.

35

Nachdem sie die Nacht im Kloster verbracht und die Anlage am Vormittag ausgiebig besichtigt haben, fahren sie wieder nach Sharm el-Sheikh. Im Bus lesen sie die Notizen von Jefs Vater, ohne jedoch weiter darüber zu reden. Die Fahrt zieht sich lange hin. An Jefs Schulter gelehnt, döst Birgit langsam ein, und auch ihm fallen die Augen zu. Er schreckt jedoch immer wieder hoch, blickt sich verwirrt um und beruhigt sich erst wieder, wenn er Medhat vor sich sitzen sieht.

Im Hafen von Sharm el-Sheikh verabschieden sie sich. Jef und Birgit wollen am nächsten Morgen zum Flughafen. Medhat nimmt die Fähre nach Hurghada.

»Danke für alles, Medhat«, sagt Birgit. »Ohne Sie wären wir verloren gewesen.«

»Viel Glück in Frankreich.« Medhat lächelt, küsst Birgit die Hand und klopft Jef auf die Schulter. »*Al-Salamu aleykum*, Friede sei mit euch.«

Er winkt ihnen noch einmal zu und betritt den Steg. Hand in Hand sehen Birgit und Jef ihm nach.

Die Fähre legt ab, sie winken noch eine Weile.

Im schicken und gut bewachten Hilton nehmen sie ein Zimmer. Nach einem ausgiebigen Bad und einem kühlen Getränk auf dem Balkon mit Aussicht auf den Strand des Roten Meeres fühlen sie sich wieder ganz munter.

Im Speisesaal gehen sie die Notizen von Jefs Vater ein weiteres Mal durch.

»König Salomo hat also einen Tempel für die Bundeslade bauen lassen. Bis dahin war mir die Geschichte bekannt«, sagt Birgit. »Aber wie um alles in der Welt ist sie ausgerechnet nach Karnak gekommen?«

»Das hat meinen Vater auch beschäftigt.« Jef blättert in den Notizen und hält Birgit schließlich ein Blatt hin. Von einer gezeichneten Kiste führt ein Pfeil zu dem Namen Chartres, darunter steht in Großbuchstaben: CREDO JC!

Birgit betrachtet die Seite eingehend. »Die Kiste ist natürlich die Bundeslade. Und darunter steht Chartres. Er glaubt also, dass sie nach Chartres gebracht wurde. Dieser Kollege, bei dem du angerufen hast, wohnt doch dort, oder? Vielleicht haben sie sich zusammengetan.« Ihr Blick bleibt an der Notiz »Credo JC« hängen. »*Credo* heißt auf Lateinisch ›ich glaube‹. Aber wofür steht JC? Jesus Christus vielleicht?«

»Ich glaube an Jesus Christus. Nein, das trifft auf meinen Vater nicht zu.«

»Die Buchstaben können auch etwas anderes bedeuten«, meint Birgit. »Nehmen wir uns erst mal Chartres vor. Die Bundeslade ist ein religiöser Gegenstand, und in Chartres gibt es eine große Kathedrale. Möglicherweise ist die Lade dorthin gebracht worden.«

»Aus Karnak.«

»Oder von woanders. Wir wissen ja nicht, wie lange sie in Karnak gestanden hat und wann sie fortgebracht wurde.«

Birgit konzentriert sich auf die Skizze von Jefs Vater. Welche Verbindung könnte zwischen Jesus Christus und Karnak bestehen? War er je in Ägypten? Hat er dort die Bundeslade gefunden? Und falls ja, steht immer noch die Frage im Raum, wie sie nach Frankreich gekommen ist, in eine Kathedrale, die es zu Jesu Lebzeiten noch gar nicht gab.

»Pharao Scheschonq hat Israel im Jahr 925 vor Christus erobert und die Bundeslade mit nach Ägypten genommen«, denkt sie laut. »Seitdem kann alles Mögliche damit passiert sein. Falls sie tatsächlich nach Europa gebracht wurde, dann nur von jemandem, der viel Macht hatte. Mit anderen Worten: Ägypten muss von einem ausländischen Herrscher erobert worden sein. Wenn dein Vater recht hat und die Bundeslade wirklich nach Frankreich kam – wer könnte das gewesen sein? Napoleon?«

»Dann hätte sie aber wirklich *sehr* lange in Karnak gestanden. Und vielleicht stehen die Buchstaben nicht für den Namen einer Person, sondern für etwas ganz anderes.«

»*Credo* kann auch ›ich vermute‹ heißen«, fällt Birgit plötzlich ein. »Ich vermute JC. Ich glaube, es ist oder war JC. Womöglich meint er damit …« Sie zieht scharf die

Luft ein. »Die Römer! Sie haben Ägypten im ersten Jahrhundert vor Christus erobert. Mal überlegen … der Tempel von Dendera! Weißt du noch, das große Relief von Kleopatra an der Südwand?«

»Auf dem sie mit Cäsarion zu sehen ist«, sagt Jef langsam, »ihrem Sohn von Julius Cäsar.«

Sie lächeln beide.

»JC steht für Julius Cäsar«, sagt Birgit. »Er hat Ägypten erobert, und außerdem hatte er ein Verhältnis mit der letzten Herrscherin des Landes, Kleopatra. Wer hätte besser über Geheimverstecke Bescheid wissen können als sie?«

Der Kellner bringt zwei Grillteller. Als er wieder weg ist, fragt Jef: »Was weißt du über Julius Cäsar?« Er nimmt sein Besteck und führt ein Stück Fleisch zum Mund.

»Er hat Frankreich erobert, oder besser Gallien, wie es damals hieß«, sagt Birgit. »Später zog er gegen Germanien und Britannien, war dabei aber nicht ganz so erfolgreich. Wie es scheint, war er ziemlich machtgierig. Er ließ sich in Rom zum Diktator ausrufen, und das hat ihn letztlich das Leben gekostet.«

»Sehr gut. Und weiter?«

»Die Jahreszahlen wollen mir nicht einfallen«, gesteht Birgit. »Meine Schulzeit ist ja schon eine Weile her. Und viel von dem, was ich weiß, stammt nicht aus Geschichtsbüchern, sondern aus Asterixheften.«

»Womit der Nutzen von Comics bewiesen wäre!«, lacht Jef. »Julius Cäsar hat Gallien im Jahr 51 vor Christus endgültig geschlagen, und ein paar Jahre darauf zog er nach Ägypten. Viel mehr weiß ich nicht, aber es sollte nicht schwierig sein, etwas darüber zu finden.«

»Am besten im Internet. Hier im Hotel gibt es bestimmt ein Internetcafé.«

Zehn Minuten später haben sie aufgegessen und verlassen den Speisesaal. Die Dame an der Rezeption zeigt ihnen den Computerraum, und wenig später startet Jef eine Google-Suche.

»Ergebnisse 1–10 von 40.800 für Julius Cäsar + Ägypten«, sagt er. »Dann mal los.« Er klickt das erste Ergebnis an, liest hier und da eine Passage und meint, dass sie damit wohl nicht weiterkommen.

»Das meiste sind Schülerreferate«, brummt er. »Moment, hier haben wir was: Julius Cäsar, geboren in Rom am 13. Juli 100 vor Christus, war ein römischer Staatsmann und Feldherr. Er entstammte einer angesehenen Patrizierfamilie … schon im Alter von sechzehn Jahren begann er, sich in der Politik zu engagieren.«

Jef scrollt weiter und sucht nach Cäsars Ägyptenfeldzug.

»Moment, da steht was über Gallien.« Birgit greift nach der Maus, beugt sich zum Monitor und liest: »Im Jahr 58 vor Christus wurde Cäsar Statthalter von Gallien. Sein Ziel war es, das gesamte Gebiet zu unterwerfen, was ihm dann auch gelang. Cäsar berichtete, wie es sich für einen Heeresführer geziemte, knapp und präzise von seinen Eroberungen; seine Aufzeichnungen tragen den Titel *De Bello Gallico* (Über den Gallischen Krieg). Gut, jetzt weiter zu Ägypten.«

»Halt, wir müssen schon alles lesen, damit wir die Dinge richtig einordnen können«, sagt Jef. »Also, wie geht es weiter? Aha … Cäsar will England bzw. Britannien erobern, was ihm aber nicht gelingt. Dann ist da noch die

Rede von einem römischen Bürgerkrieg und ... hier haben wir auch schon Ägypten! Guck mal, da steht es: ›Im Jahr 48 vor Christus verhilft er Kleopatra zu neuerlicher Macht in Ägypten‹. Wie? Ist das etwa alles?«

Fieberhaft suchen sie weiter. Irgendwann landen sie auf einer Site mit einer detaillierten Schilderung von Cäsars Zeit in Ägypten. Es handelt sich um einen Buchauszug, in dem dargelegt wird, dass er den Machtstreit zwischen der einundzwanzigjährigen Kleopatra und ihrem dreizehnjährigen Bruder Ptolemaios XIII. schlichten wollte. Ihr Vater, Pharao Ptolemaios XII., hatte testamentarisch bestimmt, dass die beiden Ägypten gemeinsam regieren sollten. Die Entscheidung war jedoch nicht im Sinne des jungen Ptolemaios. Gemeinsam mit seinen Ratgebern gelang es ihm, Kleopatra von der Herrschaft auszuschließen, und sie floh in die Wüste.

Währenddessen erreichte Cäsar den Hafen von Alexandria, wo er von Bewohnern der Stadt angegriffen wurde. Er suchte im königlichen Palast Zuflucht und wartete dort, bis die nachfolgenden römischen Schiffe den Hafen erreicht hatten. Eines Abends sprach ein griechischer Kaufmann vor, der ihm eine Nachricht von Kleopatra überbringen wollte.

Der Kaufmann legte den Teppich, den er bei sich trug, auf den Boden und entrollte ihn. Zu Cäsars Erstaunen entstieg Kleopatra selbst dem Teppich. Die junge Prinzessin schlug ihn sofort in ihren Bann, und sie erwiderte seine Gefühle.

Die inzwischen eingetroffene Besatzung der römischen Flotte kam Cäsar zu Hilfe und machte kurzen Prozess mit den aufständischen Alexandrinern.

Cäsar und Kleopatra verlebten eine Zeit relativer Ruhe im Palast von Alexandria, bis erneut Gefahr drohte. Potheinos, ein einflussreicher Minister und Ratgeber des Ptolemaios, trachtete Kleopatra nach dem Leben und schickte 20 000 Soldaten und 2000 Reiter gen Alexandria. Auch vom Meer aus wurde die Stadt angegriffen, die Römer jedoch leisteten erfolgreich Widerstand.

Cäsar gab den Befehl, die ägyptischen Holzschiffe anzuzünden, und binnen kürzester Zeit brannten sie lichterloh. Durch den starken Wind griff das Feuer auf den Hafen und die angrenzenden Gebäude über. Der Palast brannte und damit auch die königliche Bibliothek. Ein großer Teil der rund 700 000 dort gelagerten Schriftrollen wurde ein Raub der Flammen.

»Erst Jahrhunderte später ließ sich über Umwege und auch nur unvollständig rekonstruieren, was an jenem stürmischen Tag innerhalb weniger Stunden in Rauch aufgegangen war«, liest Birgit vor. »Vieles, was dem Geist großer Dichter und erfahrener Wissenschaftler entsprungen war, ging verloren. Übrig blieben nur die Fundamente der Bibliothek, auf denen sie sehr viel später neu errichtet werden sollte. Während der Kämpfe im Hafen flohen viele römische Soldaten und auch Cäsar auf Schiffe, die am Hepta-Stadion lagen. An Bord herrschte ein solches Gedränge, dass die Schiffe sich nicht mehr steuern ließen. Cäsar erkannte die ausweglose Lage und sprang über Bord. Ein paar hundert Meter schwamm er – unter feindlichem Beschuss – auf eines der römischen Schiffe zu, die weiter draußen ankerten. Er schwamm mit einer Hand, denn in der anderen hielt er geheime Dokumente aus der Alexandrinischen Bibliothek.«

36

»Dokumente«, wiederholt Jef. »Steht das wirklich da? Ist er mit Dokumenten zum Schiff geschwommen?«

»Ja«, sagt Birgit. »Allerdings wird nicht erwähnt, um was für Unterlagen es ging.«

»Wahrscheinlich ist das ein Augenzeugenbericht. Nur den Krieg in Gallien hat Cäsar selbst beschrieben, von den Geschehnissen in Ägypten haben Zeitgenossen wie Asinius Pollio berichtet. Vielleicht hat er ja gesehen, wie Cäsar die Papiere über Wasser hielt, ohne zu wissen, worum es sich dabei handelte«, meint Jef. »Steht sonst noch was dabei?«

Birgit überfliegt den Text, aber das Wort Dokument kommt nicht mehr vor.

»Als gebildeter Mann hat sich Julius Cäsar mit Sicherheit für das Wissen der Ägypter interessiert«, sagt sie.

»Stimmt, und einem Vergleich mit der ägyptischen Kultur konnte die römische nicht standhalten. Die vielen Schriftrollen in der Bibliothek von Alexandria dürften Cäsar als fortschrittlich denkenden Menschen fasziniert haben.«

»Aber sie ist doch zerstört worden.«

Jef schüttelt den Kopf. »Nicht ganz, man hat sie angeblich wieder ergänzt. Sehr viel später, wann weiß ich nicht genau, brannte sie endgültig ab. Aber nicht nur dort war das Wissen der alten Ägypter versammelt. In Schriften aus verschiedenen Epochen ist die Rede von einem Ort, an dem das Geheimwissen der Ägypter gehütet wurde. Doch bis heute hat man keinerlei Anhaltspunkte, wo das sein könnte.«

»Bis heute …«, sinniert Birgit. »Weißt du, was ich glaube? Cäsar hatte Aufzeichnungen über die geheimen Kammern von Karnak in der Hand, die ihm Kleopatra verschafft hat, als Dank, dass er ihr die Herrschaft gesichert hat. Kleopatra muss den geheimen Aufbewahrungsort gekannt haben, konnte aber nicht allein dorthin, sondern nur unter dem Schutz von Cäsars Heer. Ich vermute, die beiden hatten einen Pakt geschlossen!«

Triumphierend sieht sie Jef an, doch der macht – wie so oft – eine skeptische Miene.

»Die beiden brauchten sich gegenseitig, das liegt doch auf der Hand«, beharrt Birgit. »Cäsar hat Kleopatra nach Karnak gebracht, und dort haben sie die Bundeslade aus der Kammer geholt. Der Rest ist bekannt: Cäsar eroberte Ägypten und ließ sich in Rom zum Diktator ernennen. Weiß der Himmel, was für Pläne er noch hatte und ob er sie hätte umsetzen können, wäre er nicht ermordet worden.«

»Und wo, bitte, soll er die Bundeslade hingebracht haben?« Jef scheint sich sicher zu sein, dass Birgit nun passen muss.

Sie lächelt verschmitzt. »Ich dachte, du kennst dich mit Geschichte aus? An einen Ort natürlich, an dem Cäsar das Sagen hatte. Nicht nach Rom. Dort hatte er zu viele Feinde, und sein Schatz wäre womöglich in die falschen Hände geraten. Nein, er hat die Bundeslade weit weg von Rom versteckt, in einem Land, das er wie kein anderer kannte, weil er es selbst erobert hatte. In dem Land, in das dein Vater gereist ist.«

»Gallien meinst du, oder besser Frankreich. Gut, ausschließen kann man das nicht. Mein Vater scheint das auch vermutet zu haben, und wenn wir ihn auf diese Weise finden, soll's mir recht sein. Gehen wir also davon aus, dass Cäsar, mit oder ohne Kleopatras Hilfe, die Bundeslade gefunden und nach Gallien gebracht hat. Aber warum ausgerechnet nach Chartres? Die Kathedrale gab es damals noch gar nicht. Im ersten Jahrhundert vor Christus war Gallien fast ganz von Wald bedeckt ...«

»Es gab auch Städte«, wendet Birgit ein. »Außerdem ließ Cäsar Straßen mit Raststationen anlegen und Tempel zu Ehren der römischen Götter errichten. Er könnte einen Tempel für die Bundeslade gebaut haben, und zwar an der Stelle, an der später die Kathedrale von Chartres errichtet wurde.«

Das klingt auch für Jef plausibel. Sie stellen noch diverse Vermutungen an, die sie aber nicht weiterbringen.

Wieder im Hotelzimmer, setzen sie sich noch eine Stunde auf den Balkon und genießen die abendliche Stille und den Blick auf den Strand. Die untergehende Sonne lässt die sanften Wellen in allen Schattierungen von Rosa bis Orange glitzern.

Mein letzter Abend in Ägypten, denkt Birgit auf einmal. Morgen sind wir in Frankreich, falls es mit dem Flug klappt. Und dann? Wieder nach Hause?

Beim Gedanken daran wird ihr seltsam zumute. Dass Jef so hartnäckig nach seinem Vater sucht, hat etwas in ihr ausgelöst, das sie noch nicht in Worte fassen kann. Auch er hatte früher keine besonders gute Beziehung zu seinem Vater, und trotzdem verstehen sie sich heute gut. Sie muss sich eingestehen, dass Blutsbande eben doch eine große Rolle spielen, auch wenn man weit von zu Hause weg ist. Warum sonst denkt sie ausgerechnet jetzt an ihre Familie?

Sie tastet nach dem Handy in ihrer Hosentasche. Im Grunde wäre es eine Kleinigkeit, mal eben anzurufen oder eine SMS zu schicken, trotzdem erscheint es ihr schwerer als die Besteigung des Dschebel Musa. Sie bringt es einfach nicht über sich.

Am nächsten Morgen nehmen sie ein Taxi zum Flughafen von Sharm el-Sheikh und bekommen problemlos Tickets, allerdings nur für die Businessclass – eine teure Angelegenheit.

Kurz darauf stehen sie mit Herzklopfen am Abfertigungsschalter, richtig mulmig wird ihnen aber erst bei der Passkontrolle. Ob die ägyptische Regierung etwas mit den Verfolgungen zu tun hat? Der Kontrolleur mustert sie derart misstrauisch, dass Birgit fürchtet, er werde gleich Alarm schlagen. Äußerlich vollkommen ruhig, streckt Jef die Hand nach seinem Pass aus, doch erst nach weiteren fünf quälenden Sekunden gibt der Beamte ihn zurück.

Gleich darauf hält er auch Birgit mit grimmiger Miene den Pass hin.

Erleichtert gehen sie in den Bereich mit den Duty-free-Läden und kleinen Restaurants. Nach wenigen Schritten bleibt Birgit abrupt stehen, fasst Jef am Arm und macht eine Kopfbewegung zu einem Café hin. Dort sitzt ihr Verfolger auf einem Barhocker vor einer Tasse Kaffee. Er hat einen Kopfverband, und statt der Dschellaba trägt er nun ein schwarzes Hemd und Jeans. Sein Blick geht aufmerksam hin und her.

Geistesgegenwärtig zieht Jef Birgit in einen Souvenirladen. Sie beobachten den Mann durchs Schaufenster.

»Er hat uns noch nicht gesehen«, sagt Jef, »aber nachher, wenn wir zum Gate gehen, müssen wir an ihm vorbei.«

Nervös tastet Birgit nach ihrem Hals. Jef merkt es, und sein Gesichtsausdruck wird grimmig. »Bleib du hier!«, sagt er und verlässt mit großen Schritten das Geschäft.

Birgit läuft ihm nach, bleibt aber auf der Schwelle stehen. Sie ruft, doch er lässt sich nicht beirren und geht direkt auf den Mann zu.

Als dieser ihn bemerkt, wirkt er erstaunt, dann zieht er die Augen zu schmalen Schlitzen zusammen und lässt sich vom Hocker gleiten.

Gehetzt sieht Birgit sich im Laden um; auf den Regalen stehen Elefanten und Kamele aus Alabaster. Rasch greift sie nach einer der größten Figuren, um notfalls eine Waffe zu haben. Ein schneller Blick nach draußen: Jef steht bereits vor dem Verfolger, ballt die Faust und verpasst ihm einen Kinnhaken. Der Mann geht zu Boden und reißt dabei ein paar Hocker mit.

Verdutzt hebt er die Hand und wischt sich das Blut vom Mund, dann will er aufstehen, aber Jef ist bereits über ihm.

Birgit spurtet los, als er gerade zum nächsten Schlag ausholt. Im letzten Moment besinnt er sich jedoch, packt den Mann an den Schultern und schüttelt ihn grob. »Raus mit der Sprache: Was soll das Ganze?«, fährt er ihn auf Englisch an. »Aber schnell, sonst hole ich die Polizei!«

»Das hat doch keinen Sinn!« Birgit zieht an Jefs Arm. »Komm weg hier! *Du* hast ihn angegriffen, das konnte jeder sehen.«

»Er weiß, wo mein Vater ist! Ich bring ihn um, wenn er nicht redet!«

Der Mann blickt ihn ungerührt an und sagt kein Wort.

Jef sieht ein, dass nichts zu machen ist, und lässt von ihm ab. Der Mann rappelt sich auf, klopft den Staub von seiner Hose und wirft Jef einen hasserfüllten Blick zu.

Seine Nähe ist Birgit so unangenehm, dass sie Gänsehaut bekommt. »Komm jetzt, ich will hier weg.« Sie nimmt Jefs Hand und zieht ihn aus dem Café.

Jef flucht leise. »Dieser Mistkerl lässt uns nicht in Ruhe, der fliegt garantiert mit nach Frankreich, du wirst schon sehen!«

»Er weiß doch überhaupt nicht, wohin wir wollen. Los jetzt, wir müssen zum Gate.«

Sie schauen sich immer wieder um, aber der Mann ist nirgendwo zu sehen, auch nicht im Flugzeug. Trotzdem zittert Birgit vor Nervosität, als sie sich anschnallt.

Kurz darauf setzt sich die Maschine in Bewegung, rollt über die Startbahn und hebt mit dröhnenden Triebwerken ab.

Langsam verschwindet die rotbraune Wüstenlandschaft unter ihnen. Als sie so weit oben sind, dass nur noch blauer Himmel und Wolken zu sehen sind, wird Birgit allmählich ruhiger und lehnt sich zurück.

Jef zwinkert ihr aufmunternd zu.

»Auf nach Frankreich!«, sagt er.

37

Der Übergang vom heißen Ägypten nach Frankreich könnte kaum krasser sein. Als sie kurz nach sechs auf dem Pariser Flughafen Charles de Gaulle landen, regnet es und ist gut zehn Grad kühler.

Damit sie nicht weiterhin von Taxis oder öffentlichen Verkehrsmitteln abhängig sind, suchen sie als Erstes einen Autoverleih.

Im gemieteten Renault Twingo fahren sie zum erstbesten Hotel, einem Holiday Inn unweit des Flughafens. Von ihrem Verfolger ist weit und breit nichts zu sehen, trotzdem haben sie das Gefühl, er sei in der Nähe.

Es regnet die ganze Nacht, doch als sie am nächsten Morgen eng aneinandergeschmiegt aufwachen, ist es trocken. Die Sonne scheint ins Zimmer, und mit einem Mal empfinden sie so etwas wie Ferienstimmung. Sie erwähnen Jefs Vater und Birgits Familie mit keinem Wort und lieben sich unter der warmen Dusche.

Nach einem gemütlichen Frühstück checken sie aus, vergewissern sich, dass die Luft rein ist, und steigen dann viel später als vorgesehen in ihren Mietwagen.

Im Großstadtverkehr kommen sie nur langsam voran, doch als sie den Pariser Ring hinter sich gelassen haben, geht es zügig in Richtung Chartres. Sie fahren durch eine abwechslungsreiche Landschaft, vorbei an sanft gewellten, bewaldeten Hügeln, dann wieder an Wiesen, auf denen braun-weiß gefleckte Kühe grasen. Hier und da blitzt ein Schloss oder Landhaus durch das sommerliche Grün.

Trotz der friedlichen Umgebung wirkt Jef nun wieder angespannt. Er summt die Lieder aus dem Autoradio nicht mehr mit, sondern verfällt in dumpfes Schweigen und trommelt nervös mit den Fingern aufs Lenkrad, wenn der Verkehr einmal stockt.

Birgit schweigt ebenfalls. Nur zu gern würde sie ihn ein wenig aufmuntern, aber was soll sie sagen?

Nach einer guten Stunde deutet Jef auf ein Schild an der Autobahn.

»Chartres«, sagt er.

Chartres ist schon von Weitem an den zwei ungleichen Kirchtürmen zu erkennen, die über der Ebene von Beauce aufragen. Nach dem Weg zur Kathedrale brauchen sie nicht zu fragen; alle Straßen führen dorthin.

Sie parken in einer Tiefgarage in der Nähe, und als sie auf die Kathedrale zugehen, knurrt Birgits Magen vernehmlich. Jefs Anspannung löst sich, er lacht: »Ich glaube, wir sollten was essen.« Er deutet auf ein Haus mit Satteldach und grünen Fensterläden. LE BISTROT DE LA CATHÉDRALE steht über der Eingangstür.

Sie betreten den Gastraum im ersten Stock, der wie ein Wohnzimmer anmutet, und wählen einen Tisch am Fenster mit Blick auf die reich verzierten Kirchenportale.

Ein junger Kellner nimmt ihre Bestellung auf.

Kurz darauf sitzen sie bei Milchkaffee und Schinkenbaguette. Jef scheint wenig Appetit zu haben, gedankenverloren beißt er ein paarmal in sein Brot und guckt immer wieder misstrauisch aus dem Fenster.

»Willst du nicht den Freund deines Vaters anrufen und Bescheid sagen, dass wir hier sind?«, fragt sie.

Jef nimmt sein Handy und sucht im Verzeichnis die Nummer.

Das Gespräch dauert nur wenige Minuten. Claude de Morbihan ist ganz bestürzt, dass sie im Restaurant essen, statt seine Gastfreundschaft in Anspruch zu nehmen. Er lädt sie spontan zum Abendessen ein und meint, am besten sollten sie gleich vorbeikommen.

Jef notiert die Adresse auf einem Bierdeckel.

»Nett von ihm«, meint Birgit. »Aber warum hat er sich nicht bei dir gemeldet, nachdem dein Vater verschwunden war?«

»Vermutlich war ihm das gar nicht klar. Ich bin mir ja auch nicht sicher, ob mein Vater wirklich verschwunden ist. Egal, wir können ihn ja gleich fragen. Das und noch vieles andere.«

Er beißt ein letztes Mal in sein Baguette, und kaum ist Birgit fertig, winkt er auch schon den Kellner heran und zahlt. Seine Ungeduld wirkt ansteckend, jetzt kann es auch Birgit kaum noch erwarten, de Morbihan zu sehen.

Sie fragen den Kellner nach dem Weg und gehen anschließend durch die Altstadt mit ihren pittoresken mittelalterlichen Fachwerkhäusern. Birgit will Jef gerade auf ein besonders hübsches Haus aufmerksam machen, als ihr das Lächeln im Gesicht gefriert. Sie bleibt stehen.

Jef stutzt. »Was hast du?«, fragt er.

»Ich glaube, ich habe eben den Kerl gesehen!«, flüstert sie.

»Wo?«

»Dort drüben an der Ecke. Als ich hinsah, ist er in der Gasse verschwunden.«

»Komm, wir sehen nach!« Jef will loslaufen, aber Birgit packt ihn am Arm.

»Das kannst du nicht machen! Was, wenn er eine Pistole hat!?«

»Mir egal. Der Typ kotzt mich allmählich an, ich will endlich wissen, warum er uns verfolgt.«

»Das ist doch wohl klar! Umbringen will er uns! Aber nicht hier, wegen der vielen Leute.« Birgit deutet auf die Touristen, die mit gezückter Kamera durch die Altstadt schlendern.

»Bist du ganz sicher, dass er es war?«

Sie zögert. »Eigentlich schon. Zumindest sah der Mann ihm sehr ähnlich, aber vielleicht habe ich mich auch getäuscht. Allmählich leide ich wohl unter Verfolgungswahn.«

Jef nimmt ihre Hand. »Komm weiter.«

De Morbihan bewohnt ein stattliches Haus mit einem breiten Treppenaufgang. Ein Butler öffnet ihnen und führt sie durch einen langen Flur ins Wohnzimmer, ein großer Raum mit glänzendem Dielenboden, alten Deckenbalken und einem gemauerten Kamin, der wohl ebenfalls aus der Erbauungszeit des Hauses stammt. Das moderne Mobiliar und die großen liliengefüllten Vasen bilden einen reizvollen Kontrast.

Claude de Morbihan, ein älterer Herr mit Halbglatze und kurz geschnittenem, gepflegtem Bart, steht am Bücherschrank, als sie eintreten. In seinem Nadelstreifenmaßanzug und den blitzblanken schwarzen Schuhen wirkt er wie aus dem Ei gepellt.

Er kommt auf sie zu, schüttelt ihnen die Hand und stellt sich vor: »Claude de Morbihan, *enchanté*. Es ist mir ein Vergnügen, Sie hier begrüßen zu dürfen. Darf ich Ihnen etwas zu trinken anbieten? Kaffee, Tee oder vielleicht einen Cognac?«

Jef und Birgit nehmen Kaffee, und der Butler, der an der Tür gewartet hat, verschwindet, kaum dass sie ihren Wunsch geäußert haben.

»Bitte, setzen Sie sich doch.« De Morbihan deutet auf die cremefarbene Couchgarnitur. »Ich freue mich sehr, den Sohn meines guten Freundes Nicolaas kennenzulernen«, sagt er und mit einem höflichen Nicken zu Birgit hin, »und eine so reizende junge Dame.«

Sie lächelt, und de Morbihan wendet sich wieder an Jef.

»Wenn ich recht verstanden habe, machen Sie sich Sorgen um Ihren Vater.«

»So ist es. Seit Wochen habe ich nichts mehr von ihm gehört. Im Prinzip ist das kein Grund zur Sorge. Wenn er mit einer Ausgrabung beschäftigt ist, lässt er oft längere Zeit nichts von sich hören. Aber diesmal liegt der Fall anders. Mein Vater hat eine Entdeckung erwähnt und wollte mir bei Gelegenheit mehr darüber erzählen. Doch dann hat er sich nicht mehr gemeldet. Wie ich inzwischen weiß, wurde sein Team aufgelöst, und er hat Karnak verlassen. Ich habe keine Ahnung, wo er jetzt ist, und bisher konnte mir niemand weiterhelfen.«

»Wenn das so ist, kann ich Ihre Besorgnis gut verstehen, sehr gut sogar. Dass Ihr Vater eine Entdeckung gemacht hat, ist mir bekannt. Er hat mich deswegen als Experten für die gallorömische Zeit konsultiert. Wie Sie vielleicht wissen, wurde die Stadt Chartres von den Galliern gegründet und von den Römern kolonisiert – darüber habe ich zahlreiche Artikel und auch Bücher geschrieben. Nicolaas wollte meine Meinung zu seiner Entdeckung hören und mich für eine Zusammenarbeit gewinnen. Sie wissen sicherlich, worum es geht, um den meistgesuchten Gegenstand unserer Geschichte, die Bundeslade.«

Ein junges Mädchen betritt das Zimmer und serviert Kaffee in einer Silberkanne.

»Ihr Vater hat mich aus Ägypten angerufen und von seinem Fund in Karnak berichtet. Er wollte wissen, ob ich es für möglich halte, dass Julius Cäsar die Bundeslade nach Frankreich, beziehungsweise ins damalige Gallien, gebracht haben könnte. Mir schien das vorstellbar, aber ich wandte ein, dass es dafür keinerlei Beweise gebe. Nicolaas sah das anders. Er wusste, dass es in der Kathedrale unserer Stadt ein Relief gibt, das die Bundeslade zeigt, und meinte, da müsse ein Zusammenhang bestehen. Ihm war auch bekannt, dass mein Cousin François Rektor der Kathedrale ist. Ihn wollte er sprechen, und ich habe nach seiner Ankunft in Frankreich ein Treffen arrangiert. Weil mich das Ganze sehr interessiert, habe ich Nicolaas in die Kathedrale begleitet. Wir haben das Relief lange betrachtet und mit meinem Cousin ausführlich darüber gesprochen, aber das hat Nicolaas leider nicht weitergebracht. Seine Theorie ließ sich nicht erhärten. Tags darauf packte er seinen Koffer und sagte, er wolle wieder nach Karnak.«

»Aber dort ist er nie angekommen.« Jef steht auf und tigert im Zimmer auf und ab. »Was kann da nur passiert sein? Wo und wie ist er verschwunden?«

De Morbihan überlegt. »Ich werde mich rasch mal erkundigen, einen Augenblick Geduld bitte.«

Er nimmt den Telefonhörer, tippt eine Nummer ein und nennt forsch seinen Namen. Dem in schnellem Französisch geführten Gespräch entnehmen sie, dass er mit dem Flughafen Charles de Gaulle telefoniert. Er wird mehrfach weiterverbunden, bis die zuständige Person an der Strippe ist. Er suche einen Freund, der seit zwei Wochen verschwunden sei, sagt de Morbihan und bittet, in den Passagierlisten nachzusehen, ob im Lauf des Monats ein gewisser Nicolaas Bogaards von Frankreich nach Ägypten geflogen sei.

Es dauert eine Weile, bis die Listen geprüft sind, dann kommt die Antwort. Der Flughafenangestellte spricht so laut, dass Jef und Birgit ihn deutlich hören: *Non, pas de Monsieur Bogaards.*

De Morbihan bedankt sich für die Auskunft und legt auf. Jef hat sich wieder hingesetzt, und minutenlang herrscht Schweigen im Zimmer.

»Nicolaas muss also auf dem Weg zum Flughafen verschwunden sein«, meint de Morbihan schließlich, »oder er hat es sich anders überlegt und hält sich doch noch irgendwo in Frankreich auf.«

»Wäre er freiwillig in Frankreich geblieben, hätte er mich angerufen oder wäre zumindest an sein Handy gegangen.« Jef wirkt niedergeschlagen, er stützt die Ellbogen auf und vergräbt das Gesicht in den Händen.

De Morbihan sieht ihn mitfühlend an. »Was haben Sie in Ägypten in Erfahrung gebracht? Vielleicht hilft uns das weiter«, sagt er.

»Wir haben uns in Karnak nach ihm erkundigt. Eigentlich hatte ich gehofft, ihn dort anzutreffen, völlig in seine Arbeit versunken, wie so oft, aber Fehlanzeige. Später haben wir erfahren, dass er eine Weile im Katharinenkloster gewohnt hat und von dort nach Frankreich geflogen ist, zu einem Freund.«

»So sind Sie also auf mich gekommen.«

Wieder ist es eine Weile still. De Morbihan legt gedankenverloren die Fingerspitzen aneinander. »Wenn ich es mir recht überlege … ach nein, das hat wohl nichts zu bedeuten.«

Jef sieht ihn erwartungsvoll an. »Was meinen Sie?«

»Nicolaas wollte vor dem Rückflug noch einmal in die Kathedrale«, sagt de Morbihan langsam. »Um sich zu vergewissern, dass er auch nichts übersehen hat. Ich überlege gerade …«

38

Jef springt auf und sagt, er wolle sofort in die Kathedrale. Auch Birgit erhebt sich, und de Morbihan bietet an, sie zu begleiten.

»François Breillat ist mein Cousin mütterlicherseits«, sagt de Morbihan und läutet nach dem Butler. »Er hat das Amt des Rektors schon seit vielen Jahren inne. Vielleicht hat er Ihren Vater noch gesprochen, Jef. Wir werden ihn gleich fragen.«

Der Butler kommt und hilft de Morbihan in sein Jackett. »Wir gehen kurz zur Kathedrale«, sagt er. »Seien Sie so nett und bitten Sie François telefonisch, ebenfalls hinzukommen. Es ist wichtig.«

Sie durchqueren den mittelalterlichen Stadtkern. Den Weg zur Kathedrale hätten sie auch ohne Begleitung gefunden; ihre Türme ragen hoch über den Dächern auf. Jef und Birgit schauen sich immer wieder verstohlen um, aber ihr Verfolger ist nirgendwo zu sehen.

Auf dem Vorplatz bleibt Birgit stehen und sieht an dem mächtigen, aufwendig verzierten Bauwerk hoch. Sie hat eine Schwäche für Kirchen; in jeder fremden Stadt, die sie bisher besucht hat, ist sie kurz in die Kirche gegangen, nur um der Atmosphäre willen. Der Weihrauchduft, die Stille zwischen den hohen Säulen und die vor Jahrhunderten ebenso kunstvoll wie sorgfältig gefertigten Schnitzereien und Steinmetzarbeiten flößen ihr immer wieder aufs Neue Ehrfurcht ein und vermitteln ihr das Gefühl, es gebe noch mehr zwischen Himmel und Erde.

Sie seufzt und geht hinter Jef und de Morbihan her, die bereits am Portal sind.

Nach der Helligkeit draußen muss Birgit sich erst an das dämmrige Licht im Innern gewöhnen, aber dann erfasst sie ein atemloses Staunen. Das enorm breite Kirchenschiff ist in buntes Licht getaucht, das aus den großen Kirchenfenstern zu fließen scheint. Die Farben ringsum und die vielen Skulpturen lassen sie taumeln. Um die mächtigen Gewölbefelder zu bewundern, muss sie den Kopf weit in den Nacken legen.

Langsam gehen sie durch den Kirchenraum zum Chorumgang, vorbei an unzähligen Statuen, die im diffusen Licht wie lebendig wirken.

Auf dem Weg zum Hauptaltar sehen sie plötzlich ein eindrucksvolles Bodenlabyrinth vor sich. De Morbihan erzählt, es sei um das Jahr 1200 angelegt worden und gelte als das besterhaltene von ganz Frankreich.

Es hat fast dreizehn Meter Durchmesser und besteht

aus elf Umgängen aus hellem Stein, schmalere dunkle Steine begrenzen die Wege.

»Fantastisch!«, sagt Birgit. »Dass es große Labyrinthe gibt, wusste ich, aber sooo groß ….«

»Es ist in der Tat einzigartig«, sagt de Morbihan.

Sie treten zur Seite, um eine Reisegruppe vorbeizulassen, die vor dem Labyrinth stehen bleibt. Der junge Fremdenführer leiert seinen offenbar auswendig gelernten Text herunter. Die Kathedrale von Chartres sei als größter gotischer Kirchenbau Frankreichs an einem Ort errichtet worden, an dem schon früher Gotteshäuser standen. Innerhalb der Ummauerung aus gallorömischer Zeit habe die erste Kirche aus dem sechsten Jahrhundert gestanden, die 743 einem Brand zum Opfer fiel. Auch die später an dieser Stelle erbauten, jeweils immer größeren Kirchen seien zerstört worden, bis dann im Jahr 1220 die Kathedrale in ihrer heutigen Gestalt vollendet worden sei. Jef und Birgit lauschen interessiert.

»Fragen Sie ihn, was ganz früher hier stand«, flüstert de Morbihan.

Birgit wartet, bis der junge Mann Luft holt, dann stellt sie die Frage.

»Ganz früher?« Er wirkt leicht irritiert.

»Ja, in der Zeit, bevor hier die erste Kirche erbaut wurde, in römischer Zeit etwa oder davor.«

»Ach, so meinen Sie das. Damals befand sich hier ein bedeutendes gallisches Heiligtum«, sagt er. »Julius Cäsar erwähnt in seinen Schriften, dass sich hier die Druiden der Karnuten um heilige Quellen versammelten.«

»Wie bitte?« Jef starrt de Morbihan an, der fein lächelt. Er bedeutet ihnen, ihm zu folgen, und erzählt dann, ein

Stück von der Reisegruppe entfernt, der Ort habe bereits in alter Zeit als heilig gegolten und unter dem Kathedralenhügel befinde sich ein Dolmen. Die Römer hätten die Stätte respektiert und dort nach der Eroberung Galliens einen Tempel zu Ehren der ägyptischen Göttin Isis erbaut. Noch im Mittelalter sei man sich der besonderen Bedeutung des Orts bewusst gewesen: Die Gegend war damals zwar christianisiert, aber der Glaube an die alten Götter und die Kräfte der Natur sei in Teilen noch lebendig gewesen.

»Bis heute bringt man die Kathedrale von Chartres mit alchemistischem Wissen und in Stein gemeißelten Geheimbotschaften in Verbindung. Chartres ist ein Ort voller Rätsel, doch bisher konnte keines davon gelöst werden«, schließt de Morbihan.

»Wissen Sie zufällig, um was für Geheimnisse es geht?«, fragt Jef.

»Wenn Sie das interessiert, sollten Sie mit meinem Cousin sprechen. François kennt sich mit der Kathedrale aus wie sonst keiner. Ah, da ist er auch schon!«

Ein untersetzter Mann um die fünfzig eilt auf sie zu. De Morbihan drückt seinem Cousin die Hand, stellt Birgit und Jef vor und erläutert knapp ihr Anliegen.

Breillat runzelt die Stirn. »Monsieur Bogaards ist verschwunden? Wie lange schon?«

»Zunächst bin ich von etwa einem Monat ausgegangen, aber es scheint erst zwei Wochen her zu sein«, sagt Jef äußerlich vollkommen ruhig. »Trotzdem mache ich mir Sorgen, weil ich meinen Vater telefonisch nicht erreiche. Deshalb haben wir beschlossen, ihn zu suchen. Womöglich ist ihm etwas zugestoßen.«

»Nicolaas wollte sich vor dem Rückflug nach Ägypten noch mal in der Kathedrale umsehen«, sagt de Morbihan zu seinem Cousin. »Aus diesem Grund sind wir hier. Hast du ihn gesehen, François? Oder vielleicht sogar mit ihm gesprochen?«

Breillat schüttelt den Kopf. »Nein, aber ich bin auch nicht ständig in der Kirche. Ich könnte mich bei den Fremdenführern und den Damen in der Buchhandlung umhören, aber ob sie sich noch daran erinnern? Hier kommen so viele Leute her …« Er sieht Jef bedauernd an.

»Ich wüsste gern, weshalb Jefs Vater noch einmal in die Kathedrale gegangen ist«, sagt Birgit. »Ich vermute, ihm ist hier etwas aufgefallen. Monsieur de Morbihan, würden Sie uns zeigen, was Sie sich beide zusammen angesehen haben?«

»Selbstverständlich. François, übernimmst du das bitte? Du weißt hier besser Bescheid als ich.«

Breillat macht eine ausladende Geste. »Tja, wo fange ich am besten an? Hier gibt es so viel zu sehen …«

»Monsieur de Morbihan hat vorhin erzählt, dass die Kathedrale von Chartres mit Rätseln und Geheimnissen in Verbindung gebracht wird«, hilft Birgit ihm auf die Sprünge. »Um was für Geheimnisse geht es dabei?«

»Dass der Kathedrale etwas Mysteriöses anhaftet, stimmt durchaus. In den 1920er-Jahren erschien in Paris ein Buch mit dem Titel *Mysterium der Kathedralen*. Der Verfasser, ein gewisser Fulcanelli, erläutert darin seine Theorie, dass die gotischen Kathedralen Europas in Stein gemeißelte alchemistische Botschaften enthalten und dass all die Säulen, Statuen und Rosettenfenster uralte Geheimnisse hüten.« Breillat deutet auf die Skulpturen und blauen Glasfenster ringsum.

»Erzähl ihnen von Fulcanelli«, mischt sich de Morbihan ein.

»Der Name Fulcanelli ist ein Pseudonym«, beginnt Breillat. »Wer tatsächlich dahintersteckt, hat man nie herausbekommen. Wir wissen nur, dass der Verfasser des Buches sich sehr für Alchemie interessierte und auch viel mehr davon verstand als die meisten seiner Zeitgenossen. Er hat beispielsweise das längst verloren geglaubte alchemistische Verfahren zur Herstellung des blauen und roten Glases in unseren Kathedralenfenstern wiederentdeckt. Und erstaunlicherweise kannte er sich auch mit Kernenergie sehr gut aus.«

»Mit Kernenergie?« Jef sieht Breillat ungläubig an. »In den 1920er-Jahren?«

»Ganz richtig. Seine Ausführungen dazu könnten ohne Weiteres von einem Wissenschaftler des späten zwanzigsten Jahrhunderts stammen. Wie er an dieses Wissen kam, ist jedoch rätselhaft.«

Langsam umrunden sie das große Labyrinth, und Birgit bestaunt es ausgiebig. »Ein Wunderwerk«, sagt sie.

Breillat nickt stolz. »Das kann man laut sagen. Und außerdem ist es alt, sehr alt sogar. Es ist die exakte Nachbildung eines Labyrinths aus einer griechischen Handschrift des zweiten Jahrhunderts, die wiederum auf einer wesentlich älteren Quelle basiert.«

Ein paar Leute nähern sich, betreten das Labyrinth und folgen den Umgängen bis in die Mitte.

»So geht das schon seit achthundert Jahren«, bemerkt Breillat nachdenklich. »Früher waren es Pilger, die Buße tun wollten, heute sind es hauptsächlich Touristen. Labyrinthe wie dieses nennt man auch ›Weg nach Jerusalem‹.«

Breillat dreht sich um und lässt den Blick durch den Kirchenraum schweifen. »In unserer Kathedrale gibt es noch etwas sehr Ungewöhnliches. Wenn die Sonne im Sommer um zwölf Uhr mittags ihren höchsten Stand erreicht, fällt durch eine ausgesparte Öffnung in einem der Fenster ein Lichtstrahl auf das Westfenster, wird von dort zurückgeworfen und trifft auf eine Bodenfliese, die sich deutlich von den anderen unterscheidet. Kommen Sie mit, ich zeige sie Ihnen.«

Mit großen Schritten geht Breillat auf das südliche Querschiff zu. Plötzlich bleibt er stehen und deutet auf eine rechteckige Fliese. Sie ist nicht nur größer und anders gefärbt als die übrigen, sondern auch diagonal eingefügt. Am auffälligsten aber ist der Metallnagel darin.

»Am 21. Juni fällt der Lichtstrahl exakt auf diesen Nagel. Man hat versucht, das Phänomen zu ergründen, aber bis heute gibt es keine schlüssige Erklärung.«

»Vielleicht ein Vermächtnis aus der Zeit der Druiden«, sinniert de Morbihan. »Bei den Steinkreisen von Stonehenge verhält es sich auch so, dass die Sonne am Mittsommertag zwischen zwei Steinen hindurch ins Innere fällt. Vermutlich haben die Erbauer der Kathedrale auf diese Weise ein Element der alten Naturreligion einfließen lassen.«

»Davon geht man heute aus«, bestätigt Breillat. »Und auch mir erscheint es logisch. Mit unserem Labyrinth hat es übrigens auch etwas Besonderes auf sich: Es hat keine Sackgassen. Egal, wo man beginnt, man erreicht immer die Mitte. Dahinter steht eine spirituelle Bedeutung: Ein Gang durch das Labyrinth wird als Weg zum Kern des Daseins gesehen. Wer ihn geht, findet Trost, gewinnt Einsicht und vor allem Kraft. Die Alchemisten waren außerdem davon überzeugt, dass sich in der Mitte eines Labyrinths ein Kraftfeld befindet. Fulcanelli geht in seinem Buch ebenfalls darauf ein und stellt die These auf, man könne solche Kraftfelder mithilfe von Labyrinthen erzeugen. Wollen wir nun zur Krypta? Sie hat Monsieur Bogaards ganz besonders interessiert.«

Breillat erklärt, es gebe drei Zugänge zur Krypta, üblicherweise werde die Tür außen an der Kathedrale benutzt. Sie folgen ihm ins Freie.

Er schließt die Holztür und geht eine Steintreppe hinab bis zu einem ebenfalls verschlossenen Eisengitter. Er öffnet es, und sie betreten die unterirdischen Gewölbe der Kathedrale.

Die Krypta besteht aus zwei miteinander verbundenen, unterhalb des Chorumgangs verlaufenden Gängen. In der Mitte befindet sich eine Kapelle, die dem heiligen Lubinus geweiht ist. Sie beherbergt Überreste einer der Vorgängerkirchen aus dem neunten Jahrhundert. Obwohl die Kapelle erstaunlich groß ist, gibt es nicht allzu viel zu sehen.

Am Anfang des nördlichen Gangs befindet sich ein vierunddreißig Meter tiefer Brunnen, in dem – so berichtet Breillat – christliche Märtyrer ertränkt wurden.

Unwillkürlich sieht Birgit sich um. Könnte hier etwas verborgen sein?

»Hat man die Krypta jemals genauer untersucht, ich meine, im Hinblick auf mögliche Geheimnisse?«, fragt sie mitten in Breillats Ausführungen über den heiligen Lubinus hinein.

Konsterniert sieht er sie an, und sie murmelt schnell eine Entschuldigung.

»Im Abstand von etwa zwanzig Jahren haben Forscherteams die Krypta immer wieder unter die Lupe genommen, aber bisher nichts Nennenswertes entdeckt«, sagt er dann. »Was natürlich nicht bedeuten muss, dass es nichts gibt. Aber wie soll man fündig werden, wenn man nicht genau weiß, wonach man sucht?«

Jef hat die Hände in die Hosentaschen gesteckt und lässt den Blick über die Wände der Krypta gleiten. »Etwas Großes kann hier jedenfalls nicht versteckt sein, sonst hätte man garantiert irgendwelche Spuren gefunden.«

»Das würde ich nicht sagen«, meint Breillat. »Es könnte auch sein, dass sich hier etwas befunden hat, das später weggebracht wurde. Ab dem sechsten Jahrhundert gab es hier christliche Kirchen. Belegt ist auch, dass hier in römischer Zeit ein Tempel stand, den Julius Cäsar errichten ließ. Er war der heidnischen Göttin Isis geweiht, die man – wie Sie sicherlich wissen – vor allem in Ägypten verehrt hat. Aus verschiedenen Quellen geht hervor, dass Cäsar dem Isis-Kult anhing und während seiner Herrschaft zahlreiche Tempel zu Ehren der Göttin erbauen ließ. Auch in Gallien wurde Isis so verehrt, dass die Kirche es nicht wagte, dagegen einzuschreiten. So fand sie als Schwarze Madonna schließlich Eingang in die kirchliche Lehre. In der angrenzenden Kapelle steht übrigens eine Statue von ihr.«

Birgit fühlt sich allmählich unwohl. Von der stickigen Luft und dem Halbdunkel hat sie leichte Kopfschmerzen bekommen. Zum Glück beendet Breillat seine Darlegungen nach ein paar Minuten und führt sie wieder nach oben. Zu erzählen hat er aber offensichtlich noch eine ganze Menge, denn nun strebt er dem Nordportal zu.

»Und jetzt zeige ich Ihnen das Relief mit der Bundeslade«, sagt er.

Das Portal ist dreiteilig und aufwendig mit Bildwerk verziert. Breillat erklärt, es handele sich dabei hauptsächlich um Gestalten und Themen aus dem Alten Testament, etwa die Schöpfung und den Sündenfall, sowie um Szenen aus dem Leben Marias.

Wieder beginnt er zu dozieren, aber Birgit hört nicht zu. Sie tritt ein paar Schritte zurück und betrachtet aufmerksam die bogenförmigen Reliefs. Ihrem Eindruck nach ist die Bundeslade darauf nirgendwo zu sehen. Sie sieht Jef an und merkt, dass auch er langsam ungeduldig wird, Breillat aber nicht ins Wort fallen will.

Der Rektor erläutert gerade in aller Ausführlichkeit die Figuren des Mittelportals, von Melchisedech bis zu Johannes dem Täufer und Petrus. Dann dreht er sich plötzlich um, stellt sich neben eine schlanke Säule am Portal und deutet auf das dort eingemeißelte Relief: »Und hier haben wir die Bundeslade!«

Jef und Birgit horchen auf und treten sogleich näher. Auf der Säule sind zwei Szenen dargestellt: eine Kiste, die per Ochsenkarren befördert wird, und dieselbe Kiste, wie sie mit Tüchern bedeckt wird, daneben Menschen, die in verkrümmter Haltung am Boden liegen.

»Viele Theologen deuten diese Darstellungen als den Raub der Bundeslade aus dem Salomonischen Tempel in Jerusalem«, sagt Breillat. »In Wirklichkeit ist aber nur eine

Kiste zu sehen, die auf einem Karren transportiert wird. Wo die Szene spielt, lässt sich nicht sagen, ebenso wenig, wohin die Kiste gebracht wird und von wem. Dass es sich bei der Kiste tatsächlich um die Bundeslade handelt, ist allein dieser Inschrift zu entnehmen.«

Er deutet auf einen lateinischen Text unter dem Relief. »Früher war sie schlecht zu entziffern, deshalb findet man sie häufig fehlerhaft zitiert. Vor einiger Zeit hat man die Säule restauriert, sodass die Buchstaben nun deutlich erkennbar sind. Aber leider ist es kein korrektes Latein und daher nicht ganz einfach zu übersetzen.« Er folgt der Inschrift mit dem Finger und liest vor: »ARCHA: CEDERIS: HIC. AMICITUR. ARCHA CEDERIS.«

»*Archa* heißt wohl Bundeslade«, sagt Birgit. »Und *hic* bedeutet hier.«

Breillat nickt. »*Cederis* kommt von *cedere*, was gehen heißt, und könnte als ›du wirst gegangen‹ wiedergegeben werden.«

»Und was heißt *amicitur*?«, fragt Jef.

»Auch das ist seltsam ausgedrückt. Derjenige, der den Text in die Säule gemeißelt hat, war des Lateinischen nur begrenzt mächtig. Das Wort *amicire* bedeutet kleiden oder umhüllen, also könnte es heißen: ›du wirst umhüllt‹. Das würde zumindest der gezeigten Szene entsprechen.«

Birgit fasst zusammen: »Die Bundeslade wird von hier – also von hier weg – transportiert und umhüllt. Die Bundeslade wird transportiert. Genau genommen steht da, dass sie zweimal transportiert wird.«

»Möglicherweise war das noch öfter der Fall«, bemerkt Breillat. »Monsieur Bogaards war überzeugt, dass sie in der Krypta der Kathedrale steht oder jedenfalls gestanden hat. Mir leuchtet das durchaus ein. Gefunden haben wir sie aber nicht, und ich fürchte, das wird wohl auch nie geschehen.«

»Mein Vater war ja vor seiner Abreise noch mal in der Kathedrale«, sagt Jef. »Das deutet darauf hin, dass er doch noch etwas entdeckt hat. Vielleicht an einer Stelle, an die er nicht herankam, sodass er aufgegeben hat. Oder aber ...«

Er spricht nicht weiter, aber Birgit weiß genau, was er sagen will. »Oder aber er ist beim Suchen überrascht worden und in eine heikle Situation geraten«, sagt sie leise.

Betretenes Schweigen. Schließlich räuspert sich de Morbihan. »Wenn das so ist«, sagt er, »dann bleibt uns wohl nichts anderes übrig, als die ganze Kathedrale auf den Kopf zu stellen. Falls Nicolaas hier verschwunden ist, muss sich ja irgendwo ein Hinweis finden.«

»Nach zwei Wochen ...?« Breillat wiegt zweifelnd den Kopf. »*Enfin*, wer nicht wagt, der nicht gewinnt. Ich werde gleich mit meinen Mitarbeitern sprechen. Sie können sich einstweilen schon mal umsehen.« Er zieht seinen Schlüsselbund aus der Hosentasche und gibt ihn de Morbihan. »Hier, bitte. Für die Bereiche, die Touristen nicht zugänglich sind. Mir ist zwar schleierhaft, wie Monsieur Bogaards dorthin gelangt sein soll, aber man kann nie wissen.«

De Morbihan nimmt die Schlüssel und geht mit Jef und Birgit wieder in die Kathedrale.

39

»Gut, dass wir jetzt allein sind«, sagt de Morbihan, als sie den dämmrigen Kirchenraum durchqueren. »Sie müssen nämlich wissen, dass François sehr religiös ist. Und Nicolaas hat Theorien zur Bundeslade, die ihn sehr aufgebracht haben. Ich selbst finde sie durchaus plausibel, aber in François' Gegenwart wollte ich lieber nicht davon anfangen.«

Jef und Birgit bleiben stehen und sehen ihn abwartend an.

De Morbihan räuspert sich. »Wo fange ich am besten an? Gehen wir einmal davon aus, dass sich die Bundeslade hier befindet, in dieser Kathedrale. Nicolaas und ich sind uns da ziemlich sicher. Julius Cäsar nahm sie aus Karnak mit und bewahrte sie an einem heiligen Ort der gallischen Druiden auf, zu dem niemand außer den Hohepriestern Zugang hatte. Nach dem Mord an Cäsar geriet sie im Lauf der Zeit in Vergessenheit und wurde erst viele Jahrhunderte später wiederentdeckt, und zwar im Mittelalter, als Frankreich längst christianisiert war. Man findet die Bundeslade und begreift, was man damit in Händen hält: eine mächtige Waffe, deren Kraft ungebrochen ist. Dank Moses weiß man um die zerstörerischen Kräfte der Bundeslade und wie mit ihr umzugehen ist. Man berücksichtigt also sämtliche Kleidungs- und sonstigen Vorschriften und baut für das Heiligtum einen neuen Aufbewahrungsort: diese Kathedrale hier.« De Morbihan lässt den Blick durch das Mittelschiff schweifen. »Wenn Sie mich fragen, hat man die Kathedrale sozusagen um die Bundeslade herum gebaut und dafür gesorgt, dass man bei Bedarf problemlos an sie herankommt.«

Jef runzelt die Stirn. »Bei Bedarf? Was meinen Sie damit?«

De Morbihan antwortet nicht gleich, er scheint sorgfältig zu überlegen, wie er das am besten erklären soll. »Fulcanelli schreibt, die französischen Kathedralen enthielten in Stein gemeißelte, verschlüsselte Botschaften über ein altes Geheimnis, dem nur alle hundert Jahre ein paar wenige auf die Spur kämen. Seine Zeitgenossen verlachten ihn, auch wegen seiner Theorien zur Kernenergie. Nun, ich kann mir gut vorstellen, dass Begriffe wie Kernspaltung, atomare Felder und Elementarteilchen zu einer Zeit, in der man teilweise noch mit Pferdekutschen unterwegs war, als reiner Humbug abgetan wurden.« Er lacht leise. »Kaum zwanzig Jahre später fiel gegen Ende des Zweiten Weltkriegs die erste Atombombe, und Fulcanellis Thesen erschienen in einem ganz anderen Licht. Die Entdeckung der Kernenergie ist keineswegs eine Errungenschaft unserer Zeit. Viele glauben, dass Supraleiter und Materialien, die sich den Gesetzen der Schwerkraft widersetzen, bereits in der Antike bekannt waren, auch wenn man noch keine wissenschaftliche Erklärung für diese Phänomene hatte. Dennoch gab es sie, genau wie Erdöl und Erdgas seit Urzeiten im Boden vorhanden waren, ohne genutzt zu werden. Wie immer, gab es auch damals ein paar scharfsinnige Menschen, die erkannten, welcher Nutzen daraus erwachsen könnte. In einem Museum in Lissabon hängt ein Gemälde von Hieronymus Bosch aus dem Jahr 1505, das die Versuchung des heiligen Antonius darstellt. Auf dem Gemälde sind Flugobjekte mit antennenähnlichen Fortsätzen zu sehen, wie zum Senden und Empfangen von Funkwellen. In einem alten Sanskrittext namens *Agastya Samhita* in der Bibliothek der indischen Fürsten von Ujjain findet sich eine detaillierte Anleitung für die Herstellung von Batterien. Plutarch schrieb im ersten Jahrhundert nach Christus, er habe im Jupiter-Amun-Tempel eine ›ewige Lampe‹ gesehen, die weder Wind noch Wasser zum Erlöschen bringen könnten. Und Handschriften sowie Tontafeln belegen, dass die alten Griechen mit dem Begriff *elektron* vertraut waren. In einer griechischen Sage kommt eine Tochter des Gottes Atlas namens Elektra vor, was auf Griechisch ›leuchtend‹ bedeutet, aber auch Bernstein. Und wenn man Bernstein reibt, lädt er sich bekanntlich elektrostatisch auf. Atlas wiederum bringt man üblicherweise mit dem verschwundenen Kontinent Atlantis in Verbindung, und das legt den Schluss nahe, dass die Atlanter in der Lage waren, Elektrizität zu erzeugen. Und wie sich gezeigt hat, ist es von der Elektrizität zur Kernenergie nur noch ein verhältnismäßig kleiner Schritt. Mit welchem Recht beanspruchen wir Menschen des zwanzigsten und einundzwanzigsten Jahrhunderts also diese Entdeckung, zumal sich doch bei Ausgrabungen immer wieder erweist, dass wir lediglich dabei sind – wenn auch in rasantem Tempo –, altes Wissen neu zu entdecken?«

»Wenn das wirklich stimmt«, sagt Birgit, »wie kommt es dann, dass all das Wissen verschwunden war? Warum wurde es nicht von einer Generation an die nächste weitergegeben?«

»Es ist in Vergessenheit geraten«, sagt de Morbihan. »Vermutlich sogar mehrere Male, sei es durch Kriege, Erdbeben, Flutkatastrophen und so weiter. Man denke nur an die biblische Sintflut, die erwiesenermaßen kein Mythos ist, denn archäologische und geologische Untersuchungen haben ergeben, dass einst tatsächlich weite Teile der Erde überflutet wurden.«

»Wenn ich Sie richtig verstehe, wollen Sie damit sagen, dass die Kathedrale als Hort des Wissens errichtet wurde«, sagt Birgit.

De Morbihan nickt. »Ganz genau. Natürlich war das nicht der einzige Grund, aber ein wichtiger.«

»Die Religion spielte doch wohl auch eine Rolle?«, wendet Birgit ein.

»Selbstverständlich«, sagt de Morbihan. »Aber das habe ich nicht gemeint. Die gotischen Kathedralen Frankreichs dienten dem Zweck, Energie zu erzeugen, und zwar nach dem Modell der Bundeslade.«

»So ein Quatsch«, sagt Jef brüsk.

De Morbihan reagiert gelassen. »Es ist nicht ganz leicht, sich mit dieser Vorstellung vertraut zu machen, aber so abwegig, wie Sie vielleicht meinen, ist sie keineswegs. Denken Sie beispielsweise an Moses. Auf dem Berg Horeb erhielt er von Gott die Gesetzestafeln mit den Zehn Geboten und außerdem den Auftrag, nach genauen Vorgaben ein Behältnis für die Tafeln zu fertigen. In der Bibel ist sehr detailliert beschrieben, wie es auszusehen hatte und woraus es zu bauen war: Akazienholz, feines Gold innen und außen, ein goldener Kranz ringsherum, seitlich Holzstangen in goldenen Ringen und auf dem Deckel zwei goldene Engel.«

Er sieht Jef und Birgit eindringlich an, bevor er fortfährt: »All das sind Voraussetzungen für die Erzeugung von Elektrizität.«

»Das ist unmöglich«, sagt Jef entschieden.

»Im Gegenteil: Es ist sehr gut möglich«, beharrt de Morbihan. »Die zwei Goldschichten innen und außen mit Holz als Isoliermaterial dazwischen waren die Grundvoraussetzung dafür. Die zwei Engel dienten als Elektroden. In der Bibel findet man Hinweise, dass die Bundeslade unter hoher Spannung stand; sie konnte Geschwüre und Schlimmeres verursachen und besaß zu jeder Zeit zerstörerische Kraft. Im Talmud ist zu lesen, dass derjenige, der die Lade berührte, von daraus hervorschießenden Blitzen verbrannt worden sei. Es liegt also nahe, dass Moses die Kraft, die wir Elektrizität nennen, gekannt hat. Dieses Wissen wurde wahrscheinlich mündlich überliefert. Während seiner letzten Jahre in Ägypten galt er zudem als bedeutender Mann und dürfte daher mit dem Geheimwissen der alten Ägypter vertraut gewesen sein.«

Er sieht Birgit und Jef an. »Sie erinnern sich an den Begriff *archa* auf der Säule?«

Die beiden nicken.

»In korrektem Latein muss es *arca* heißen, was Koffer oder Kiste bedeutet. Im Altfranzösischen wurde daraus *arch* und später dann *arc.*«

»Arc de Triomphe … «, sagt Birgit nachdenklich.

»Genau! Wir kommen der Sache allmählich näher!« De Morbihan hält kurz inne, um den folgenden Worten mehr Nachdruck zu verleihen. »*Arc* steht für ›Bogen‹ oder ›Gewölbe‹, und auf Elektrizität bezogen ist es der Lichtbogen, der bei Entladungen zwischen zwei Elektroden entsteht.«

Was Birgit in einer anderen Umgebung weit von sich gewiesen hätte, kommt ihr in der mystischen Atmosphäre der Kathedrale immer einleuchtender vor. Sie ist regelrecht fasziniert von de Morbihans Ausführungen.

»Falls Ihre Theorie stimmt, und ich sage ausdrücklich *falls*«, mischt Jef sich ein, »dann wäre die Energie nach einer Weile verbraucht und müsste neu von irgendwoher kommen. Steckdosen gab es ja zu Moses' Zeit noch nicht, oder hat er die gleich miterfunden?«

»Junger Freund, es gibt keinen Grund, so ironisch zu werden. Aber ich will Ihnen das verzeihen. Nicht nur, weil sie Nicolaas' Sohn sind, sondern weil Ihre Bemerkung beweist, dass Sie ein kritischer Geist sind, und das kann ich Ihnen kaum verübeln. Aber Sie haben noch nicht alles gehört«, sagt de Morbihan gelassen. »Um Energie zu erzeugen, braucht man selbstverständlich mehr, und nun tritt ein geheimnisvolles weißes Pulver auf den Plan!«

40

Sie haben nicht auf den Weg geachtet und befinden sich genau in der Mitte des Labyrinths, als Birgit abrupt stehen bleibt.

»*Mfkzt*!«, sagt sie unwillkürlich.

»Genau! Sie kennen es?«

»Wir haben davon gehört«, sagt Jef. »Anscheinend hat man nie herausgefunden, was für eine Substanz es genau ist.«

»Der Stoff *mfkzt* wird in altägyptischen Texten häufig genannt«, sagt de Morbihan. »Bei Laboruntersuchungen hat sich herausgestellt, dass er aus verschiedenen Metallen besteht, und zwar aus Platin, Iridium, Palladium, Rhodium, Osmium und Ruthenium.«

»Hmmm ...«, murmelt Birgit.

»Das sind sogenannte PGMs oder Platingruppenmetalle, die man heutzutage unter anderem für Zahnarztinstrumente und elektrische Kontakte verwendet«, erklärt de Morbihan. »Entdeckt wurden sie im neunzehnten Jahrhundert, besser gesagt, damals wurden sie so benannt und man glaubte, erstmals mit ihnen zu arbeiten. Texte aus Ägypten und Mesopotamien belegen, dass man schon vor langer Zeit Goldlegierungen herstellen konnte. Will man Gold legieren, muss man die Metalle, die man beimischen will – etwa Silber, Kupfer und die sechs Metalle, die ich genannt habe –, aus dem Gestein chemisch herauslösen, in dem sie vorkommen. In alten Gräbern hat man Gegenstände gefunden, die beweisen, dass man das in der Antike beherrschte. Im Mittelalter hingegen hat man ausschließlich reines Gold verarbeitet, weil man nicht mehr in der Lage war, die anderen Metalle aus dem sie umgebenden Gestein zu lösen. Man verfügte über zu wenig chemisches Wissen, um sie auch nur zu erkennen. Erst im neunzehnten Jahrhundert wurden sie, wie gesagt, wiederentdeckt und bekamen ihre heutigen Namen.«

»*Mfkzt* besteht also aus diesen PGMs – Iridium und den anderen Metallen, die Sie genannt haben«, resümiert Birgit. »Aber woher hatten die Ägypter das Pulver?«

»Sie stellten es selbst her«, sagt de Morbihan mit schöner Selbstverständlichkeit. »Und zwar in Werkstätten innerhalb der Tempel. In jedem bedeutenden Tempel gab es Spezialisten für Chemie, Physik und Astrologie, sozusagen Repräsentanten des göttlichen Wissens. Von Karnak ist beispielsweise bekannt, dass dort Mitglieder der sogenannten Weißen Bruderschaft tätig waren. In manchen Tempeln hat man übrigens ganze Fässer dieses weißen Pulvers gefunden, dazu Gebrauchsgegenstände wie Schmelztiegel.«

Jef verschränkt die Arme vor der Brust und schüttelt den Kopf. »Hmmm … das klingt sehr absonderlich.«

»Ich stimme Ihnen zu, aber vermutlich klang es auch absonderlich, als erstmals behauptet wurde, die Erde sei eine Kugel und keine Scheibe.«

»Mag sein, aber das heißt noch lange nicht, dass jede ungewöhnliche Theorie auch zutrifft«, wendet Birgit ein. »Was für eine Rolle soll *mfkzt* denn bei der Erzeugung von Elektrizität spielen? Es ist doch nur ein Pulver.«

»Aber ein Pulver mit besonderen Eigenschaften«, sagt de Morbihan. »In der Bibel steht, dass die Bundeslade nicht nur die Gesetzestafeln enthielt, sondern auch den grünenden Stab des Aaron, das Gesetzbuch und einen goldenen Krug mit Manna. Die Israeliten wussten nicht, woraus Manna bestand. Als sie auf dem Weg ins Gelobte Land Hunger litten, ließ Gott es vom Himmel fallen. Sie sahen es mit Staunen und riefen: ›Was ist das? Was ist das?‹ So kam das Manna zu seinem Namen, der im Hebräischen nichts anderes bedeutet als ›Was ist das?‹. Zur Freude der Israeliten war es essbar, sodass sie ihren Hunger stillen konnten. Und mit diesem weißen Manna wurde ein Krug gefüllt und in die Bundeslade gelegt. Damit stellt sich die Frage: Warum kam ausgerechnet ein Krug, noch dazu ein goldener, mit Essbarem in die Lade? Hatten die Israeliten keine Karren, auf denen sie ihren Proviant befördern konnten? Warum musste dafür das Heiligtum herhalten? Seltsam ist das schon, das werden Sie zugeben. Ich will nun keineswegs behaupten, Gott habe auch *mfkzt* vom Himmel fallen lassen oder

Moses habe seinem Volk Chemikalien zu essen gegeben. Nein, ich wollte damit nur veranschaulichen, dass unbekannte Dinge des Öfteren als ›Was ist das?‹ bezeichnet wurden. Das altägyptische Wort *mfkzt* heißt nämlich ebenfalls ›Was ist das?‹. Das Manna der Israeliten war zwar nicht mit *mfkzt* identisch, aber die beiden Stoffe sahen sich ähnlich, und Moses hat nun das kostbare, Elektrizität erzeugende Pulver *mfkzt* einfach als Manna ausgegeben, damit niemand merkte, dass diese Substanz benötigt wurde, um der Bundeslade ihre zerstörerischen Kräfte zu verleihen.«

Sie schweigen kurz.

»Wenn ich gläubig wäre, würde ich jetzt heftig protestieren«, sagt Jef, »denn damit wischen Sie die religiöse Bedeutung der Bundeslade komplett vom Tisch.«

»Aber nein, Sie verstehen mich falsch! Ich will die Existenz Gottes keinesfalls leugnen, ebenso wenig, dass Moses mit ihm in Verbindung stand. Ich glaube lediglich, dass Moses mit seinen physikalischen Kenntnissen Gottes Sache ein wenig nachhelfen wollte. Auf dem Berg Horeb erhielt er den Auftrag, eine Kiste anzufertigen, in der die Gesetzestafeln aufbewahrt werden sollten, und als Moses ins Tal hinabstieg, fand er dort sein Volk vor, wie es ein Götzenbild umtanzte.«

»Und da beschloss Moses, ein bisschen zu tricksen«, sagt Jef.

Birgit kann nur mit Mühe ein Kichern unterdrücken. »Ich weiß nicht recht«, sagt sie dann, »das Ganze klingt schon faszinierend, aber …«

»Aber ein wenig absonderlich, nicht wahr?«, ergänzt de Morbihan lächelnd.

»Schon. Dass Moses ein paar physikalische Tricks kannte, mag ja sein. Nehmen wir einmal an, es war so. In der Bibel steht nun aber, wer die Bundeslade versehentlich berührte, sei auf der Stelle tot umgefallen. Wie erklären Sie sich das? Die Israeliten durchquerten die Wüste und transportierten die Lade auf einem Holzkarren. Wie hätte man dort Strom erzeugen sollen? Das ging doch nicht.«

»Oh doch«, sagt de Morbihan. »Die Metalle in dem weißen Pulver hatten die Fähigkeit, High-Spin-Zustände zu erzeugen.«

Birgit wird hellhörig. »High Spin? Das hat doch was mit Atomen zu tun, oder?«

»Genau. Es bedeutet, dass sich die Atome eines Elements in einem sehr hohen energetischen Zustand befinden«, erklärt de Morbihan. »Normalerweise bewegen sich die Elektronen paarweise um den Atomkern, wobei sie sich in unterschiedlicher Richtung um die eigene Achse drehen. Unter Einfluss von High-Spin-Kernen drehen sie sich plötzlich alle in dieselbe Richtung. Sobald sich alle Elektronen mit Höchstgeschwindigkeit synchron bewegen, verlieren die Atome ihren Zusammenhalt und zerfallen zu einem weißen Pulver mit supraleitenden Eigenschaften.«

»Und das bedeutet?«

»Ein Supraleiter funktioniert anders als ein herkömmlicher elektrischer Leiter; er kann Energie über weite Entfernungen hinweg übertragen, und zwar ohne dass ein konventionelles elektrisch leitendes Material im Spiel ist«, erläutert de Morbihan. »Denken Sie nur an die Art und Weise, wie sich Licht fortbewegt. Es erreicht uns aus großer Entfernung und füllt problemlos jeden Raum aus. Genauso funktionieren Supraleiter, und wenn man zwei davon verbindet, entsteht ein Magnetfeld. Ich will das nicht weiter vertiefen, nur so viel: Dieses Phänomen nennt man Quantenkohärenz, und das entstehende Magnetfeld bezeichnet man als Meißner-Feld. Innerhalb dieses Feldes, dessen Reichweite unbegrenzt ist, kann Energie in beliebiger Menge gespeichert werden und …«

Jef, der bisher aufmerksam zugehört hat, unterbricht de Morbihan: »Wie aktiviert man einen solchen Supraleiter?«

»Indem man ihn einem Magnetfeld aussetzt«, antwortet er. »Im Prinzip kann jeder Gegenstand mit magnetischen Eigenschaften einen Supraleiter aktivieren. Wenn Sie beispielsweise ein Magnetfeld erzeugt haben und erhalten es aufrecht, ist die Energie darin in einer fortwährenden Bewegung begriffen, wie bei einem Perpetuum mobile. Die High-Spin-Atome können Energie aneinander weitergeben, ohne dass auch nur ein Bruchteil davon verloren geht.«

»Und was hat das Ganze nun mit der Bundeslade zu tun?«, fragt Birgit.

De Morbihan lächelt fein. »Jetzt kommen wir zum interessantesten Teil meiner Ausführungen. Mithilfe des metallischen weißen Pulvers, das man *mfkzt* nennt, und seiner leitenden Eigenschaften konnte in der Bundeslade unendlich viel Energie gespeichert und dadurch eine unvorstellbar hohe Spannung aufgebaut werden. Bei Entladungen entstand eine so intensive Strahlung, dass es zu den in der Bibel beschriebenen Unglücken kam. Denken Sie auch an die Mauern von Jericho, die einstürzten, als die Israeliten die Bundeslade um die Stadt herumtrugen.

Sie wurden durch ein Phänomen zerstört, dessen Beschreibung einer Kernkatastrophe ähnelt.«

Jef und Birgit sehen sich skeptisch an, was de Morbihan nicht entgeht. »Das scheint Ihnen zu fantastisch zu sein, nicht wahr? Ich gehe aber noch weiter und behaupte, dass man im Mittelalter vorhatte, die Bundeslade erneut als Waffe einzusetzen. Sehen Sie sich das hier an.«

Er geht neben der Rose in der Mitte des Labyrinths in die Hocke und deutet auf den zentralen Stein, auf dem mehrere Metallbolzen hochstehen. »Wie Sie erkennen können, war hier früher etwas befestigt, und man weiß sogar, was: eine Kupferplatte mit einer Abbildung von Theseus, dem Minotaurus und Ariadne.«

»Der Ariadnefaden, der den Weg aus dem Labyrinth wies«, sagt Birgit.

»Genau. Die Platte ist leider verloren gegangen, aber für das, was ich sagen will, spielt das keine Rolle.« De Morbihan richtet sich wieder auf und fährt fort: »Eine Kupferplatte also. Warum hat man eine Kupferplatte in der Mitte des Labyrinths angebracht? Wäre es lediglich darum gegangen, die Szene mit Theseus abzubilden, hätte es auch eine Steinplatte getan. Aber nein, man nahm eine Kupferplatte.«

»Kupfer leitet gut«, sagt Jef.

De Morbihan nickt anerkennend.

»Genau! Kupfer ist ein ideales Material zur Leitung von elektrischem Strom aus der Bundeslade. Aber um den Strom weiterzutransportieren, müsste etwas da sein, das ihn aufnimmt.«

»Und?« Birgit hebt den Blick, aber da ist nichts, nur das Deckengewölbe.

»Nein«, sagt de Morbihan. »Nicolaas und ich haben uns genau umgesehen und nichts gefunden, das Energie hätte weiterleiten können. Aber dann hat uns François ein Buch gegeben, ein Buch mit höchst interessanten Informationen.«

Erwartungsvoll sieht er sie an. Da Jef schweigt, fühlt Birgit sich verpflichtet nachzufragen.

»Nun, in dem Buch stand, dass das Holzgewölbe der Kathedrale im Jahr 1836 durch einen Brand zerstört wurde«, sagt de Morbihan beinahe feierlich. »Davor befand sich über uns, das heißt genau oberhalb der Kupferplatte, ein großer Schlussstein, der zugleich ein starker Magnet war.« Triumphierend sieht er sie an. »Damit wäre bewiesen, dass die Kathedrale von Chartres nicht nur als Gotteshaus diente, sondern auch ein Ort der Energieerzeugung war. Falls der stetige Energieumlauf innerhalb der Bundeslade aus irgendeinem Grund unterbrochen wurde, konnte man sie in der Kathedrale neu aufladen.«

»Meines Wissens haben viele Steine magnetische Eigenschaften.« Jef zuckt mit den Schultern. »Reiner Zufall, würde ich sagen.«

De Morbihan seufzt tief. »Sie sind wirklich schwer zu überzeugen, junger Freund. Aber ich will Ihnen diese Theorie keineswegs aufdrängen, sondern Ihnen nur erzählen, was Ihr Vater und ich herausgefunden haben, damit Sie wissen, womit er sich beschäftigt hat. Darum geht es Ihnen ja wohl.«

»Richtig.«

»Dann also weiter.« De Morbihan wirkt nach wie vor freundlich, aber sein Lächeln ist verschwunden. »Wir wissen also, dass sich die Bundeslade aufladen ließ und somit eine stets funktionsfähige Superwaffe darstellte. Dass die Machthaber sämtlicher Länder schon immer so eine Waffe besitzen wollen, ist bekannt. Als das Zeitalter der Atomenergie anbrach, ließ das Interesse an der Bundeslade nach, aber früher hat man intensiv nach ihr gesucht. Im Jahr 1798 zog Napoleon aus, um Ägypten zu erobern. Er brachte unzählige Gegenstände mit nach Frankreich – Tontafeln, Krüge, Steine und dergleichen –, aber vermutlich hatte er in Ägypten etwas ganz anderes gesucht, nämlich die Superwaffe schlechthin, um damit die Welt erobern zu können. Und was glauben Sie, warum Adolf Hitler im Zweiten Weltkrieg Ägypten einnehmen wollte?«

»Wenn er sich wenigstens damit begnügt hätte …«, wirft Jef ein.

De Morbihan geht nicht darauf ein. Er tritt neben Birgit, die den Kopf in den Nacken gelegt hat und das Deckengewölbe betrachtet, als müsste dort noch Energie von früher zirkulieren.

»Ich kann mir das einfach nicht vorstellen …«, murmelt sie.

De Morbihan legt ihr die Hand auf die Schulter. »Dann muss ich mich wohl noch deutlicher ausdrücken, *ma belle*. Mit der Bundeslade kann man sogar den Weltuntergang herbeiführen. Sehen Sie sich doch einmal diese Fensterrose an.« Mit sanftem Druck dreht er sie so, dass ihr Blick auf das Rosettenfenster der Westfassade fällt. Es besteht aus runden und ovalen Buntglasmotiven, die zu einer Art Blüte angeordnet sind. Man könnte aber auch einen explodierenden Feuerwerkskörper darin sehen.

»Wenn Sie die Westfassade der Kathedrale nach innen klappen würden«, sagt de Morbihan, »würde die Fensterrose genau auf die Mitte des Labyrinths zu liegen kommen. Und nun sagen Sie mir, was dort abgebildet ist.«

Birgit kneift die Augen zu Schlitzen, um besser sehen zu können. »Das Jüngste Gericht«, sagt sie langsam. »Das Jüngste Gericht würde genau auf der Rose des Labyrinths liegen.«

41

Claude de Morbihan bekräftigt noch einmal die Einladung zum Abendessen. Sie sagen gern zu, denn auch Jef ist – trotz aller Skepsis – von dem Gehörten beeindruckt.

»Glaubst du das Ganze?«, fragt Birgit, als sie vor dem Nordportal auf ihren Begleiter warten, der rasch noch einmal mit seinem Cousin sprechen wollte.

An die Wand gelehnt, schüttelt Jef den Kopf. »Ich weiß nicht, mir scheint das alles ziemlich weit hergeholt. Moses vollführt wie ein Zauberkünstler alle möglichen Tricks mit der Bundeslade … im Grunde ist das doch Blödsinn, meinst du nicht?«

»Ja, ich kann das auch nicht recht glauben. Aber eines stimmt: Früher galt die Vorstellung von der Erde als Kugel ebenfalls als Blödsinn.«

»Mag sein, aber ich habe keine Lust, weiter über den Kram nachzudenken. Und glauben muss ich ihn erst recht nicht. Wenn mein Vater davon überzeugt ist, die Bundeslade sei elektrisch geladen, so ist das seine Sache. Ich will ihn nur finden, und dafür höre ich mir meinetwegen auch Nonsensgeschichten an.«

Bei den letzten Worten knurrt sein Magen vernehmlich, und Birgit lacht.

»Essenszeit!«, sagt sie. »Ich bin auch hungrig, wir haben heute nicht gerade viel gegessen. Es ist übrigens schon sechs!«

De Morbihan kommt aus der Kathedrale und teilt ihnen mit, er habe auch Breillat zum Abendessen eingeladen.

»*Très bien*«, sagt er zufrieden. »Ich habe gern Gäste.«

Auf dem Heimweg plaudern sie über Belangloses und erwähnen weder die Bundeslade noch die Kathedrale.

Während das Abendessen zubereitet wird, kredenzt de Morbihan seinen Gästen einen Aperitif und führt sie dann durchs Haus.

»Es ist seit vielen Generationen im Besitz meiner Familie«, erklärt er. »Errichtet wurde es im sechzehnten Jahrhundert als eines der ersten Steinhäuser von Chartres. Davor hat man ausschließlich mit Holz gebaut, ging dann aber wegen der Brandgefahr zu Stein über. Zunächst konnten sich das nur die Reichen erlauben, und meine Vorfahren waren nicht nur adlig, sondern auch sehr vermögend. Sie haben damals auch einen großen Weinkeller anlegen lassen. Er befindet sich noch im Originalzustand, das Haus dagegen wurde mehrfach restauriert, sodass nicht alle Bereiche gleich alt sind.«

Er führt Jef und Birgit zu einer Tür im Flur und öffnet sie. Sie steigen eine steile Treppe hinab und kommen in einen mächtigen Gewölbekeller voller Regale mit teils staubbedeckten dunkelgrünen und braunen Flaschen.

Voller Stolz und in aller Ausführlichkeit zählt de Morbihan die Spitzenweine auf, die hier lagern, manche davon sind über hundert Jahre alt – ganz offensichtlich beherbergt der Keller ein kleines Vermögen.

Wie sich herausstellt, ist auch Jef ein Weinkenner, und während er mit de Morbihan über den passenden Bordeaux zum Abendessen fachsimpelt, sieht Birgit sich ein wenig um.

Die Weinflaschen interessieren sie nicht sonderlich, es ist vielmehr die Atmosphäre des alten Gewölbekellers, die sie fasziniert. Vor ihrem inneren Auge sieht sie die einstigen Hausherren prüfend an den Regalen entlanggehen, jeder in der Kleidung seiner Epoche.

Sie drückt auf die Klinke einer Holztür, die wohl zu einem anderen Bereich des Kellers führt, aber nicht, um sie zu öffnen, sondern um das vom Alter fleckig gewordene Metall zu berühren. Es muss herrlich sein, ein Haus wie dieses zu bewohnen, ein Haus, das eine Seele hat und in dem man überall den Hauch der Geschichte spürt.

De Morbihan und Jef sind sich hinsichtlich der Weinauswahl einig geworden, sie stehen bereits an der Treppe.

»Ihr Haus ist eine Pracht«, sagt Birgit zu de Morbihan. »Allein dieser Keller! Er inspiriert einen geradezu, Wein zu sammeln.«

»So war es auch bei mir«, erwidert er lächelnd. »Ich trinke eher selten Wein, genieße es aber, hier herumzugehen und Flaschen in Händen zu halten, die vor hundertfünfzig Jahren abgefüllt wurden. Dabei stelle ich mir vor, dass die Trauben dafür in einer ganz anderen Epoche gereift sind. Tja, Geschichte ist schon etwas Faszinierendes, und ich freue mich ganz besonders, jungen Menschen zu begegnen, die sich ebenfalls dafür erwärmen können.« Er nickt Birgit anerkennend zu. »Ich zeige Ihnen noch etwas. Kommen Sie.«

Er führt sie die Treppe hinauf, dann durch den Flur und öffnet schließlich eine Tür. Kaum hat Birgit die Schwelle überschritten, bleibt sie verblüfft stehen.

Sie hat ein Studierzimmer oder eine Bibliothek erwartet, dieser Raum gleicht jedoch einem Museumssaal.

Überall stehen Vitrinen und Glasschränke mit Gegenständen aller Art. Sie sind – genau wie in einem Museum – mit Kärtchen versehen, die über Fundort und Alter der Objekte Auskunft geben.

Mit wachsender Begeisterung geht Birgit von einer Vitrine zur nächsten. »Ist das schön!«, sagt sie leise.

»Ja, nicht wahr?« De Morbihan lächelt geschmeichelt. »Mein Privatmuseum sozusagen. Wenn Sie möchten, führe ich Sie gern herum.«

Mit der Souveränität eines kundigen Museumsführers zeigt er ihnen alte Schmuckstücke, Kämme, Münzen, Porzellanvasen, Tonkrüge und Werkzeuge und gibt – neben allerhand Wissenswertem – auch die eine oder andere launige Anekdote zum Besten.

»Wirklich eine eindrucksvolle Sammlung«, sagt Jef.

»*Merci beaucoup*. Ihr Vater und ich haben hier viele Stunden zugebracht, wie Sie sich unschwer vorstellen können.« De Morbihan bleibt vor einem gerahmten Stammbaum stehen, der fast eine ganze Wand einnimmt.

»Und hier sehen Sie den Familienstammbaum der de Morbihans.«

Jef und Birgit bestaunen die vielen Namen und Verbindungslinien. »Wow!«, sagt Jef. »Ihr Stammbaum reicht ja bis ins dreizehnte Jahrhundert zurück! Haben Sie ihn erstellt und das alles selbst recherchiert?«

De Morbihan schüttelt den Kopf. »Das war François, aber viel recherchieren musste er dafür nicht, denn unsere Familiengeschichte wurde von Anfang an dokumentiert. Und zwar in dem Buch dort drüben.«

De Morbihan geht auf einen schmalen Glasschrank zu, schaltet die unauffällig angebrachte Alarmanlage ab und entnimmt ihm dann ein dickes, ledergebundenes Buch. Vorsichtig legt er es auf ein Lesepult und streicht fast zärtlich über den vom Alter verfärbten Umschlag, bevor er es aufklappt.

Jef und Birgit treten näher und betrachten die Seiten, die ein Chronist im dreizehnten Jahrhundert mit dem Gänsekiel beschriftet hat.

»Wahnsinn!« Birgit ist begeistert. »Aber leider unleserlich, lauter Schnörkel und Schleifen … Können Sie diese Schrift lesen?«

De Morbihan nickt. »Mit ein bisschen Übung geht das ganz gut. Der Buchstabe s zum Beispiel sieht aus wie unser f heute, und v steht für u.«

Er blättert die Seiten um, lässt eine Generation nach der anderen vorbeiziehen.

Sie sind gerade beim achtzehnten Jahrhundert angelangt, als es läutet.

»Das wird François sein.« De Morbihan schlägt das Buch zu und stellt es wieder in den Glasschrank. »Ich werde ihn rasch begrüßen. Sehen Sie sich ruhig noch ein wenig um.«

Birgit wirft einen letzten Blick auf die Familienchronik und tritt dann wieder vor den Stammbaum.

»Eine tolle Sache, wenn man seine Wurzeln so weit zurückverfolgen kann. Wer wohl *meine* Vorfahren im dreizehnten Jahrhundert waren?«, sagt sie verträumt. »Reiche Leute oder arme Bauern, angesehene Bürger oder Ausgestoßene …?«

»Mir würde es schon reichen zu wissen, was mein Vater wirklich für ein Mensch ist, und vor allem, wo er steckt. Die Ahnen können mir gestohlen bleiben.«

Birgit scheint Jefs Bemerkung gar nicht gehört zu haben. »Schau mal«, sagt sie, »Anne de Morbihan hat ab 1753 elf Kinder bekommen. Und davon sind … mal eben zählen … sieben vor dem zwanzigsten Lebensjahr gestorben.«

»Elf Kinder!? Ob die wohl alle erwünscht waren?«

»Ja«, sagt Birgit. »Das fragt man sich wirklich.«

»Die ganze Familie ist übrigens jung gestorben.« Jef deutet auf die Namen der Kinder von Anne de Morbihan; bei fast allen ist das gleiche Todesjahr verzeichnet. »1793 – was war denn da? Natürlich, die Französische Revolution! Der große Freiheitskampf der Armen und Unterdrückten. Fast der gesamte französische Adel musste dran glauben, sogar der König und seine Frau, Marie Antoinette, wurden enthauptet.«

»Ein paar de Morbihans haben überlebt.« Birgit liest die Namen mit weiteren Verbindungslinien. »Bei manchen stehen noch nähere Angaben. Sébastien de Morbihan zum Beispiel war während der Revolution Bischof und starb 1813. Louis de Morbihan lebte am französischen Hof, floh nach England und starb 1830. Isabelle de Morbihan …«

Die Tür geht auf, und sie drehen sich um.

De Morbihan steht auf der Schwelle und winkt sie in den Flur. »Das Abendessen wird gleich aufgetragen. Wollen Sie mir bitte ins Speisezimmer folgen?«

42

Breillat erweist sich als charmanter Gesellschafter und unterhält den Tisch mit Anekdoten über seine Erfahrungen mit Touristen in der Kathedrale.

Sie lassen sich das *Bœuf bourguignon*, die *Tarte normande* und den vortrefflichen Bordeaux schmecken und plaudern.

»Vorhin haben wir uns Ihren Stammbaum aus der Zeit der Französischen Revolution angesehen«, sagt Birgit zu Breillat. »Damals gab es einen hohen Geistlichen in der Familie, nicht wahr? Hat er sein Amt vielleicht in der Kathedrale von Chartres versehen?«

Tiefes Schweigen.

Verwundert über die Wirkung ihrer Frage, blickt Birgit in die Runde und merkt, dass Breillat sie verärgert, ja fast schon feindselig anstarrt. Verlegen greift sie nach ihrem

Weinglas und nippt daran. Als sie aufblickt, wirkt Breillat wieder so freundlich wie zuvor.

»Ein düsterer Abschnitt unserer Familiengeschichte«, bemerkt er. »Es ist zwar schon über zweihundert Jahre her, aber der französische Adel wird bis heute nicht gern an jene Zeit erinnert. Auch wir nicht.«

»Verzeihen Sie«, sagt Birgit schnell. Sie wirft Jef einen Seitenblick zu. Er runzelt leicht die Stirn – offenbar ist auch ihm Breillats Reaktion nicht entgangen.

De Morbihan wechselt dezent das Thema, und die nächsten Stunden unterhalten sie sich wieder unbefangen.

»Wir sollten allmählich aufbrechen«, sagt Jef schließlich. »Morgen früh gehe ich als Erstes zur Gendarmerie und gebe eine Vermisstenanzeige auf, sicherheitshalber auch in den Niederlanden, wenn wir wieder zurück sind. Ich hatte so sehr gehofft, meinen Vater hier zu finden, aber das war wohl eine Illusion. Ich denke, es ist jetzt an der Zeit, die Polizei einzuschalten.«

»Das sollten Sie tun«, sagt de Morbihan nach längerem Schweigen. »Keiner von uns weiß, wohin Nicolaas gegangen ist, und es hat sich nicht der geringste Hinweis gefunden. Die Polizei hat bessere Möglichkeiten nachzuforschen.«

Nach dem Kaffee schlägt de Morbihan vor, Jef und Birgit sollten doch in seinem Haus übernachten. »Wenn Sie möchten, können Sie gern ein paar Tage bleiben. Wann wollen Sie morgen frühstücken?«

»Früh«, sagt Jef. »Wenn möglich, um sieben.«

Da es schon nach Mitternacht ist, sind sie froh, kein Hotel mehr suchen zu müssen. Der Butler führt sie die breite Treppe hinauf in den ersten Stock und zeigt ihnen ihr Zimmer. Birgit ist todmüde, sie zieht sich rasch aus, lässt die Kleider neben das Bett fallen und schlüpft unter die Decke.

Als Jef neben ihr liegt, kuschelt sie sich wohlig in seinen Arm.

»Birgit?«, sagt er leise.

»Hmmm?«

»Was hältst du von Breillat?«

»Er macht einen netten Eindruck.«

»Wirklich?«

Sie dreht sich halb um, damit sie Jef ansehen kann. »Findest du das nicht?«

»Hast du nicht gemerkt, wie er uns zwischendurch angesehen hat, mit diesem stechenden Blick … nein, ich traue dem Burschen nicht.«

Birgit fällt ein, wie unbehaglich sie sich nach ihrer Bemerkung über den Stammbaum in Breillats Gegenwart gefühlt hat.

»Mein Vater ist bestimmt noch in Chartres«, sagt Jef. »De Morbihan hat heute Mittag gesagt, er wollte vor dem Rückflug nach Ägypten noch mal in die Kathedrale. Wenn er seine Pläne geändert hätte, wäre er doch sicherlich wieder zu de Morbihan gegangen.«

»Nicht unbedingt. Vielleicht ist er auf etwas Interessantes gestoßen und spontan woandershin gereist, um dort Nachforschungen anzustellen.«

»Ohne seinen Freund Claude zu informieren? Nein, ich bin überzeugt, dass er hier in Chartres verschwunden ist, und zwar bei seinem letzten Besuch in der Kathedrale. Und wem wird er dort über den Weg gelaufen sein?«

»Breillat«, sagt Birgit, und trotz der warmen Daunendecke überläuft sie ein Schauder.

»Genau. Und nun rate mal, aus wessen Jackentasche ich heute Abend einen Schlüsselbund geklaut habe?«

Verdutzt sieht Birgit ihn an.

»Der Schlüssel zur Krypta ist auch dabei. Ich will mich dort noch einmal in Ruhe umsehen.«

43

»Halten Sie mich auf dem Laufenden«, bittet de Morbihan, als er sich am nächsten Morgen mit festem Händedruck von ihnen verabschiedet.

Sie bedanken sich für die freundliche Aufnahme und versprechen anzurufen, sobald sie Näheres wissen.

»Und wenn Sie wieder einmal in der Gegend sind, besuchen Sie mich unbedingt«, sagt de Morbihan.

Jef und Birgit gehen zur Kathedrale, die zu dieser frühen Stunde noch in einen Dunstschleier gehüllt ist.

Birgit beschleicht allmählich das Gefühl, dass sie wieder verfolgt werden, aber bis auf ein paar Frauen, die der Bäckerei in einer Seitenstraße zustreben, ist niemand zu sehen.

Vor einem Haus gegenüber der Kathedrale, das restauriert wird, rückt gerade eine Baukolonne an. Jef und Birgit gehen an dem Gerüst vorbei und durch den Seiteneingang zur Krypta.

Wie sie in Erfahrung gebracht haben, wird die Kathedrale erst um halb neun geöffnet, und die früheste Führung in der Krypta findet um zehn statt. Also bleiben ihnen gut zweieinhalb Stunden, bevor dort jemand auftaucht.

Da Jef die Holztür und auch das Eisengitter wieder sorgfältig abgeschlossen hat, brauchen sie nicht zu befürchten, dass sie jemand überrascht.

Unten in der Krypta ist es stockdunkel. Jef geht zurück zum Eingang und sucht den Lichtschalter. Er macht Licht und läuft wieder nach unten, wo Birgit wartet.

»Wonach willst du suchen?« Birgits Stimme hallt durch das alte Gewölbe.

»Nach Hinweisen, dass mein Vater die Bundeslade gefunden oder zumindest gesucht hat. Schließlich haben wir gestern nicht alles gesehen. Hier gibt es auch Bereiche, die für Touristen nicht zugänglich sind.«

Sie betreten den Chorumgang, merken aber schnell, dass hier nichts zu finden ist. Laut Breillat diente er früher Pilgern als Schlafstätte, und was sie suchen, kann sich eigentlich nicht an einer so leicht zugänglichen Stelle befinden.

Birgit schlägt vor, zunächst die älteren Teile in Augenschein zu nehmen. Sollte die Bundeslade tatsächlich in der Krypta aufbewahrt werden, dann am ehesten in der Lubinus-Kapelle.

Sie gehen an dem Brunnen vorbei, der aus gallischer Zeit stammt. Obwohl sie ihn schon am Vortag angesehen haben, werfen sich nochmals einen Blick hinein. Anschließend sehen sie sich in der Kapelle um. Hier hat ihre Führung am Vortag geendet.

Sie entdecken fünf zugemauerte Öffnungen, der Form nach ehemalige Fenster.

»Nichts Auffälliges«, stellt Birgit fest. »Nur ein paar Pfeiler und altes Gemäuer.«

Vorsichtshalber klopfen sie an die Wände, ob sich vielleicht ein Hohlraum dahinter verbirgt, und inspizieren jede einzelne Steinplatte des Bodens, finden aber nichts Ungewöhnliches.

»Ob wir hier überhaupt richtig sind?«, überlegt Birgit laut. »Die Kathedrale ist um das Jahr 1200 erbaut worden. Erst hat die Bundeslade sicherlich im gallorömischen Teil gestanden, aber vielleicht hat man sie im Mittelalter woanders untergebracht.«

Jef sagt nichts, er wirkt abwesend.

»Was hast du?«, fragt Birgit.

Er wehrt ab. »Moment noch. Lass mich überlegen … du hast mich da auf eine Idee gebracht. Falls die Bundeslade im Mittelalter wirklich an einen anderen Ort gebracht wurde, kann sie praktisch überall sein. Wir brauchen einen Anhaltspunkt …«

Sie gehen den Gang entlang, in den der unterirdische Chorumgang mündet. Birgit fällt auf, dass er etwa genauso lang ist wie das Mittelschiff der Kathedrale. Ob die Krypta in der Breite wohl die gleichen Abmessungen hat wie die Kirche darüber? Birgit sieht sich um. Ja, der Grundriss dürfte gleich sein, samt Querschiff, Kapellen und allem.

Sie geht zielstrebig voran, ohne auf Jef zu achten, der stehen geblieben ist.

»Wohin willst du?«, ruft er ihr nach. »Da hinten geht es nicht mehr weiter.«

Am Ende des Gangs hält Birgit inne und blickt zur Decke. »Meinst du, wir stehen jetzt unter der Rose des Labyrinths?«, fragt sie Jef, der ihr nachkommt.

Er stutzt, dann stellt er sich neben sie und blickt ebenfalls hoch. Seine Miene hellt sich auf.

»Das Labyrinth! Klar! Nur unter dem Labyrinth kann die Bundeslade sein!« Er holt die Taschenlampe aus dem Rucksack, geht in die Hocke und inspiziert den Boden.

Als sie nichts finden, gehen sie zurück, immer weiter, bis in den Bereich der Seitenkapellen. Ohne große Hoffnung suchen sie weiter, denn nun befinden sie sich jenseits der Abmessungen des Labyrinths.

Jef seufzt. »Sieht ganz so aus, als würden wir länger brauchen als bis zehn. Wie spät ist es?«

Birgit schaut auf ihre Armbanduhr. »Viertel nach acht. Um halb neun wird die Kathedrale geöffnet.«

»Aber in die Krypta kommt dann noch niemand …« Jef sieht sich suchend um. »Wo sind wir jetzt? Unterhalb des südlichen Querschiffs, stimmt's? Also dort, wo die diagonale Fliese liegt.«

Erst versteht Birgit nicht, was er meint, dann aber fällt es ihr wieder ein. »Die Fliese mit dem Nagel! Auf den am 21. Juni genau zu Mittag das Licht fällt. Sie muss über uns liegen! Jef, hier sind wir richtig!«

Den Blick auf den Boden gerichtet, betreten sie die angrenzende Kapelle. Jef knipst seine Taschenlampe an und leuchtet die Wände ab.

Als der Lichtkegel wieder auf den Boden fällt, sehen sie es: Direkt vor ihnen befindet sich eine große rechteckige

Steinplatte. An sich nicht auffällig, wären da nicht die unverfugten Ränder.

Birgit geht in die Hocke. »Mit einem Werkzeug könnte man den Stein anheben«, stellt sie fest.

Jef sieht sich um, aber da ist nichts, das sich als Hebel eignet. Er sucht in den anderen Kapellen, wird aber auch dort nicht fündig.

Enttäuscht stehen sie vor dem vermeintlichen Zugang zur Bundeslade und können ihn nicht öffnen.

»Da waren doch vorhin Bauarbeiter«, fällt Birgit ein. »Von denen könnten wir uns ein Werkzeug leihen.«

»Und was sagen wir, wenn sie wissen wollen, wozu? Dass wir in der Krypta Steine stemmen wollen?«

»Wir sagen gar nichts. Vor dem Gerüst stand ein großer offener Werkzeugkasten. Daraus klaue ich einfach was.«

Jef macht eine bedenkliche Miene, aber Birgit ist schon auf dem Weg zum Ausgang. »Bleib du hier!«, ruft sie. »Mir traut man weniger zu, dass ich Werkzeug stehle.«

»Halt! Vergiss den Schlüssel nicht!«, ruft Jef.

Sie eilt durch das Gitter, die Treppe hinauf und durch die Seitentür.

Mit schnellen Schritten geht sie auf das Haus mit dem Gerüst zu. Schon von Weitem sieht Birgit den Werkzeugkasten. Im Vorbeigehen bückt sie sich rasch und nimmt ein großes Stemmeisen heraus.

Das Herz klopft ihr bis zum Hals, als sie möglichst ruhig weitergeht. Sie macht einen kleinen Umweg durch zwei Gassen.

Wieder hat sie das Gefühl, beobachtet zu werden. Sie meint, aus den Augenwinkeln eine Bewegung wahrzunehmen, einen Schatten, der jedoch verschwunden ist, als sie hinschaut. Sie fühlt sich unbehaglich, aber mit dem Stemmeisen in der Hand ist sie wenigstens nicht ganz hilflos.

Rasch schlüpft sie durch die Seitentür und geht wieder in die Krypta.

»Gut gemacht!« Jef nimmt das Stemmeisen und setzt es an.

Birgit hat erwartet, dass es schwierig würde, die große Platte anzuheben, aber es gelingt schon nach dem zweiten Versuch.

Sie kniet sich auf den Boden. »Jef, hier ist ein Hohlraum! Und da, eine Treppe!«

Mit Mühe zieht Jef die massive Platte ganz beiseite, dann kauert er sich neben Birgit.

Tatsächlich, in der Öffnung sind die obersten Stufen einer Steintreppe zu sehen, die steil nach unten führt, hinein in die Finsternis.

Sie sehen sich an und wissen, dass es jetzt kein Zurück mehr gibt.

»Dann mal los.« Jef packt das Stemmeisen in seinen Rucksack, nimmt die Taschenlampe zwischen die Zähne und ertastet, rückwärts gehend, mit dem Fuß die erste Stufe. Vorsichtig beginnt er hinabzusteigen.

44

Die in den Fels geschlagene Treppe mündet in einen Gang mit unverputzten Wänden. Es ist stockfinster darin, sodass sie sich ohne Taschenlampe allenfalls tastend hätten orientieren können.

Nach einer leichten Biegung verbreitert sich der Gang, und plötzlich stehen sie vor einer weiteren Treppe: Fünf Stufen führen abwärts.

Sie leuchten in den tiefer gelegenen Raum, bevor sie vorsichtig hinabsteigen.

Offenbar handelt es sich um eine Gruft. An ihrem Ende sehen sie einen Quader, der auf einer Art steinernem Podest in einer Mauernische steht und im Schein der Taschenlampe weiß schimmert. Sie treten näher und stellen fest, dass es ein Altar aus Marmor ist, genau so groß wie jener in Karnak, und er ist ebenfalls leer.

Jef lässt den Lichtkegel über die Wand gleiten. Unmittelbar über dem Altar sind Buchstaben in den Stein geritzt, sie bilden ein Quadrat. Jef liest laut vor:

S	A	T	O	R
A	R	E	P	O
T	E	N	E	T
O	P	E	R	A
R	O	T	A	S

»Was soll denn das bedeuten?« Jef wirkt ratlos.

»Das ist das SATOR-Quadrat«, erklärt Birgit. »Ich hatte das mal im Lateinunterricht. Was die Wörter im Einzelnen bedeuten, weiß ich allerdings nicht mehr. *Sator* steht jedenfalls für Sämann. Die fünf Wörter bilden ein magisches Quadrat. Schau mal, man kann sie sowohl horizontal als auch vertikal lesen, und außerdem noch rückwärts.«

»Tatsächlich!«, sagt Jef, nachdem er es ausprobiert hat.

»Zugleich ist das Ganze ein Anagramm. Wenn man die Buchstaben in Kreuzform anordnet, erhält man zweimal: A – PATER NOSTER – O«, erklärt Birgit. »Ich zeige es dir.« Sie bückt sich und zeichnet mit dem Finger in den Staub:

					P					
					A					
A					T					O
					E					
					R					
P	A	T	E	R	N	O	S	T	E	R
					O					
					S					
O					T					A
					E					
					R					

»Pater noster … Vater unser …«, murmelt Jef. »Ist ja faszinierend. Aber zwei Buchstaben bleiben übrig.«

»Alpha und Omega, der Anfang und das Ende. In der Offenbarung 1, Vers 8 steht: *›Ich bin das A und das O, der Anfang und das Ende, spricht Gott der Herr.‹*«

»Die Offenbarung …«, wiederholt Jef langsam. »Der Weltuntergang. Weißt du noch: die Fensterrose in der Kathedrale?«

»Ja«, sagt Birgit leise. »Wenn man die Fassade nach innen klappen würde, würde die Abbildung des Jüngsten Gerichts genau auf der Mitte des Labyrinths zu liegen kommen. Jef, mir wird das langsam unheimlich. Und sieh mal, das Wort *tenet.*« Sie deutet auf das Buchstabenquadrat. »Das heißt ›hält fest‹ oder ›beherrscht‹. Ob sich das auf die Bundeslade bezieht? Wer an ihr festhält, hat eine unbesiegbare Waffe in Händen. Eine, die sogar den Weltuntergang herbeiführen kann.«

Sie sehen sich an und richten den Blick dann wieder auf das Quadrat, dessen geheimnisvolle Botschaft ihnen immer größeres Unbehagen bereitet. Im gleichen Moment durchbricht ein lautes Kratzen die Stille.

Birgit zuckt zusammen. »Was war das?«

Erneut das merkwürdige Geräusch.

Jef knipst die Taschenlampe aus und schleicht zu den Stufen. Mit unsicheren Schritten folgt ihm Birgit. Um sie herum ist alles pechschwarz, und sie fühlt sich mit einem Mal beengt, ganz so, als würden die Wände auf sie zukommen.

»Da ist jemand!«, flüstert sie.

Wieder das Kratzen, gefolgt von einem dumpfen Schlag. Jef macht die Taschenlampe an und rennt die Stufen hinauf, in den Gang.

»Nein!«, brüllt er.

Ein jäher Schreck durchzuckt Birgit. Was ist passiert? Sie rennt los, hinter Jef her, zur Steintreppe. Aus der Krypta fällt kein Licht mehr herein.

»Verdammt noch mal!« Jefs Stimme klingt zornig und zugleich verzweifelt.

»Was ist denn?«, flüstert Birgit beklommen, und im nächsten Moment wird ihr alles klar. »Der Stein«, sagt sie tonlos.

Jef nickt. »Jemand hat ihn zurückgelegt. Wir sind eingeschlossen.«

45

Dicht nebeneinander sitzen sie im Gang. Jefs Taschenlampe erhellt nur einen kleinen Teil davon. Vergeblich haben sie versucht, den Stein hochzustemmen.

Birgit holt ihr Handy aus der Hosentasche. Nach wie vor meldet es, dass kein Empfang möglich ist – kein Wunder, so tief unter der Erde, aber immerhin zeigt es die Uhrzeit an: Es ist zehn nach neun.

Seit über einer halben Stunde ist die Kathedrale offen, doch bis zu ihnen dringt kein Laut. Sie müssen wohl oder übel auf die erste Führung in der Krypta warten.

Birgit lehnt den Kopf an die Wand und denkt nach. Wer kann den Stein zurückgelegt haben? Warum hat derjenige nicht nachgeschaut, ob jemand hier unten in der Gruft ist? Kann es ein Versehen gewesen sein? Nein, das ist mehr als unwahrscheinlich …

»Das war garantiert dieser Kerl«, platzt sie heraus. »Der Typ, der uns schon die ganze Zeit verfolgt. Er ist in Chartres, ganz sicher. Ich hab mir das nicht eingebildet.«

»Oder Breillat. Er hat bestimmt einen Reserveschlüssel für die Seitentür. Ich habe zwar hinter uns abgeschlossen, aber ...«

Birgit erschrickt bis ins Mark. »Ach du meine Güte!«, ruft sie. »Ich hab vergessen, wieder abzuschließen, als ich vorhin draußen war!«

Jef macht ihr keine Vorwürfe. Er lehnt sich an die Wand und starrt vor sich hin. Eine Dreiviertelstunde noch, dann beginnt die Führung.

»Sollten wir uns nicht lieber auf die Treppe setzen, direkt unter den Stein?«, schlägt Birgit vor. »Dort können wir besser hören.«

Jef nickt und rappelt sich auf. Er streckt die Hand aus und hilft ihr hoch. Sie gehen zur Treppe, setzen sich auf eine der obersten Stufen und warten schweigend.

Aus Sekunden werden Minuten, eine Viertelstunde vergeht, eine halbe Stunde ...

Kurz vor zehn beginnt der Wecker von Jefs Armbanduhr zu piepsen, so durchdringend, dass sie beide hochfahren.

»Gleich ist es so weit«, sagt Birgit atemlos. »Die Führung fängt an!«

Sie warten. Von oben kommt kein Laut, weder knarrt das Eisengitter, noch hallen Schritte oder erklingen Stimmen. Um Viertel nach zehn werden sie unruhig.

»Vielleicht hat sich niemand zur Führung angemeldet«, sagt Jef. »Dann kommen sie erst ...«

»… heute Nachmittag«, beendet Birgit kleinlaut den Satz.

Jef legt den Arm um sie. »Dann warten wir eben noch eine Weile. Wir schaffen das schon, Birgit.«

Sie lehnt sich an ihn. »Was bleibt uns auch anderes übrig?«

Stunden später sitzen sie noch immer auf der Treppe. Ab und zu gehen sie ein wenig im Gang auf und ab, um die verspannten Muskeln zu lockern. Die ganze Zeit lauschen sie angestrengt und rufen laut, sobald sie etwas zu hören glauben. Dass sie nicht wissen, wann die Führungen stattfinden, ist noch schlimmer als die bedrückende Umgebung.

Quälend langsam vergeht die Zeit. Weil Durst sie quält, reden sie nur noch wenig. Hin und wieder bekommen sie Magenknurren, aber der Hunger lässt sich leichter ertragen als das immer drängendere Bedürfnis nach einem Schluck Wasser.

Birgit wird schwindlig. Jetzt sind sie schon so lange eingeschlossen, dass sich die bangen Fragen kaum noch verdrängen lassen: Wie groß ist ihre Chance, aus diesem unterirdischen Gefängnis herauszukommen? Warum haben sie keine der Führungen gehört? Vielleicht morgen, denkt sie. Irgendwann muss doch jemand kommen …

Sie hebt den Blick zur Decke. Über ihnen ist die Krypta und darüber die Kathedrale. Dort gehen jetzt die Touristen auf und ab, folgen den Umgängen des Labyrinths, bewundern die großartigen Leistungen der mittelalterlichen Kathedralenbauer … und ahnen nichts von dem Drama, das sich im Untergrund abspielt.

Wie lange hält man es aus, ohne zu trinken? Ohne Essen kann man eine ganze Weile überstehen, aber ohne Wasser …

Sie fragt Jef nach der Uhrzeit. Er leuchtet mit der Taschenlampe auf seine Uhr. Es ist kurz vor sechs, in wenigen Minuten schließt die Kathedrale.

Die Nacht zieht sich endlos hin. Spätabends sind sie wieder nach unten gegangen und haben sich auf dem schmutzigen Boden des Gangs ausgestreckt, mit den Rucksäcken als Kissen. An Schlafen ist jedoch nicht zu denken. Kaum fallen Birgit die Augen zu, packt sie eine namenlose Angst, und sie fährt wieder hoch. Auf keinen Fall darf sie die Augen zumachen, nicht hier, denn das würde bedeuten, dass sie sich in ihr Schicksal fügt, dass dieses Gewölbe ihr Grab wird.

Schnell an etwas anderes denken … Sie stellt sich vor, sie liege in der Sonne, und der Gedanke ist so intensiv, dass sie die Wärme auf der Haut zu spüren meint. Vor ihrem inneren Auge taucht ein Schwimmbad mit Liegewiese auf. Sie sitzt mit übereinandergeschlagenen Beinen auf ihrem Badelaken, neben ihr Selma. Sie halten Ausschau nach Bekannten, nach Jungen vor allem. Es ist Sommeranfang, und Birgit ist fünfzehn. Selma und sie tragen neue Bikinis, aber ihre Haut ist noch hell und rötet sich schon nach einer halben Stunde in der Sonne.

Sie unterhalten sich über dies und das. Zwei Schwestern, beide mit dunklen Haaren und blauen Augen, sogar die Narben auf der Haut sitzen an der gleichen Stelle.

Birgit erinnert sich an jenen Nachmittag, als wäre es gestern gewesen. Selmas Krebs war zum Tabuthema geworden, aber damals, auf der Wiese inmitten des fröhlichen Treibens, sprachen sie doch darüber – wie lange Selma nun schon als geheilt galt und wie ihre Chancen standen, gesund zu bleiben. Ganz plötzlich hatte Selma sie angesehen und gesagt: »Wenigstens ein Gutes hatte die Leukämie: Sie hat mir eine Schwester beschert.«

Wie hat sie diese Worte nur vergessen können? Selma hatte sie wie nebenbei gesagt, trotzdem weiß Birgit genau, wie glücklich sie darüber war. Und trotzdem hatte sie es vergessen, verdrängt vielleicht, aber jetzt ist die Erinnerung wieder da.

Reglos liegt sie im Dunkeln, nun doch mit geschlossenen Augen. Wenn es so etwas wie Telepathie gibt, müsste Selma in diesem Moment spüren, dass sie in Gedanken bei ihr ist.

Mit ihrer Schwester hatte Birgit weiterhin Kontakt halten wollen, doch als sie Selma nach dem Bruch mit ihren Eltern einmal anrief, sagte diese: »Du wirfst mir nichts vor, also hast du auch Mama und Papa nichts vorzuwerfen. Wenn du mich weiterhin sehen willst, dann geh auf sie zu.«

Seit jenem Telefonat hat sie auch Selma nicht mehr gesehen.

Es ist kalt in ihrem unterirdischen Verlies. Sie schlafen kaum, dösen höchstens ein wenig.

Birgit schlägt die Augen auf und ist sofort hellwach. Nach Jefs Taschenlampe hat am späten Abend auch ihre den Geist aufgegeben. Wie spät es wohl ist?

Die Finsternis umfängt sie, droht sie zu verschlingen.

Birgit fühlt Panik in sich aufsteigen. »Ich will hier weg! Ich will raus!«, schreit sie und schlägt wild um sich, als könne sie dadurch die Dunkelheit verjagen.

Jef wird wach und hält sie fest. »Beruhige dich, Birgit, ich bin doch bei dir. Hab keine Angst …«

Völlig außer sich schreit sie: »Ich will nicht sterben! Ich will nach Hause!«

Jef redet beruhigend auf sie ein. »Du stirbst nicht. Du wirst sehen, morgen früh kommt jemand. Glaub mir …«

»Ich glaub gar nichts mehr! Wir kommen hier um, keiner wird uns finden!«

Jef streicht ihr übers Haar, den Rücken und die Arme. »Klar kommen wir hier raus, sie finden uns …« Er hält sie an sich gedrückt, bis sie allmählich ruhiger wird und leise zu weinen beginnt. Immer noch zitternd, legt sie den Kopf an seine Brust, und wieder senkt sich Stille über den Raum.

»So hatte ich mir das nicht vorgestellt.« Ihre Stimme ist kaum mehr als ein Flüstern. »Ich dachte, ich hätte das Leben noch vor mir, ich hab noch so viel gutzumachen …«

46

Stille. Noch nie ist die Bedeutung des Wortes Birgit so deutlich bewusst geworden.

Nicht einmal, wenn sie als Kind nachts wach lag, herrschte völlige Stille; dann knackte es in den Heizungsrohren, ein Auto fuhr vorbei, oder hinter dem Haus kreischte eine Katze.

Hier, tief unter der Erde, ist es wirklich vollkommen still bis auf die Geräusche, die sie selbst verursachen: ihre Atemzüge, hin und wieder ein Seufzer oder ein davonkullerndes Steinchen, wenn sie sich strecken.

Doch am meisten machte Birgit die Finsternis zu schaffen, die wie eine erstickende Decke über ihr hängt, seit ihre Taschenlampen nicht mehr funktionieren. Und die ihr das Gefühl gibt, lebendig begraben zu sein.

Sie würde gern ein wenig mit Jef reden, nur um eine

menschliche Stimme zu hören, aber der Durst macht das Sprechen zur Qual. Ihre Lippen sind aufgesprungen, die Kehle ist ausgetrocknet, und jedes Schlucken tut weh.

Es muss längst wieder Morgen sein, vielleicht auch schon Mittag. Birgit versucht nicht mehr zu schätzen, wie viele Stunden vergangen sind, zu bedrückend ist die Vorstellung. Entmutigt starrt sie in die Dunkelheit, die so ganz anders ist als nachts – pechschwarz und ohne Abstufungen hin zu Dunkelblau oder Grau.

Sie hat jede Hoffnung aufgegeben, deshalb hält sie es zunächst für Einbildung, als oben ein leises Geräusch zu hören ist. Doch es kommt wieder. Sie horcht auf. Es sind Stimmen, unverkennbar!

»Wach auf!« Birgit rüttelt Jef, der neben ihr vor sich hin döst.

»Was ist?«, fragt er heiser.

»Ich glaube, ich hab was gehört.«

Sie stehen beide auf, strecken die steifen Glieder und tasten sich dann wie Blinde, mit vorgestreckten Armen, in Richtung Treppe. Langsam, ganz langsam kommen sie voran.

Wieder erklingen Stimmen, ganz in der Nähe. Jef beginnt zu rennen, stolpert mehrmals, dann ist er an der Treppe. Auf allen vieren klettert er hinauf und brüllt: »Hilfe! Wir sind hier unten! Hilfe!«

Birgit beginnt ebenfalls zu schreien. Ihre Stimmen überschlagen sich, werden von den Wänden zurückgeworfen und hallen durch das Gewölbe.

»Hilfe! Hilfe! Wir sind eingeschlossen! Holt uns raus!«

Oben wird es still. Jefs und Birgits Rufe verklingen, sie

lauschen angespannt. Mehrstimmiges Murmeln, so als würde beratschlagt.

Jef ruft noch einmal, dann horchen sie wieder.

Die Stimmen sind jetzt genau über ihnen.

»Hier sind wir! Unter dem Stein!«, brüllt Jef.

Stille, dann – nach ein paar Sekunden – Schritte, die sich entfernen, und immer leiser werdende Stimmen.

Erneut beginnen Jef und Birgit zu rufen, aber wer auch immer über ihnen war, ist jetzt verschwunden.

Schluchzend lässt sich Birgit auf eine Treppenstufe sinken. So nah war die Rettung, und nun sind sie wieder allein.

Jef dagegen gibt noch nicht auf. Er sucht den Boden des Gangs ab, findet einen Stein und schlägt gegen die Platte, wieder und wieder, bis er keine Kraft mehr in den Armen hat.

Die Stunden verrinnen – so kommt es ihnen zumindest vor –, doch in Wirklichkeit sind kaum zehn Minuten vergangen, als wieder Schritte zu hören sind. Feste Schritte, die rasch näher kommen.

Hoffnungsvoll hebt Birgit den Blick, und Jef hält den Atem an. Ein Knirschen und Kratzen erklingt über ihnen, dann fällt ein Streifen gedämpftes Licht in das Dunkel. Sie springen auf.

Der Lichtspalt verbreitert sich, die Steinplatte wird weggezogen, und ein junger Mann blickt höchst verwundert auf sie herab: *»Qu'est-ce que vous faites ici?«*

Es ist der Fremdenführer, den Birgit am Vortag in der Kathedrale angesprochen hat. Er streckt ihr die Hände entgegen, hilft ihr heraus. Hinter ihr klettert Jef die letzten Stufen hoch.

Zu Tode erschöpft, aber unendlich dankbar sitzen sie auf dem Boden. Erst jetzt merken sie, wie fürchterlich sie aussehen: von Kopf bis Fuß voller Staub und Spinnweben.

Der Fremdenführer mustert sie neugierig, er wartet auf eine Erklärung.

Birgit deutet auf ihre ausgetrockneten Lippen. *»De l'eau …«*, flüstert sie.

Er läuft los und kommt mit zwei kleinen Wasserflaschen zurück, die sie in einem Zug leeren.

»Ein Glück, dass ich Sie gehört habe«, sagt ihr Retter. »Ich war mit einer Reisegruppe hier, eine Sonderführung außerhalb der üblichen Zeiten.«

Birgit lässt die leere Flasche sinken und wischt sich über den Mund. Sie möchte dem jungen Mann gern danken, ist aber so überwältigt, dass sie kein Wort hervorbringt.

»Wie haben Sie uns gefunden?«, fragt Jef.

»Ich habe Hilferufe gehört, aus der Tiefe. Erst konnte ich mir keinen Reim darauf machen, dann fiel mir die Steinplatte auf, die anscheinend schon einmal entfernt wurde. Ich habe die Touristen rasch aus der Krypta gelotst, denn die Führung war ohnehin zu Ende, und ein Werkzeug gesucht«, erzählt er. »Aber was, um Himmels willen, haben Sie da unten gemacht? Und wer hat den Stein zurückgelegt?«

»Das wüsste ich auch gern«, knurrt Jef, dann fragt er den jungen Mann nach seinem Namen. Thierry, lautet die Antwort.

»Wir sind völlig verdreckt und erschöpft, Thierry«, sagt Jef. »Könnten Sie uns wohl zu einem Hotel bringen, am besten hier in der Nähe, damit wir duschen und uns ein wenig ausruhen können?«

»Pas de problème.« Thierry schiebt die schwere Platte über die Öffnung, dann führt er sie zum Ausgang.

Auf halbem Weg bleibt Birgit stehen. »Unsere Rucksäcke! Die sind noch unten!«

Thierry bietet an, sie zu holen. Er geht wieder in die Kapelle, sie hören die Steinplatte über den Boden kratzen, und nach ein paar Minuten steht er mit den Rucksäcken vor ihnen.

Der Kathedralenvorplatz ist in strahlendes Sonnenlicht getaucht. Von der plötzlichen Helligkeit geblendet, halten Jef und Birgit die Hand über die Augen und kramen rasch ihre Sonnenbrillen hervor. Selbst hinter den getönten Gläsern schmerzt das Licht sie noch in den Augen. Mit gesenktem Blick folgen sie Thierry, der in sein Handy spricht.

»Alles klar«, sagt er gleich darauf. »Sie können ein Zimmer in einem Hotel gleich um die Ecke haben. *Suivez-moi.«*

Er führt sie zu einem hübschen weiß getünchten Hotel mit grünen Fensterläden. Der Dame an der Rezeption gehen fast die Augen über, als Jef und Birgit so schmutzig vor ihr stehen. Es dauert ein paar Sekunden, bis sie sich wieder gefasst hat.

»Chambre 11«, sagt sie und reicht Jef den Schlüssel. »Die Formalitäten können wir gern später erledigen …«

47

Die Mittagssonne scheint ins Zimmer und taucht die Möbel und die blau-weiß gestreifte Tapete in goldenes Licht. Sie haben geduscht, zusammen, weil sie sich nicht einigen konnten, wer den Anfang machen darf. Während Jef sich abtrocknete, in seine Jeans schlüpfte und mit nacktem Oberkörper die Balkontür öffnete, ließ Birgit sich ein Bad einlaufen.

Jetzt liegt sie in einem nach Lavendel duftenden Schaumgebirge und hat das Gefühl, noch nie im Leben so glücklich gewesen zu sein.

Leise summend planscht sie herum, taucht mit dem Kopf unter Wasser und wieder auf. Sie späht durch die offene Badezimmertür. Jef steht vor dem Balkon, und sein nasses Haar glänzt in der Sonne.

Birgit überlegt, wie lange sie nun schon zusammen unterwegs sind. Eine knappe Woche … doch sie hat das Gefühl, ihn schon ewig zu kennen.

Sie blinzelt in das helle Sonnenlicht. Nie mehr wird sie Licht und frische Luft als selbstverständlich betrachten. Und vermutlich auch nie mehr im Stockdunkeln schlafen können …

Jef dreht sich um und kommt ins Bad. »Ich überlege die ganze Zeit, welcher Mistkerl den Stein zurückgelegt hat. Vielleicht Breillat?«

Birgit setzt sich in der Wanne auf. »Oder de Morbihan? Ach Quatsch, warum sollte ausgerechnet der so etwas machen? Für den sind wir doch keine Bedrohung. Nein, es muss dieser Breillat gewesen sein. Dein Vater ist verschwunden, als er sich ein letztes Mal in der Kathedrale umsehen wollte. Vermutlich hat er das Gleiche entdeckt wie wir, deshalb war die Steinplatte locker.«

»Aber der Altar ist doch leer.«

»Jetzt ja. Vielleicht hat dein Vater dort die Bundeslade gefunden, und Breillat hat ihn dabei ertappt.«

Jef setzt sich auf den Wannenrand. »Könnte sein«, sagt er. »Aber wo ist mein Vater? Und wo die Bundeslade?«

Birgit steigt aus dem Wasser, nimmt ein Handtuch und trocknet sich sorgfältig ab. »Wir finden das schon noch raus«, sagt sie mit fester Stimme.

Kurz darauf sitzen sie in einem Bistro bei *Omelette normande* – Apfelpfannkuchen mit Calvados und Sahne – und besprechen das weitere Vorgehen.

»Vielleicht weiß de Morbihan doch mehr«, überlegt Birgit. »Er ist Breillats Cousin und ahnt womöglich, dass der die Bundeslade schützen will.«

»Und de Morbihan wiederum schützt ihn, meinst du das?« Jef nimmt einen Bissen und macht eine skeptische Miene.

»Genau. Mit deinem Vater ist er zwar befreundet, aber mit Breillat verwandt. Und Blut ist angeblich dicker als Wasser.«

Jef legt die Gabel neben den Teller und runzelt die Stirn. »Ich wüsste nicht, wie wir rauskriegen sollen, ob er es wirklich war«, sagt er nach kurzem Überlegen.

»Aber ich weiß es: Wir gehen zu de Morbihan, erzählen ihm, was vorgefallen ist, ohne irgendeinen Verdacht zu äußern, und beobachten, wie er reagiert.«

Jef nickt langsam.

Eine halbe Stunde später stehen sie vor de Morbihans Haus.

»Es ist wirklich wunderschön!« Birgit tritt einen Schritt zurück und bewundert das alte Mauerwerk, den breiten Treppenaufgang, die imposante Holztür und das antik wirkende Klingelschild mit der geschwungenen Schrift: *Jean-Claude de Morbihan.*

»Er heißt ja Jean-Claude«, sagt Jef. »Mein Vater hat immer von Claude gesprochen.«

Er will gerade klingeln, als auch schon die Tür aufgeht.

»Ich habe Sie kommen sehen.« De Morbihan lächelt. »Und da mein Butler heute seinen freien Nachmittag hat …« Er macht eine einladende Geste.

Jef und Birgit begrüßen ihn, allerdings weniger überschwänglich.

»Ich dachte, Sie seien längst wieder zu Hause.« De

Morbihan führt sie ins Wohnzimmer und fordert sie auf, sich zu setzen.

Birgit nimmt auf der cremefarbenen Couch Platz, Jef in einem Sessel schräg gegenüber.

»Wir haben uns die Kathedrale noch einmal gründlich angesehen«, sagt sie.

Ganz gegen seine Gewohnheit bietet de Morbihan ihnen nichts an, sondern setzt sich auf den zweiten Sessel und mustert sie abwartend.

Birgit übernimmt es, Bericht zu erstatten, denn sie kennt Jef mittlerweile gut genug, um zu wissen, dass er in dieser Situation wohl kaum zu einem ruhigen Gespräch fähig wäre. Sie kommt auf die Fliese mit dem Nagel zu sprechen, die Breillat ihnen in der Kathedrale gezeigt hat. »Die Fliese hat scheinbar keine besondere Bedeutung«, sagt sie, »wenn man einmal von der Sache mit dem Sonnenstrahl absieht. Wir hatten jedoch das Gefühl, dass mehr dahintersteckt. Deshalb haben wir uns in der Krypta umgesehen, und zwar genau unterhalb dieser Fliese.«

De Morbihan ist ganz Ohr. Als Birgit nicht weiterredet, hakt er sofort nach: »Und? Was war dort?«

Sie sieht ihm direkt in die Augen. »Nichts. Jedenfalls nicht auf den ersten Blick.«

De Morbihan mustert sie gespannt.

Birgit deutet ein Lächeln an. »Tja, und dann fiel uns eine Bodenplatte auf, unter der sich ein Hohlraum befindet.«

Wie elektrisiert springt de Morbihan auf. »Unglaublich! Aber woran haben Sie das gemerkt?«

Die Bodenplatte sei nicht verfugt gewesen, erklärt Birgit, sodass sie vermutet hätten, sie sei schon einmal entfernt worden. Sie lehnt sich in die Polster zurück und erzählt, wie sie und Jef die Treppe hinabstiegen und was sie unten vorfanden. Über de Morbihans Gesicht huscht ein Schatten der Enttäuschung, als er hört, der lange gesuchte Gegenstand habe sich nicht in der Gruft gefunden, aber der Altar scheint ihn zu interessieren.

»Als Archäologe weiß ich, dass nicht auf jedem Altar etwas gestanden haben muss«, sagt er.

Birgit sieht ihn verständnislos an.

»Sie meinen, der Altar sollte uns in die Irre führen?«, fragt Jef.

»So ist es. Sagten Sie nicht, er stünde in einer Mauernische?«

»Richtig, und an der Wand darüber stehen die Worte Rotas, Sator, Tenet, Arepo und noch eines«, sagt Birgit.

»Opera«, ergänzt de Morbihan. »Das magische SATOR-Quadrat …« Er blickt nachdenklich vor sich hin und sagt schließlich: »Diese Gruft würde ich mir gern einmal ansehen.«

»Dann sollten Sie genug Wasser und Proviant mitnehmen«, sagt Jef. »Oder vielleicht eine Wache aufstellen, oben bei der Steinplatte.«

Sein Sarkasmus entgeht de Morbihan nicht, er sieht ihn fragend an.

»Jemand hat die Steinplatte zurückgelegt, als wir unten waren.« Jef lässt sein Gegenüber nicht aus den Augen. »Fast zwei Tage lang waren wir eingeschlossen!«

De Morbihan zeigt sich hellauf entsetzt. Das müssten sie ihm genau erzählen, sagt er, jede Einzelheit, aber erst wolle er ihnen etwas zu trinken holen. Vor sich hin murmelnd, verlässt er das Wohnzimmer.

Birgit steht auf und geht nervös im Zimmer auf und ab. Sie hat plötzlich ein ungutes Gefühl. Sie hat etwas registriert – gehört oder gesehen, etwas Entscheidendes. Eine Kleinigkeit, die man leicht übersieht, die aber alles erklären könnte.

Vor dem Fenster bleibt sie stehen. Von hier aus hat man einen schönen Blick auf die Kathedrale, die über den Dächern aufragt. Sie sieht ein Stück von der großen Fensterrose und die beiden Türme.

Nachdenklich hält sie den Blick darauf gerichtet, als müsste von dort die Antwort kommen.

Was ist ihr nur aufgefallen und wo? Etwas hier im Zimmer oder schon vorher? Vielleicht auf dem Weg vom Hotel hierher? Nein, das auf keinen Fall.

Es muss im Flur gewesen sein!

Ohne ein Wort der Erklärung verlässt sie das Wohnzimmer. Im Flur hängen Gemälde, lauter Familienporträts. Birgit betrachtet sie nacheinander. Da sind die Eltern von Claude, ach nein, Jean-Claude, seine Großeltern, Urgroßeltern … nur gut, dass der Flur lang ist, wo sonst hätte man all die Ahnenbilder unterbringen sollen?

Plötzlich macht es »klick« in ihrem Kopf. Abrupt bleibt sie stehen und dreht sich zur Haustür um. Jean-Claude … JC!

Ihr Blick fällt auf ein kleines Porträt an der Wand unterhalb des Treppenaufgangs. Sie hat es schon vorher gesehen, aber nicht bewusst wahrgenommen. Langsam geht sie darauf zu und betrachtet es eingehend. Es muss alt sein, sehr alt, über zweihundert Jahre …

Sie liest den Namen und das Datum auf dem Rahmen: *Sébastien de Morbihan, 1788*. Und darunter, ganz klein:

L'évêque de Chartres. Der Ahne aus der Zeit der Französischen Revolution.

Und noch etwas fällt ihr an dem Bild auf. Der Bischof von Chartres ist in seinem eigenen Haus porträtiert worden. Birgit erkennt die Aussicht hinter ihm, die prächtige Fensterrose und die Türme der Kathedrale, die sie vorhin betrachtet hat.

48

Als de Morbihan drei Gläser Tee mit klirrenden Eiswürfeln ins Wohnzimmer trägt, flüchtet Birgit in die Toilette, zieht die Spülung und wäscht sich dann ausgiebig die Hände.

Sie betrachtet ihr Spiegelbild. Bleich und ein wenig ängstlich sieht sie aus. Sie reißt sich zusammen; schließlich ist sie nicht allein, Jef ist ja bei ihr. Und wenn sie sich wie immer verhält, schöpft de Morbihan auch keinen Verdacht, dass ihr soeben Verschiedenes klar geworden ist.

Birgit geht wieder ins Wohnzimmer, wo Jef und de Morbihan darüber spekulieren, wer sie wohl eingesperrt hat und ob es eventuell unabsichtlich geschehen sein könnte.

Sie hört kaum hin, denn ihr Kopf summt wie ein Bienenschwarm, während sie versucht, ihre Gedanken zu ordnen.

Sébastien de Morbihan war zur Zeit der Französischen Revolution Bischof von Chartres und hat hier, in diesem Haus, gewohnt. Es war seit jeher in Familienbesitz, und sein heutiger Bewohner ist Jean-Claude de Morbihan. Jefs Vater hatte gewisse Vermutungen hinsichtlich des Aufbewahrungsorts der Bundeslade – *JC* und *Chartres* stand in seinen Notizen. Weil er glaubte, sein Kollege wisse vielleicht mehr über ihren Verbleib? Oder hat er womöglich die gleichen Schlussfolgerungen gezogen wie sie vorhin und ist deshalb nach Frankreich gereist?

Breillat oder de Morbihan, einer von beiden muss ihn als Letztes gesehen haben. Vielleicht versuchen sie auch gemeinsam, die Bundeslade zu schützen? Mit Sicherheit hat sie in der Kathedrale gestanden, und Jefs Vater hat die verborgene Gruft gefunden, die jedoch leer war. Wahrscheinlich schon lange, seit 1789 oder kurz danach …

»Du bist so still, Birgit. Ist dir nicht gut?«, fragt Jef.

Sie zuckt zusammen. Jef und de Morbihan sehen sie an.

»Ich habe Kopfschmerzen.«

»Kein Wunder, nach allem, was Sie durchstehen mussten«, sagt de Morbihan mitfühlend. »Möchten Sie vielleicht eine Kopfschmerztablette?«

Sie kann schlecht ablehnen, also nickt sie. Vielleicht lässt er sie dann kurz allein, sodass sie Jef Bericht erstatten kann.

De Morbihan steht auf, geht aber nicht aus dem Zimmer. Er nimmt eine Tablettenschachtel aus einer Kommodenschublade und drückt eine Pille aus dem Streifen. Birgit nimmt sie mit ein paar Schlucken Eistee.

»Sollen wir lieber gehen?«, fragt Jef.

»Nein, im Hotelzimmer ist es so warm …« Sie schließt kurz die Augen.

»Sie sollten ein wenig frische Luft schnappen«, rät de Morbihan. »Hinter meinem Haus befindet sich ein großer Garten mit reichlich Schatten, jetzt am Nachmittag ist es dort sehr angenehm.«

Sie nickt und steht auf. Die Hand an die Stirn gelegt, geht sie langsam aus dem Zimmer.

Kaum ist sie im Flur, läuft sie los. Zur Treppe, über die mit einem Läufer belegten Stufen nach oben. Im ersten Stock sieht sie sich um. So viele Türen, so viele Möglichkeiten … Die Häuser der Reichen wurden früher so gebaut, dass wertvolle Dinge nicht jedem Besucher ins Auge fielen. Es gab zwar schon so etwas wie Banken, aber vermutlich bewahrten viele ihr Hab und Gut lieber zu Hause in Geheimverstecken auf.

Birgit verschafft sich einen Überblick, indem sie alle Türen öffnet. Sie klopft hier und da an die Wandverkleidung und prüft die Schränke auf doppelte Böden.

Wenn de Morbihan jetzt auftaucht – nicht auszudenken!

Trotz ihrer Bedenken geht sie die zweite Treppe zum Speicher hinauf. Er ist düster und ziemlich vollgestellt.

Sie macht Licht, aber die Lampe erhellt nur den mittleren Teil des großen Raums, die Seitenbereiche und Ecken bleiben in Dunkelheit gehüllt.

Birgit geht an Tischen, alten Schränken und Kartons mit der Aufschrift *»LIVRES«* vorbei. Sie greift in den Trageschlitz einiger Kartons – es sind tatsächlich Bücher. Dann nimmt sie die Ecken in Augenschein, findet aber nur ein uraltes Grammofon, leere Truhen, ein Schaukelpferd und jede Menge Gemälde, die mit der Vorderseite an der Wand lehnen.

Ihr wird klar, dass sie nur ihre Zeit verschwendet. Sie schleicht die Treppe hinunter in den Flur. Sie muss im ältesten Teil des Hauses suchen, aber wo mag der sein? Wo könnte man hier problemlos einen relativ großen Gegenstand so unterbringen, ohne dass jemand darauf aufmerksam wird?

Ihr Blick bleibt an der Kellertür hängen, und ihr fällt die zweite Tür im Gewölbe ein. Eine unauffällige Holztür, hinter der man nichts Besonderes vermuten würde.

Sie knipst das Kellerlicht an und geht die Treppe hinunter. Unten ist es angenehm kühl, fast schon kalt. Birgit geht an den Flaschenregalen vorbei und bleibt vor der Tür stehen.

Sie drückt die Klinke – wie beim letzten Mal ist die Tür verschlossen. Rasch sieht sie sich nach einem Haken um, vielleicht hängt der Schlüssel ja in der Nähe. Nein, da ist nichts … es wäre wohl auch zu einfach gewesen.

Sie inspiziert das Schloss. Es ist uralt, aber stabil und dürfte sich jedem Aufbruchversuch widersetzen.

Es sieht ganz so aus, als müsste sie aufgeben … es sei denn, sie findet den Schlüssel. Wo könnte de Morbihan ihn aufbewahren, und bleibt ihr genügend Zeit, danach zu suchen? Allzu lange kann sie nicht wegbleiben.

Sie eilt die Treppe wieder hinauf und schließt die Kellertür hinter sich. Durch das Bogenfenster am Ende des Flurs späht sie in den Garten und sieht zu ihrem Schrecken Jef und de Morbihan.

Mist! Die beiden wundern sich natürlich, dass sie nicht dort ist. Egal, eine Ausrede kann sie sich später ausdenken. Sie rennt ins Wohnzimmer und nimmt sich die antike Kommode vor, aus der de Morbihan vorhin die Tabletten genommen hat. Vielleicht bewahrt er dort auch seine Schlüssel auf. Hektisch zieht Birgit eine Schublade nach der anderen auf … hoffentlich reicht die Zeit noch, um die Tür aufzuschließen, denn eine solche Gelegenheit kommt so schnell nicht wieder.

Tatsächlich wird sie fündig. Als sie eine der unteren Türen öffnet, sieht sie an deren Innenseite Schlüssel hängen. Nur einer von ihnen sieht aus, als könnte er in das Schloss einer uralten Holztür passen.

Vorsichtig nimmt sie ihn vom Haken und steckt ihn ein.

49

Am vernünftigsten wäre es, sie würde jetzt in den Garten gehen, sich zu Jef und de Morbihan gesellen und behaupten, sie sei auf der Toilette gewesen. Aber sie weiß, dass die Chancen, später noch einmal im Weinkeller herumzuschnüffeln, nicht gut stehen. Sie muss die Gelegenheit nutzen, sofort!

Birgit rennt den Flur entlang und schlüpft durch die Kellertür.

Sie geht die Treppe hinab und an den Weinregalen entlang. Als sie vor der Holztür steht, pocht ihr Herz so heftig, dass sie nach Luft ringen muss. Was sie jetzt wohl zu sehen bekommt?

Birgit steckt den Schlüssel ins Schloss, er lässt sich mühelos drehen. Sie stößt die Tür auf und tritt über die Schwelle. Der Raum vor ihr ist ziemlich dunkel, trotzdem erkennt sie, dass da kein Gefangener ist, auch keine Leiche und schon gar keine Bundeslade auf einem weißen Marmoraltar – nur alte Fässer, Kisten, kaputte Regale, Säcke mit Holzwolle zum Auspolstern von Weinkisten und sogar eine alte Weinpresse.

Es ist ein Abstellraum, mehr nicht. Sicherheitshalber sieht Birgit sich um, das Gerümpel könnte ja auch Tarnung sein. Sie schaut in alle Kisten, durchwühlt die Holzwolle und mustert die Wände, doch da sind weder Türen noch Luken.

Hinter ihr raschelt es, und sie fährt herum. Ihr Herz hämmert, und der Schweiß bricht ihr aus. Was soll sie nur machen, wenn de Morbihan plötzlich auftaucht? Wie soll sie ihm erklären, weshalb sie in seinem Keller herumstöbert, wo er sie doch so gastfreundlich aufgenommen hat?

Vielleicht *zu* gastfreundlich, denkt sie plötzlich. Er wollte uns im Auge behalten, herausfinden, was wir wissen …

Das Geräusch wiederholt sich nicht, und Birgit atmet auf. Sie verlässt den Abstellraum und schließt die Tür wieder ab. Ihr Blick gleitet über die Weinregale an den Wänden.

Die Wände …

Die Regale sind so breit und hoch, dass die Wände überhaupt nicht zu sehen sind. Birgit geht zum hintersten, längsseits verlaufenden Regal. Sie späht an mehreren Stellen zwischen den Flaschen durch und merkt, dass die Wandabschnitte unterschiedlich alt sind. Manche Steine sind heller als andere, es gibt größere und kleinere. Die ältesten sind schmal, dunkel und porös. Birgit konzentriert sich auf die neueren, vermutlich ausgebesserten Bereiche.

Oben fällt eine Tür zu, Schritte sind zu hören, dann die Stimmen von Jef und de Morbihan im Flur.

Schreckensstarr steht Birgit da. Aber die Schritte verklingen, eine Tür wird geöffnet und geschlossen. Sie sind wieder im Wohnzimmer. Nun werden sie sich fragen, wo sie geblieben ist. Wenn sie noch etwas herausfinden will, dann jetzt! Sie fängt an, Flaschen vor einem der ausgebesserten Wandabschnitte aus dem Regal zu räumen.

Dann streckt sie die Hand aus und betastet die Fugen. Sie sind nicht ganz trocken, an ihren Fingern bleibt Mörtel haften. Wie lange braucht Mörtel in einem Keller, bis er trocken ist?

Birgit geht ein paar Schritte zurück, um die Größe des erneuerten Wandbereichs zu schätzen. Bis sie die ganzen Flaschen herausgenommen und das Regal von der Wand gerückt hat, vergehen Stunden. Sie könnte die Polizei verständigen, aber ob die auf einen vagen Verdacht hin die Kellerwand eines angesehenen Bürgers dieser Stadt einreißen? Nein, sie braucht handfeste Beweise!

Birgit läuft zur Treppe, neben der ein umgedrehtes Fass steht, darauf eine Weinflasche, mehrere Gläser und ein Korkenzieher. Sie schnappt sich den Korkenzieher und beginnt, damit den Mörtel aus den Fugen zu kratzen. Das geht erstaunlich leicht. Bald kann sie den ersten Stein herausziehen, dann einen zweiten und noch einen. Sie steckt die Hand in das Loch und fasst ins Leere. Also doch! Ein Hohlraum!

Hastig räumt sie noch ein paar Lagen Flaschen weg, setzt den Korkenzieher erneut an, entfernt weitere Steine. Die Öffnung wird größer, gleich passt ihr Kopf hindurch.

In diesem Moment geht die Kellertür auf. Erschrocken

fährt Birgit herum und lässt den Korkenzieher fallen. De Morbihan steht oben an der Treppe und schaut halb ärgerlich, halb nachsichtig zu ihr herunter.

»Kann ich Ihnen behilflich sein?« Er richtet den Blick auf die vielen Rotweinflaschen vor dem Regal, dann auf das Loch in der Wand. Sie weiß nicht, was sie sagen soll, also schweigt sie.

Gemächlich kommt de Morbihan die Treppe hinunter und auf sie zu. Ihre Hand krampft sich um den Korkenzieher.

»Wenn Sie sich schon nicht dafür entschuldigen wollen, dass Sie meine Kellerwand beschädigen, hätte ich doch gern eine Erklärung dafür.« Nach wie vor klingt seine Stimme freundlich.

Er ist vollkommen im Recht, denkt Birgit, zumal sie ja nichts Konkretes gefunden hat, das ihm anzulasten wäre. Mein Gott, was für eine Blamage, wenn sie sich geirrt haben sollte!

Trotzdem hält sie seinem Blick stand und merkt an dem leichten Flackern in seinen Augen, dass sie sich doch nicht getäuscht hat. Sie war kurz davor, etwas zu entdecken. Hätte sie nur ein paar Minuten mehr Zeit gehabt…

Äußerlich gelassen versucht sie, ihn aus der Reserve zu locken. »In erster Linie sind Sie wohl Jef und mir eine Erklärung schuldig«, sagt sie mit fester Stimme.

Er sieht sie fragend an.

Birgit zeigt auf die Wand. »Ein klug gewähltes Versteck. Alte Wände müssen immer wieder mal ausgebessert werden, ein Stück neues Mauerwerk fällt da kaum auf.«

Er lächelt nur. »Sieh an, Sie haben den Hohlraum gefunden. Respekt!«

Er tritt vor die Wand, inspiziert die Öffnung und kommt wohl zu dem Schluss, dass sie nicht hindurchgeschaut haben kann, denn er bleibt vollkommen ruhig.

»Diesen Raum haben meine Vorfahren anlegen lassen, um in Kriegszeiten ihr Hab und Gut darin zu verstecken«, sagt er. »Auf dem Grundriss des Hauses ist der Weinkeller wesentlich breiter eingezeichnet, als er heute ist. Das kommt daher, dass man im siebzehnten Jahrhundert eine Mauer eingezogen hat, sodass dahinter ein Hohlraum entstand. Eine ziemlich clevere Vorsichtsmaßnahme, die man oft in alten Häusern findet.«

Birgit wird wieder unsicher. Kann das stimmen? Hat sie sich vielleicht doch nur in eine Vorstellung verrannt?

»Aber so ein Hohlraum lässt sich natürlich auch für ganz andere Zwecke nutzen.« De Morbihan dreht sich um und hat zu Birgits Entsetzen plötzlich eine Pistole in der Hand, die auf sie gerichtet ist.

50

Mit einem Schrei weicht Birgit zurück und stolpert über die abgestellten Weinflaschen. Ein paar zerbrechen, und als sie sich am Boden abstützt, fasst sie in Glasscherben. Sie sucht nach einem Gegenstand, mit dem sie sich verteidigen kann, aber die heil gebliebenen Flaschen sind weggerollt. Nur der Korkenzieher liegt noch da. Sie greift danach und hält ihn de Morbihan wie eine Stichwaffe entgegen. Im gleichen Moment wird ihr klar, wie lächerlich das wirken muss, zumal er sie mit einer Pistole bedroht.

»Jef! Komm schnell! Er bringt mich um!«, schreit sie schrill vor Angst.

Kein Laut von oben.

»Bemühen Sie sich nicht, *ma belle*«, sagt de Morbihan ganz ruhig. »Jef hört Sie nicht. Auch den Schuss wird er nicht hören, die Pistole hat einen Schalldämpfer.«

Birgit versucht, ruhig durchzuatmen, um die Panik zu unterdrücken. Jefs Aufmerksamkeit zu erregen, ist ihre einzige Chance, aber wie soll das gehen? Wenn sie und de Morbihan länger wegbleiben, sucht er sie bestimmt. Aber auch hier, im Weinkeller? Und wie lange kann sie ihn davon abhalten zu schießen? Sie muss Zeit gewinnen, irgendwie …

»Warum?«, stößt sie hervor. »Ich verstehe das alles nicht.«

»Wirklich nicht?« De Morbihan gibt sich erstaunt. »Das wundert mich aber, bei Ihrer Intelligenz. Ich hätte Ihnen mehr zugetraut.« Über die Pistole hinweg lächelt er ihr zu. »Sie verstehen sehr gut, wären aber froh, wenn Sie sich irrten. Schon als Sie den Stammbaum meiner Familie sahen, haben Sie begriffen, was Sache ist. Vielleicht haben Sie nicht gleich die richtigen Schlüsse daraus gezogen, aber doch immerhin bemerkt, dass der Stammbaum wichtig ist, stimmt's?«

Birgit nickt vorsichtig.

»Na also. Ich habe es Ihnen angesehen, mich dann aber gewundert, dass keine weiteren Fragen kamen. Ich muss gestehen, einen Moment lang dachte ich, Sie hätten aufgegeben. Aber nein, am nächsten Tag sind Sie schnurstracks in die Kathedrale und haben die Gruft gesucht«, sagt de Morbihan.

»Sie sind uns also gefolgt«, flüstert Birgit. »Dann waren Sie es, der uns eingesperrt hat! Warum?«

»Aus demselben Grund, aus dem ich auch Nicolaas Einhalt gebieten musste. Sie waren zu nahe an der Wahrheit«, erklärt de Morbihan gelassen. »Nicolaas hatte mich mit seinen Vermutungen konfrontiert, und ich musste zugeben, dass er recht hat. Danach habe ich ihm das Versteck hier im Keller gezeigt. Sie können mir glauben: Er war glücklich wie noch nie, als er starb. Er hat überhaupt nicht mitbekommen, dass ich eine Waffe zog. Das war das Schwerste, was ich je im Leben tun musste. Schon viele meiner Vorfahren mussten ihrer friedfertigen Natur zuwiderhandeln und zum Teil große Opfer bringen, wenn beispielsweise Freunde oder nahe Verwandte das Geheimnis entdeckten. Ich habe immer gehofft, mir würde so etwas erspart bleiben, und wirklich alles getan, um Nicolaas von seinem Verdacht abzubringen. Aber er war hartnäckig und ließ sich nicht beirren.«

Birgit starrt de Morbihan entsetzt an. Die Selbstverständlichkeit, mit der er schildert, was er getan hat, erfüllt sie mit tiefer Angst.

»Neugier hat nun einmal ihren Preis«, fährt er fort. »Und manchmal ist das ein Menschenleben. Nicolaas hätte das Geheimnis nie und nimmer für sich behalten, sondern bei nächster Gelegenheit darüber publiziert. Also war ich gezwungen zu handeln. Niemand ist unserem Familiengeheimnis je so nahe gekommen, ohne mit dem Leben zu bezahlen. Das Versteck der Bundeslade war jahrhundertelang ein gut gehütetes Geheimnis, und so wird es auch bleiben.«

Er schweigt. Birgits Nerven sind zum Zerreißen gespannt.

»Sie stand in der Kathedrale, nicht wahr? In der Gruft, in der Jef und ich eingeschlossen waren?«

»Genau, und dort war sie lange Zeit sicher. Im späten Mittelalter hat man nicht mehr so intensiv nach ihr gesucht, bis dann die Französische Revolution ausbrach, eine gottlose, entsetzliche Zeit. Unzählige Adelige starben unter der Guillotine, und bald darauf nahmen die neuen Machthaber den Klerus ins Visier. Keine Abtei, Kirche oder Kathedrale entging den Massakern und Verwüstungen.«

De Morbihans Stimme klingt düster, ganz so, als hätte er die Guillotine auf dem Marktplatz von Chartres selbst gesehen.

»Mein Vorfahre Sébastien de Morbihan war Bischof von Chartres. Er wusste von der Gruft in der Krypta und auch, was sich darin befand. Robespierre, der wichtigste Revolutionsführer, konfiszierte die Kathedrale und richtete darin Lagerräume und eine Nähstube für sein Heer ein. Zugleich wurde jeder Stein, jeder Quadratzentimeter der Kirche untersucht, denn anscheinend hatte Robespierre erfahren, dass dort etwas Kostbares versteckt war. Seine Leute kamen der Bundeslade sogar ziemlich nahe. Sébastien hatte eine Heidenangst, Robespierre könnte bis in die Gruft vordringen. Um sich und auch die Bundeslade zu schützen, hatte er mit der Revolutionsregierung sympathisiert und deshalb weiterhin Zugang zur Kathedrale. Klammheimlich hat er die Lade mit ein paar befreundeten Geistlichen herausgeholt und eine Truhe mit Kirchenschätzen auf den Altar gestellt. Als Robespierre die Gruft schließlich fand, glaubte er, das Geheimnis von Chartres entdeckt zu haben.«

De Morbihan lächelt ob der Schläue seines Ahnen. Er hat sich so ins Erzählen hineingesteigert, dass der Lauf der Pistole unbemerkt nach unten gesunken ist.

»Die Bundeslade wurde in einem Hohlraum seines Weinkellers untergebracht, und unsere Familie hat seitdem alles getan, um sie zu schützen.« Er sieht Birgit an, als erwarte er Beifall. Der Pistolenlauf weist nun auf den Boden.

Birgit lauscht angespannt, aber von oben ist nichts zu hören. Anscheinend wartet Jef noch immer im Wohnzimmer.

Such mich, fleht sie innerlich. Du musst doch gemerkt haben, dass was nicht stimmt! Bitte, bitte, such mich!

De Morbihans Geschichte ist zu Ende. Sie muss ihn dazu bringen weiterzureden. Er ist stolz auf seine Familie und die Tatsache, dass er seinem Vorfahren Sébastien nacheifert. Wenn sie die richtigen Fragen stellt, könnte es klappen.

»Hat immer ein de Morbihan in diesem Haus gewohnt?«, fragt sie zaghaft. Nein, so leicht kann sie ihn bestimmt nicht von seinem Vorhaben ablenken. »Was ist mit Monsieur Breillat?«, fällt ihr plötzlich ein. »Was hat er mit der Sache zu tun?«

»Nichts. Das heißt, er kennt natürlich die Gruft unter der Krypta und weiß, dass sich die Bundeslade in meinem Hause befindet, aber er weiß nicht, zu welchen Maßnahmen ich hin und wieder greifen muss, um unser Geheimnis zu hüten. Das ist meine Angelegenheit, nicht seine.« In de Morbihans Augen liegt ein kalter Glanz, und mit einem Mal kommt Birgit ein schrecklicher Gedanke.

»Sie haben die ganze Zeit versucht, uns zu töten, schon in den Niederlanden und später in Ägypten«, sagt sie tonlos.

»Das war nicht ich, sondern mein Cousin Alain. Einige meiner Verwandten kennen das Geheimnis, aber nicht jeder ist fähig, bis zum Äußersten zu gehen, damit es auch geheim bleibt. Alain dagegen kann, genau ich wie, Prioritäten setzen und ist bereit, notfalls Opfer zu bringen.«

Er hebt die Pistole und fixiert Birgit. Sie fragt sich automatisch, wie viele »Opfer« wohl schon gebracht wurden.

»Aber warum? Wir waren doch keine Gefahr für die Bundeslade«, sagt sie leise.

»Ich hatte befürchtet, dass Nicolaas seinen Sohn informiert hat. Und dieses Risiko konnte ich nicht eingehen.«

»Aber wenn er Jef gesagt hätte, die Bundeslade sei in Chartres, wären wir doch gleich hierhergekommen und nicht nach Ägypten geflogen.«

»Stimmt.« De Morbihan nickt. »Wie gesagt, Sie haben einen scharfen Verstand, *ma belle*. Als Alain mir mitteilte, dass Jef nach Ägypten unterwegs sei, war ich zunächst erleichtert. Weniger begeistert hat mich allerdings die Nachricht, dass er nicht allein reiste, denn das machte die Sache komplizierter. Dann aber sah es so aus, als würden Sie bei Ihrer Suche nach Nicolaas nicht weiterkommen, und ich habe versucht, Alain zu überzeugen, dass Sie vorerst keine Gefahr mehr darstellten, und ihn nach Frankreich zurückbeordert. Er hat sich geweigert. Alain kann manchmal sehr fanatisch sein. Außerdem hatte er herausbekommen, dass Sie den Artefakten aus Karnak auf der Spur waren. Nicolaas hatte mir erzählt, er habe sie notgedrungen in Ägypten gelassen, an einem sicheren Ort. Mich als Sammler interessierten sie natürlich sehr, aber er wollte mir nicht sagen, wo sie waren. Deshalb beauftragte ich Alain, sie an sich zu bringen, möglichst, ohne Ihnen etwas anzutun, und falls es wirklich nicht anders ginge, sollte es wenigstens wie ein Unfall aussehen. Gleich mehrere Todesfälle, das wäre aufgefallen und uns womöglich zum Verhängnis geworden. Alain hatte ja bereits diese unglückselige Archäologin umgebracht und ...«

»Wie? Er hat Frances ermordet?«

De Morbihan wirkt überrascht. »Ich dachte, das wüssten Sie längst. Nicolaas hatte eine enge Beziehung zu ihr und hat sie vermutlich ins Vertrauen gezogen. Das war für Alain ein weiterer Grund, nach Ägypten zu reisen. Es ging nicht nur um Sie beide.«

»Aber Frances wusste doch nichts!«

»*Gesagt* hat sie nichts«, verbessert de Morbihan. »Weil sie vermutlich warten wollte, bis Nicolaas wieder auftaucht. Da Jef nichts von ihm gehört hatte, lag es nahe, dass ihm etwas zugestoßen war. Bestimmt machte sie sich auch Sorgen, aber mit Sicherheit war ihr bewusst, dass sie damit die Chance hatte, selbst mit der Entdeckung der Bundeslade Furore zu machen. In dieser Hinsicht ist ein Archäologe wie der andere ... ich muss es schließlich wissen, denn ich gehöre dieser Zunft ja auch an.«

Er lacht in sich hinein.

»Haben Sie nie überlegt, das Geheimnis zu offenbaren?«, fragt sie. »Sie könnten ein Buch darüber schreiben, und die Talkshows würden sich um Sie reißen. Sie könnten als größter Archäologe aller Zeiten in die Geschichte eingehen. Als der Mann, der der Menschheit die Bundeslade wiedergab!«

Ihr Versuch, de Morbihan von seinem Entschluss abzubringen, fruchtet nicht. Düster schaut er sie an. »Als der Mann, der das Ende der Welt zu verantworten hat, würde ich in die Geschichte eingehen! Sie haben offenbar keine Vorstellung davon, was die Lade anrichten kann. Sie ist eine Superwaffe, deren Kräfte wir nicht einmal annähernd kennen. Ich darf gar nicht daran denken, was sich mit unserem heutigen Wissen über Atome und Kernenergie alles damit anstellen ließe. Mit dieser Waffe könnte man Weltmächte terrorisieren, ja sogar die ganze Erde vernichten. Das kann ich nicht riskieren. Wo sich die Bundeslade befindet, muss unter allen Umständen geheim bleiben.«

»Ich kann schweigen«, sagt Birgit leise.

De Morbihan mustert sie nachdenklich.

Birgit schöpft neue Hoffnung. »Ich verstehe, was Sie meinen«, sagt sie, »und ich stimme Ihnen voll und ganz zu: Manche Dinge sollten wirklich besser geheim bleiben. Ich will später einmal Kinder und möchte, dass sie in einer Welt ohne Kriege aufwachsen. Wirklich, ich würde nichts sagen!«

Er sieht sie zweifelnd an. »Vielleicht … wenn es nur um Sie ginge, würde ich mich darauf einlassen. Andererseits: Wie schnell plaudert man etwas aus. Und je mehr Menschen Bescheid wissen, desto größer ist die Gefahr, dass die Sache an die Öffentlichkeit kommt, egal ob per Zufall oder absichtlich. Und selbst wenn wir das außer Acht lassen, ist da immer noch Jef. Er ist bestimmt nicht bereit, das Ganze auf sich beruhen zu lassen.«

»Oh doch, wenn wir damit unser Leben retten können!«

De Morbihan schüttelt den Kopf. »Wenn Jef seinem Vater auch nur ein bisschen ähnelt, lässt er es nicht dabei bewenden. Es tut mir wirklich leid, *ma belle*. Sicherlich wird es mir manche schlaflose Nacht bereiten, aber es muss sein. Ich stelle mich hinter Sie, das macht die Sache ein wenig leichter.«

Er klingt, als hätte er tatsächlich Mitleid, aber die Pistole in seiner Hand zittert kein bisschen, als er mit entschlossenen Schritten hinter sie tritt. Panik erfasst Birgit. Er wird schießen, und nichts kann ihn daran hindern.

51

Am liebsten würde Birgit fliehen, doch sie weiß, dass sie nicht einmal bis zur Tür käme – ein paar Schritte, und de Morbihan hätte sie erschossen.

Trotzdem richtet sie sich auf, als ihre Hand den Hals einer Weinflasche berührt. Sie fasst zu, macht blitzschnell eine halbe Drehung und wirft die Flasche nach ihrem Gegner.

Sie trifft de Morbihan am Kopf, er verliert das Gleichgewicht und schießt, aber die Kugel verfehlt Birgit und geht in die Wand. Bevor er erneut zielen kann, wirft sie eine zweite Flasche. Diesmal ist er darauf gefasst und weicht geschickt aus.

Wieder richtet er die Waffe auf Birgit, aber inzwischen kann er nicht mehr gut sehen, weil ihm aus der Platzwunde am Kopf Blut in die Augen läuft.

Birgit macht einen Satz und duckt sich hinter einem Flaschenregal in der Mitte des Kellers.

»Jef!«, schreit sie laut. »Hilfe!«

Im selben Moment wird ihr bewusst, dass Jef, wenn er nun plötzlich auf der Treppe auftaucht, eine perfekte Zielscheibe bietet.

Nein, bleib weg!, denkt sie fieberhaft, du kannst mir sowieso nicht helfen, niemand kann mir helfen!

Verzweifelt blickt sie zur Treppe. Ein kurzer Sprint, und sie ist dort, aber kommt sie auch hinauf? De Morbihan wird schießen, keine Frage. Das heißt, solange er noch schießen kann. Immerhin ist es ihr gelungen, ihn zu verwunden. Schlagartig wird ihr klar, dass sie ihre Waffen vor sich hat: die Flaschen!

Sie greift nach der erstbesten, einem 1979er Dom Pérignon. Es ist eine Magnumflasche, sie muss sie mit beiden Händen festhalten. Keine Ahnung, was der Champagner wert ist, aber mit Sicherheit so viel, dass der Wurf de Morbihan nicht nur auf eine Art schmerzt.

Sie hört ihn leise fluchen. Das Knirschen der Glasscherben verrät, dass er auf sie zukommt.

Birgit hält den Atem an. Einen Versuch hat sie noch, de Morbihan auszuschalten, mehr nicht. Geht es schief, liegt sie Sekunden später tot am Boden. Der Gedanke macht ihr solche Angst, dass sie hyperventiliert. Mit Sicherheit hört er ihr Keuchen und weiß nun, wo sie steht.

Ganz kurz überlegt Birgit, in eine der dunklen Ecken des Kellers zu flüchten. Aber das wäre ein Fehler, denn dort säße sie in der Falle. Ihr einziger Ausweg ist die Treppe.

Allen Fluchtimpulsen zum Trotz bleibt sie hinter dem Regal stehen. Warum lässt sich de Morbihan so viel Zeit?

Versucht er zu erraten, was sie vorhat? Vermutlich denkt er, dass sie auf ihn wartet, um ihm dann eine Flasche überzuziehen. Aber dieses Risiko wird er nicht noch einmal eingehen. Er wird Abstand halten, und das bedeutet, dass sie unbemerkt möglichst nahe an ihn herankommen muss.

Sie schleicht vom Regal weg in den Gang und stellt die Champagnerflasche ab. Dann entfernt sie den Draht und lockert den Korken, bis er nur noch ein kleines Stück im Flaschenhals steckt. Ihr ist klar, dass sie womöglich nur noch wenige Sekunden zu leben hat, doch seltsamerweise spürt sie kaum Angst, nur wie das Adrenalin durch ihren Körper jagt und sämtliche Überlebensinstinkte mobilisiert.

Plötzlich taucht de Morbihan mit erhobener Waffe vor ihr auf. Er ist offensichtlich überrascht, sie mit der Riesenflasche unterm Arm unmittelbar vor sich zu sehen. Mit dem Daumen drückt sie den Korken nach vorn, und er schießt mit einem lauten Knall heraus. Zu spät begreift de Morbihan, was geschieht. Eine Fontäne spritzt ihm mitten ins Gesicht, in die Augen, und brennt wie Säure.

Er stößt einen Wutschrei aus und drückt ab. Aber Birgit steht nicht mehr vor ihm, sie ist zum Regal geeilt, reißt die nächste Flasche heraus und holt aus. Mit aller Kraft schlägt sie zu, immer wieder, bis sie zu Bruch geht. De Morbihan bricht zusammen.

Oben wird die Kellertür aufgerissen. Jef erscheint auf der Schwelle, Entsetzen im Gesicht. Hinter ihm taucht Breillat auf. Wie erstarrt stehen die beiden da und blicken zu Birgit hinunter, die schluchzend am Weinregal steht, neben ihr am Boden liegt de Morbihan in einer Lache aus Blut und Champagner.

Epilog

Alkmaar kommt ihr vor wie ein Ort aus einer anderen Welt, einem anderen Leben. Dass Reisen den Horizont erweitert, wird Birgit endgültig klar, als sie wieder zu Hause ist. Alles wirkt kleiner, beengter, spießbürgerlicher. Der Regen tropft von den Dachrinnen, und aus den Pfützen auf der Straße spritzt das Wasser in hohem Bogen, wenn ein Auto vorbeifährt.

Trostlos und öde wirkt auch ihr Zuhause. Sie öffnet die Tür, deren Schloss immer noch kaputt ist, und entdeckt einen Stapel Werbeprospekte und Post auf der Fußmatte.

Birgit stellt den Rucksack im Flur ab, nimmt die Post mit ins Wohnzimmer und legt sie auf den Esstisch. Es riecht muffig im Haus, aber nichts deutet darauf hin, dass in ihrer Abwesenheit jemand hier war – was fast an ein Wunder grenzt.

Sie geht in die Küche, brüht Kaffee auf und öffnet dann die Hintertür, um frische Luft hereinzulassen.

Mit dem Kaffeebecher in der Hand blickt sie ins Freie, aber sie sieht nicht ihren, sondern de Morbihans Garten, und das Glas der Tür spiegelt sein Wohnzimmer, eine geschmackvolle Mischung aus modern und antik.

Die Geschehnisse lassen sie nicht los. Jef und sie werden wohl noch einmal nach Chartres fahren, wenn de Morbihan aus dem Krankenhaus entlassen wird und sie vor Gericht als Zeugen gegen ihn aussagen müssen.

Mord und versuchter Mord wird die Anklage lauten. François Breillat wurde nach einem langen Verhör freigelassen, er wusste nichts von den Machenschaften seiner Cousins. Alain de Morbihan wurde nachts aus dem Bett geholt und festgenommen. Er muss sich wegen Mordes an Frances Wilson und Mordversuchs an Jef und Birgit verantworten. Das Motiv für die Taten dürfte den Richter zumindest verblüffen …

Nicolaas Bogaards' Leiche fand man eingemauert in die Wand des Weinkellers. Er war mit derselben Pistole erschossen worden, mit der de Morbihan Birgit bedrohte. Die Anklage steht, doch von dem Gegenstand, der das ganze Chaos ausgelöst hat, fehlt jede Spur. Der Hohlraum hinter der Mauer war, abgesehen von der Leiche, leer, und im Haus wurde auch sonst nichts gefunden.

Wo die Bundeslade aufbewahrt wird, ist und bleibt ein Geheimnis.

Birgit macht die Hintertür ganz auf und betritt ihren Garten. Sie geht den gewundenen Weg entlang, den ihr Vater angelegt hat, als sie hier eingezogen war; bald darauf kam es zum Bruch.

Es hat aufgehört zu regnen. In der feuchten Luft hängt der Duft nach Kräutern und Blumen. Birgit bleibt stehen und genießt ihn mit geschlossenen Augen. Als sie die Augen wieder öffnet, fühlt sie sich auf einmal einsam.

Sie ist das Alleinsein nicht mehr gewöhnt. Der Panzer, den sie sich zugelegt hat, ist aufgebrochen. Innere Unruhe überkommt sie.

Sie geht wieder ins Haus, läuft ziellos von einem Zimmer ins andere, als suche sie etwas.

Wie es Jef wohl geht? Nach ihrer Ankunft in den Niederlanden hat er sie nach Alkmaar gebracht und ist dann vor ein paar Stunden zu sich nach Hause, nach Amsterdam, gefahren. Er brauche Zeit zum Nachdenken, hat er gesagt, außerdem habe er einiges zu regeln. Birgit hatte genickt, aber jetzt wünscht sie sich, sie wäre bei ihm.

Spontan holt sie das Handy aus der Hosentasche und sucht nach seiner Nummer.

Er nimmt sofort ab.

»Ich bin's, Birgit. Wie geht es dir?«

»Schön, dass du anrufst. Wie es mir geht, nun ja … so einigermaßen. Für die Beerdigung ist noch viel zu organisieren, du weißt ja, wie so etwas ist.«

Sie weiß nicht, wie so etwas ist; Gott sei Dank musste sie noch nie eine Beerdigung vorbereiten. Plötzlich denkt sie an ihre eigenen Eltern, die auch nicht mehr die Jüngsten sind.

»Brauchst du Hilfe?«, fragt sie.

»Morgen kommt der Bestatter, das wird ein schwerer

Tag. Ich muss einen Sarg aussuchen, Blumen und so weiter …«

»Ich komme zu dir«, sagt Birgit. »Wir machen das zusammen.«

Kurze Pause.

»Würdest du wirklich kommen?«

»Ja, heute Abend. Vorher muss ich noch etwas erledigen.«

»Ich freu mich«, sagt Jef. »Und … Birgit…«

»Ja?«

»Ich liebe dich.«

Gedankenverloren steht Birgit da. Sie sieht Jef in der Kathedrale von Chartres vor sich. Nach ihrer Vernehmung in der Gendarmerie waren sie noch einmal in die Kirche gegangen, einem plötzlichen Bedürfnis nach Trost folgend. In der Not lernt man beten, hatte Birgits Oma immer gesagt.

Jef hatte aber nicht gebetet, sondern angefangen, das Labyrinth abzuschreiten. Nachdem sie ihm erst eine Weile zugesehen hatte, war sie seinem Beispiel gefolgt. Das Labyrinth, ein Symbol für Wiedergeburt und Wandel …

Der Pfad führte hinein, wieder an den Rand, dann erneut nach innen und ganz unvermutet wieder nach außen, wie um sie von der Mitte fernzuhalten. Ein langer Weg voller überraschender Wendungen.

Eine gute Stunde brauchte sie, um zur Rose in der Mitte zu gelangen, und je stärker Birgit sich auf den Weg konzentrierte, desto mehr ging sie in ihrem Tun auf. Das geheimnisvolle blaue Licht der Kirchenfenster umhüllte sie wie ein sanfter Schleier und versetzte sie in eine Art Trance.

Es war eine geradezu mystische Erfahrung. Als sie die Mitte des Labyrinths erreichte, wartete Jef dort auf sie, und sie umarmten sich schweigend.

Die inneren Bilder verblassen, und Birgit merkt, dass sie vor dem Anrufbeantworter steht. Erst zögert sie, dann legt sie den Finger auf die Abhörtaste. Früher hätte sie die Nachricht gleich gelöscht, jetzt hört sie sie noch einmal ab, zum x-ten Mal schon.

Sie drückt die Taste, und die Stimme ihrer Mutter erfüllt den Raum: »Hallo Liebes, hoffentlich geht's dir gut. Du hast doch bestimmt unsere Karte bekommen, oder?« Stille. »Nun, bei uns ist jedenfalls alles in Ordnung. Hier kommt dein Vater noch kurz.«

Rumoren und ein paar unverständliche Worte, dann – nach einem unsicheren Räuspern – die vertraute tiefe Stimme ihres Vaters. »Ja, also, deine Mutter und ich, wir haben eine Woche Urlaub gemacht, in unserem Häuschen in Knokke. Wir mussten einfach mal raus. Ansonsten bleiben wir den Sommer über hier, der Gartenzaun muss nämlich gestrichen werden …«

Wieder Stille, er sucht merklich nach Worten. Birgit weiß, wie ungern er auf Anrufbeantworter spricht, und dass er sich dazu überwindet, rührt sie. »Also dann, mein Mädchen, lass es dir gut gehen. Wir denken an dich. Tschüs.«

Das Klicken am Ende kommt unerwartet, so versunken hat Birgit gelauscht. Keine Vorwürfe, kein verkappter Versuch, sie zu einem Anruf zu bewegen, einfach nur ein

Lebenszeichen, wie immer, seit sie mit ihrer Familie gebrochen hat.

Sie setzt sich aufs Sofa, ihren Lieblingsplatz, von dem aus sie auf die Straße blicken kann. Die Sonne bricht durch und scheint ihr ins Gesicht. Das gleißende Licht stört sie nicht, es erinnert sie vielmehr an das Glücksgefühl nach ihrer Befreiung aus der Gruft, an die tiefe Dankbarkeit, dass sie nicht in dem unterirdischen Verlies sterben mussten, sondern eine zweite Chance bekamen.

Reglos sitzt Birgit auf dem Sofa und blickt ins Sonnenlicht. Ihr Herz, das eben noch heftig pochte, beruhigt sich. Sie schließt die Augen und genießt die Wärme auf ihrem Gesicht. Als sie die Augen wieder öffnet, fühlt sie sich ganz ruhig, ist ganz bei sich selbst.

Sie nimmt das Handy und tippt auswendig eine Nummer ein. Dann wartet sie gespannt, dass jemand abnimmt.

Als sie die vertraute Stimme hört, bringt sie erst einmal kein Wort hervor.

»Hallo? Wer ist denn da?«

Birgit holt tief Luft und lächelt.

»Hallo, Mama«, sagt sie. »Ich bin's.«

Dank

Schreiben ist eine einsame Tätigkeit, ganz anders als das Recherchieren davor. Ich möchte meinem Mann Wim dafür danken, dass er mich bereitwillig überallhin begleitet hat, ob es nun eine Reise ins sonnige Ägypten war oder ein winterlicher Aufenthalt im kalten, regnerischen Frankreich. Es ist ein Glück, jemanden zu haben, dem man all seine Ideen vorlegen kann und der mitdenkt, wenn man einmal die Orientierung verliert.

Zu großem Dank verpflichtet bin ich auch meinen Eltern, die den ersten Entwurf eines jeden Buches lesen, das ich schreibe, und mir wertvolle Kommentare für die Überarbeitung liefern. Ebenfalls unverzichtbar ist natürlich meine Lektorin Wanda Gloude, die mir immer mit Rat und Tat zur Seite steht, dem Manuskript den letzten

Schliff gibt und, im Gegensatz zu mir, jederzeit an mich glaubt.

Ich danke Henk de Vries, der bereit war, mich spontan durch die Waage von Alkmaar zu führen, während der Käsemarkt gerade in vollem Gang war, und Mijntje Prinsen, die meine Fotografien der Inschriften an der Kathedrale von Chartres eingehend studiert und mir zu einer plausiblen Übersetzung verholfen hat.

Wenn man zwischendurch blind für den eigenen Text wird, braucht man Menschen, die einem helfen, Fehler aufzuspüren. Femke und Sylvia, euch danke ich dafür, dass ihr die Druckfahnen gründlich gelesen habt, aber auch für eure Unterstützung während der Entstehungszeit dieses Romans.

Zu guter Letzt noch meinen herzlichen Dank an das Verlagsteam von Ambo/Anthos, das geschlossen hinter meinem Buch steht und mit Begeisterung und großem Engagement dafür gesorgt hat, dass es nun in den Buchhandlungen liegt.

Simone